EL JEFE SUPREMO

Los jefes #5

VICTORIA QUINN

Índice

1. Hunt	1
2. Titan	19
3. Hunt	47
4. Titan	71
5. Hunt	99
6. Titan	115
7. Hunt	131
8. Titan	149
9. Hunt	169
10. Titan	191
11. Hunt	205
12. Titan	213
13. Hunt	249
14. Titan	273
15. Hunt	289
También de Victoria Quinn	303

Esta es una obra de ficción. Todos los personajes y eventos descritos en esta novela son ficticios, o se utilizan de manera ficticia. Todos los derechos reservados. Queda prohibida la reproducción de parte alguna de este libro de cualquier forma o por cualquier medio electrónico o mecánico, incluyendo los sistemas de recuperación y almacenamiento de información, sin el consentimiento previo por escrito de la casa editorial o de la autora, excepto en el caso de críticos literarios, que podrán citar pasajes breves en sus reseñas.

Hartwick Publishing
El jefe supremo
Copyright © 2018 de Victoria Quinn
Todos los derechos reservados

UNO

Hunt

———

Entendía por qué Titan había hecho lo que había hecho.

Pero eso no quería decir que me hubiera hecho ninguna gracia.

Estuvimos cuatro días sin hablar; ella no me llamó y yo no la llamé a ella. Trabajamos en nuestros respectivos proyectos de manera independiente. Por suerte, no teníamos ningún tema urgente que tratar en Stratosphere.

Me centré en trabajar y expandir mi imperio. Cuando estaba enfadado me dedicaba al trabajo con más ahínco. Compré toda una cadena de alimentación e invertí en una tienda *online*. Estaba todo el tiempo comprando cosas, siempre a la búsqueda de maneras de aumentar mis riquezas a la mayor velocidad posible.

Aunque el dinero no me fuera a traer la felicidad, sí me daba la sensación de controlar algo.

Era todo lo que tenía en aquellos momentos.

Salí unas cuantas veces con Pine y Mike. Allí estaban las mujeres, deslizándome las manos muslos arriba y susurrándome guarradas al oído. Querían meterse en mi cama... hasta al mismo tiempo.

Pero yo ignoraba sus insinuaciones porque sólo tenía a una mujer en la cabeza.

Mi antiguo estilo de vida ya no me interesaba. En cuanto Titan había entrado en mi vida subida a aquellos tacones de aguja negros, mi mundo había cambiado. Los trucos de siempre ya no funcionaban. Los polvos de una noche me aburrían porque ya no tenía vacío el corazón.

Sólo había un lugar en el que quisiera estar, sólo una cama que deseara invadir.

Pero estaba demasiado enfadado.

No estaba preparado para verla.

Ella no me debía nada y tampoco es que fuera un secreto, me había dicho desde el principio que aquello era lo que tenía planeado hacer. Había conseguido conquistarla, pero luego la había vuelto a perder en un abrir y cerrar de ojos. El universo conspiraba en nuestra contra.

O puede que fuera otro el conspirador.

El quinto día los nudillos se me relajaron por fin y la rabia que sentía en el pecho perdió intensidad. Podría mirarla sin decirle que había cometido un error, comportándome con calma y profesionalidad. Podría ser el hombre al que precedía su reputación.

Entré en Stratosphere con una carpeta llena de documentos debajo del brazo. Saludé a nuestras asistentes y luego me dirigí hacia su despacho. Sabía que estaba allí porque la puerta estaba abierta. Toqué con los nudillos en la puerta de madera antes de pasar.

El jefe supremo

Estaba sentada a su escritorio con la espalda perfectamente erguida. Sus delgados hombros tenían una pose elegante y su maquillaje realzaba la belleza natural de sus facciones. No le sobresaltó mi presencia; era una profesional ocultando sus emociones. Ahora que existía una clara distancia entre nosotros le resultaba mucho más fácil ocultar lo que no quería que yo viese. Se había puesto una chaqueta negra que se ajustaba a su cuerpo, con grandes botones negros que reflejaban las luces del techo. Los diamantes relucían en sus orejas, discretos pero elegantes.

Me invité a pasar a su despacho y tomé asiento. Apoyé un tobillo en la rodilla opuesta, me desabotoné la chaqueta del traje y luego me puse la carpeta en el regazo. Me comportaba como si aquella fuera una reunión más, como si nada hubiera cambiado. Ella no significaba nada para mí. No era más que una persona sentada detrás de un escritorio.

Me miró con ojos de un verde tan vibrante como el de los bosques. Proyectaba un exterior duro, pero su suave piel sugería otra cosa. La había tenido por entero y sabía que bajo aquella sólida coraza no había nada más que suavidad.

Me fijé en el anillo de compromiso que llevaba en la mano izquierda, pero no me permití mirarlo fijamente. No había esperado que lo llevara puesto, aunque no tendría ningún sentido que no lo hiciera. Ahora la vería con él puesto todo el tiempo, proclamando a los cuatro vientos su amor por otro hombre.

Todavía no habíamos hablado, pero aquello no era

raro en nosotros. Nuestra conexión trascendía las palabras.

—He reunido un montón de ideas. Creo que deberíamos coordinarnos con las tiendas y prepararnos para la temporada de fiestas. Los compradores experimentados harán sus compras incluso antes de Acción de Gracias.

Después de mirarme fijamente durante un largo minuto, asintió.

—Déjamelas ver.

Coloqué una copia sobre su escritorio y luego repasé mis sugerencias.

Ella me escuchaba, me hacía preguntas desafiantes y aportaba sus opiniones y comentarios. Era una socia con la que resultaba muy fácil trabajar porque siempre era sincera y no prestaba atención a su ego. Si no me gustaba su idea, ella la desechaba sin problemas. Nunca se tomaba nada de forma personal; lo único que quería era hacer bien su trabajo.

Después de unos minutos de conversación, todo empezó a parecer normal de nuevo. No tratamos el tema del compromiso, ni del gran peso del anillo que llevaba en el dedo. No me preguntó dónde había estado la semana pasada ni yo a ella lo que había hecho en su tiempo libre.

Nos ceñimos estrictamente a los negocios.

Cuando terminamos, me levanté de la silla.

—Vuelvo a mi edificio, ya nos veremos. —Le di la espalda y me alejé sin esperar un adiós apasionado. Ella quería que nos comportáramos con profesionalidad en el trabajo y aquello era algo que no me costaba hacer. Yo me crecía con los negocios, y dadas las tensiones que había en nuestra relación personal, aquello resultaba mucho más sencillo. Podría ceñirme a los hechos. Podría ceñirme a las cifras.

Podría ceñirme a las gilipolleces.

PASAR una semana sin sexo empezaba a afectarme.

Titan se me aparecía en sueños y me hacía despertarme acalorado y sudoroso. Mis pensamientos divagaban cuando estaba en el trabajo. Había tenido una reunión con uno de mis ejecutivos y mientras él hablaba y hablaba sobre beneficios trimestrales, yo me imaginaba a Titan sentada en mi cara.

Estaba pero que muy necesitado.

Por más que la deseara, me negaba a ceder: ella tenía que dar el primer paso. Tenía que decirme que me deseaba y recordarme que seguía siendo mía, inflando mi ego como un globo.

Me senté en el sofá en mi sala de estar, disfrutando de un vaso de *whisky* con el partido puesto. Iba con unos pantalones de chándal y sin camiseta; tenía la esperanza de que Titan me hiciera una visita en cualquier momento. Mi móvil estaba sobre la mesita de café, pero la pantalla estaba apagada.

Di un trago, permitiendo que los cubitos de hielo acariciaran mis labios mientras bebía. Le había dicho a Titan que tenía que moderarse con el alcohol, pero a mí también me convenía seguir mi propio consejo. Últimamente había estado bebiendo como un cosaco porque me insensibilizaba.

Era agradable no sentir nada.

El ascensor emitió un pitido y las luces que había encima de las puertas se iluminaron.

Mis ojos se desplazaron de inmediato hasta la entrada y el corazón me empezó a latir a toda prisa. El miembro se me endureció en los bóxers, aumentando de tamaño con expectación. Titan estaba al otro lado de aquellas puertas. Era la única que se pasaría sin avisar.

Era la única con aquel derecho.

Las puertas se abrieron y entraron unas sensuales y tonificadas piernas subidas a unos tacones negros. Venía con el mismo vestido gris que llevaba puesto antes y con una favorecedora chaqueta negra ajustada.

No me levanté del sofá. Tenía los codos apoyados en los muslos y me incliné hacia delante, volviendo la cabeza en su dirección e ignorando la televisión. Los comentaristas hablaban sin cesar de fondo, así que cogí el mando a distancia y la apagué.

Se quedó de pie en el umbral y me miró como si no supiera qué hacer a continuación. Su visita tenía un único propósito y no era capaz de disimularlo.

Me deseaba. Simple y llanamente.

Se acercó a mí con paso tranquilo, moviéndose con lentitud mientras se intensificaba la tensión. Tenía los ojos clavados en los míos y las mejillas se le iban tiñendo con un rubor rosado. Sus dedos empezaron a trabajar en su chaqueta, desabrochando lentamente cada uno de los botones.

No aparté ni un segundo mis ojos de los suyos.

Dejó caer la chaqueta al suelo y se aproximó a mi regazo. Me empujó los hombros contra el sofá y se arremangó la falda hasta la cintura.

No llevaba ropa interior.

Joder.

Tiró de la bragueta de mis pantalones hasta dejar mi erección al descubierto. Elevó el trasero, me agarró el miembro por la base y lo dirigió hacia su entrada. Se dejó caer lentamente, más empapada de lo que había estado jamás desde el día que la conocí.

Me deseaba con ganas.

Le puse las manos en las caderas y tiré de ella hasta introducirme profundamente en su interior. Podía sentir la estrechez de su increíble sexo y su incontenible humedad; me daba un placer inmenso, como si estuviera hecho para adaptarse perfectamente a mi enorme erección.

—¿Me has echado de menos, pequeña?

Sus manos subieron reptando por mi pecho hasta llegar a los hombros. Me clavó las uñas con fuerza, sujetándome para que no me escapara. Sus preciosos pechos quedaban ocultos por el vestido, pero verla así me ponía igual de caliente. Ni siquiera había sido capaz de esperar a quitárselo todo y dejarlo caer al suelo, de lo ansiosa que estaba por sentirme.

—Sí.

Planté los pies desnudos en el suelo y empujé hacia ella, deslizando mi verga empapada en su interior hasta el fondo. Ella se movía conmigo, adaptándose a mi ritmo a la perfección. Me clavaba las uñas con fuerza y exhalaba en jadeos, respirando cada vez más profunda y agitadamente mientras se restregaba contra mí, arrastrando el clítoris por mi pelvis. No había empezado lenta y suavemente, había ido directa al grano, follándome con agresividad porque se había estado volviendo loca sin mí.

Yo también me había estado volviendo loco.

No compartimos ni un solo beso porque empleamos todas nuestras energías en follar, ella dejándose caer con fuerza sobre mi miembro y yo empujando agresivamente en su interior, ocupando la totalidad de su sexo con cada empujón. Sabía cómo aceptar mi enorme tamaño como una mujer de verdad, cabalgando sobre él con profundidad y dureza porque sabía exactamente cómo le gustaba hacerlo.

Igual que yo.

Los dedos con los que me agarraba los hombros le temblaron y empezó a contener el aliento mientras se preparaba para explotar. Los quejidos se transformaron en gemidos y pronto estaba gritando a la nada, uniendo sus gritos a los débiles ecos del pasado.

Yo quería continuar, convertir aquello en una maratón de sexo como las que solíamos disfrutar. Pero llevaba demasiado tiempo sin sexo y su imagen entrando en mi apartamento sin bragas me ponía a cien. Había venido a echarme un polvo porque ya no podía soportar más nuestro distanciamiento. El silencio la mataba y las hormonas la estaba asfixiando.

Eyaculé profundamente en su interior, depositando en ella más semen que nunca. Llené hasta su último resquicio y sentí el fluido rebosar y resbalar hacia la base de mi pene. Seguí eyaculando, dándole más de lo que era capaz de retener.

Me arañó el pecho con las uñas y volvió a gemir, corcoveando con las caderas y disfrutando de la sensación que le proporcionaba mi explosión. Pegó su cara a la mía y bajó lentamente de las alturas mientras un vínculo de afecto se formaba entre nosotros.

Cuando ambos hubimos terminado, nos miramos con la misma lujuria, como si aquel encuentro no nos hubiera dejado satisfechos. Pero en aquella mirada había cierta profundidad, había sentimientos que iban mucho más allá del sexo.

La levanté en brazos al ponerme de pie y la llevé hasta mi dormitorio. Mi sexo continuaba en su interior, donde estaría enterrado el resto de la velada: esperaba que hubiera estado durmiendo bien, porque ninguno de los dos íbamos a dormir demasiado aquella noche.

La dejé encima de la cama y le quité apresuradamente el vestido por encima de la cabeza. A continuación le quité el sujetador y entonces por fin la tuve desnuda debajo de mí, sensual y guapísima. Me aferré a sus pechos porque los había echado tanto de menos como al resto de ella. Me bajé el chándal y los bóxers y me coloqué encima de ella, preparado para tomarla aún con más agresividad que un momento antes. Mi erección no era completa, pero estaba volviendo a serlo con rapidez.

Me rodeó el cuello con los brazos y me besó con dureza en la boca.

—Dame todo tu semen, Hunt. —Entrelazó los tobillos contra mi espalda—. Lo he echado de menos…

DABA la impresión de que habíamos retrocedido en el tiempo.

En aquel momento follábamos como solíamos hacer. No hablamos de nuestras vidas ni de nada: fuimos directos al grano y luego ella se marchó. Lo nuestro no era en realidad nada más que un rollo, me llamaba cuando quería echar un polvo y punto.

No le pregunté cómo se sentía por estar prometida con Thorn. No le pregunté si era feliz, ni quise saber cuándo sería la boda. Todavía no estaba preparado para escuchar aquellas dolorosas palabras.

Seguía destrozado por dentro.

Pasé por Stratosphere al día siguiente y Titan ya estaba en la sala de conferencias. Nos íbamos a reunir con unos cuantos distribuidores de la Costa Este a los que nuestras asistentes ya habían agasajado con café y algo de desayuno. Estaba sentada al final de la mesa con la *tablet* ante ella, además de su cuaderno y algunos bolígrafos. Se había puesto un ceñido vestido rojo y zapatos de tacón negros. El rojo era un color intenso que pocas personas podían llevar así de bien; en ella parecía una segunda piel.

Me senté y abrí mi cartera.

Ella consultó algo en su *tablet*, preparándose en silencio para la reunión.

No nos saludamos.

No parecía que la noche anterior me la hubiera estado tirando durante horas. En sus ojos no había rastro de sueño; no parecía cansada en absoluto, a pesar de haberse ido de mi casa sobre las dos de la mañana. No debería sorprenderme que fuéramos capaces de sentarnos a la misma mesa así, como si lo de la noche anterior no hubiera sucedido.

Pero aun así, me sorprendía.

Advertí un resplandor por el rabillo del ojo: era el intenso brillo que reflejaba el diamante que llevaba en la mano. No miré su anillo directamente porque sólo conseguiría mosquearme. Pero el modo en que brillaba con todos los colores del arcoíris me distraía.

Por fin giré la cabeza y le eché una ojeada.

Era un enorme brillante engastado en un anillo liso de oro blanco. Era sencillo, pero gigantesco. A Thorn le preocupaba más hacer alarde con la joya que le ponía en el dedo que regalarle algo que de verdad le gustara.

Titan prefería la sutileza.

Si yo le comprara un anillo, sería muy diferente a aquel.

Aparté la vista, odiándome a mí mismo por haber mirado siquiera.

—¿Quieres empezar tú la reunión? —Miré por la ventana porque contemplar el paisaje urbano de Manhattan era muchísimo menos doloroso que mirarla directamente.

—Claro.

En la última presentación había empezado yo y no quería sobrepasarme volviendo a hablar primero.

Miró su reloj.

—Deberían llegar en cualquier momento. ¿Hay algo que necesitemos repasar?

Podría estar todo el día barajando cifras y hablando de negocios. Titan hacía que fuera muy fácil. Pero estábamos tan bien juntos cuando hacíamos otras cosas que odiaba aquella distancia, aquella frialdad. Era enervante.

—No.

Titan alzó la vista y me miró fijamente. Yo no la estaba mirando directamente, por lo que no podía asegurar que estuviera en lo cierto, pero sospechaba que así era. Contemplaba mi perfil con aquellos ojos verdes abrasándome como ascuas. Sabía que quería decir algo, disipar aquella tensión entre nosotros, pero seguir dándole vueltas a aquel asunto sólo lograría precipitar el desastre.

Lo mejor era no decir nada de nada.

ENTRÉ en el restaurante y ocupé mi asiento en el reservado. Estábamos en Charlie's Steakhouse, un local popular para almorzar entre los ejecutivos. Estaba cerca de mi oficina y de la de todo el mundo; no era fácil conseguir una mesa, pero yo nunca tenía problemas para entrar en ningún sitio.

Me senté frente a Kyle Livingston, que había llegado a la ciudad la noche anterior.

No perdí mi tiempo concertando una cita para verlo.

Kyle me estrechó la mano.

—¿Qué tal van las cosas, Diesel?

Pues de puta pena.

—Bastante bien, ¿y tú qué tal?

—Mi mujer está cabreada conmigo, pero siempre está cabreada conmigo.

—¿Qué has hecho esta vez?

—Decirle que prefería esperar un poco para formar una familia. —Se encogió de hombros—. El trabajo es un caos últimamente.

Si Titan fuera mi esposa, estaría dejándola embarazada en aquel preciso instante.

—El trabajo es trabajo, no debería ser la vida.

—¿En serio? —Entrecerró los ojos molesto—. Eres el mayor adicto al trabajo que he conocido… ¿y ahora me vienes con esas?

Ignoré el comentario haciéndole una seña al camarero y pidiendo una cerveza.

Kyle pidió lo mismo.

—Bueno, ¿qué tal tu amante secreta?

La última vez que lo había visto les había confesado mi amor por una mujer sin nombre a él y a Rick Perry. A estas alturas esperaba haber podido hacer pública ya mi relación con Titan… pero parecía que aquello tendría que esperar un tiempo.

—Bien.

—¿Me vas a decir ya quién es la mujer?

—No. —Di un sorbo antes de redirigir la conversación—. Quería hablarte sobre trabajar con Titan. Ambos tenéis los mismos intereses y los dos podéis ser de vital importancia el uno para el otro.

—¿Por qué hablas de ella sin que esté presente?

Aquella era una buena pregunta. Por desgracia, yo no tenía ninguna buena respuesta.

—Titan no va a la caza de oportunidades, tiene demasiada clase para hacerlo.

—¿De verdad? —me preguntó—. A mí me parece toda una jugadora, pero no en el mal sentido.

Lo era. Acechaba a su presa hasta obtener lo que deseaba.

—El caso es que ayer recibí una llamada de Vincent Hunt. Por él he venido a la ciudad… —Sus ojos se apagaron a la vez que su voz, advirtiendo la obvia tensión que ocupó el espacio alrededor de nuestra mesa. Todo el mundo en la industria sabía que mi padre y yo no nos hablábamos, como también estaban enterados del numerito que yo había montado. Nadie me preguntaba por mi padre porque sabían que no obtendrían una respuesta, y yo sabía que nadie iba a ser tan tonto como para preguntarle a mi padre por mí.

No debería haberme sorprendido que mi padre se hubiera puesto tan rápidamente en contacto con Kyle. Le cabreó no poderse salir con la suya con Titan, y ahora tenía que cumplir su amenaza y castigar a Titan por aliarse conmigo. Era un golpe para su ego, porque a él nadie le decía nunca que no.

—De eso quería hablarte.

—¿De tu padre? —preguntó sorprendido.

—No de él en concreto, sino de lo que te va a ofrecer.

—¿Y cómo sabes tú lo que me va a ofrecer? —Le habían traído la cerveza hacía unos cuantos minutos, pero todavía no había tenido oportunidad de bebérsela de lo enfrascados que estábamos en la conversación.

—Porque le ofreció lo mismo a Titan y ella lo rechazó.

—¿Cuál fue la oferta? —No miró al camarero cuando nos trajo la cesta de pan a la mesa ni me quitó la vista de encima al pedir su almuerzo.

Yo pedí y luego le pasé las cartas. Cuando se marchó el camarero, continué.

—Le ofreció a Titan meterla en tiendas de todo el mundo a cambio del cinco por ciento.

A Kyle le llevó casi un minuto procesar el acuerdo.

—¿Y ella lo rechazó porque…?

—Está convencida de que vosotros dos podríais lograr mucho más.

Arqueó una ceja.

—¿Cree que nosotros podemos mejorar lo que ofrece Vincent Hunt? ¿Poner sus productos en todas partes a cambio de un mero cinco por ciento? Llevo mucho tiempo haciendo negocios y jamás había oído un trato como ese.

—Exacto. —Aquel acuerdo no me afectaba para nada, podría haberlo dejado estar sin más y haber seguido con mi vida, pero mi padre estaba intentando joder a Titan y yo no podía permitir que aquello sucediera. Vincent jugaba sucio, así que yo jugaría sucio también—. A Titan le pareció demasiado sospechoso. ¿Por qué motivo iba a hacer un hombre como Vincent Hunt un trato semejante? En cuanto algo no encaja, es necesario empezar a preocuparse.

Kyle no parecía del todo convencido, pero tampoco rechazó de plano mis argumentos.

—Creo que sus negocios no van bien. —Aquello era mentira y me sentí un poco culpable por difundir un falso rumor sobre mi padre. No estuvo bien divulgar públicamente mi relación con mi padre, pero al menos aquella historia era cierta. Esto era un montón de bazofia—. Me parece que esto no es más que un movimiento desesperado para aprovecharse del éxito de Titan.

Se cruzó de brazos sin dejar de observarme atentamente.

—Opino que deberías rechazar su oferta, no te reúnas siquiera con él. Organiza algo con Titan, ambos podéis ser de un inmenso beneficio para el otro; podéis obtener los dos lo que queréis sin tener que renunciar ni a un solo fragmento de vuestras compañías. Yo creo que es perfecto.

Kyle se frotó la barbilla y apartó los ojos de mi rostro. Meditó en silencio mis palabras, repasando todo lo que había dicho.

Yo tenía la esperanza de que aquello bastase para tentar a Kyle. No podía permitir que Titan perdiera aquella oportunidad por mi culpa, no cuando era uno de sus principales objetivos empresariales. No me cabía la más mínima duda de que encontraría otro modo de lograrlo, pero aquello le llevaría mucho tiempo.

Kyle rompió finalmente su silencio.

—Resulta sospechoso…

—Extremadamente.

—Titan es una mujer inteligente, confío en su instinto.

Bien.

—Ya había concertado la reunión con Vincent y no quiero cancelarla con tan poca antelación… No me gustaría que me cogiera manía.

Mi padre era un orador convincente. Esperaba que lo que le acababa de decir bastara para mantener a Kyle de nuestro lado.

—¿Qué te parece si te organizo una reunión con Titan para mañana por la tarde?

—Haré que mi asistente se ocupe de ello —dijo él—. Tengo una agenda bastante apretada esta semana.

Quise presionarlo un poco más, pero si mis avances se hacían evidentes, Kyle sospecharía.

—Suena bien. —Templé mis nervios dándole un largo trago a la cerveza. El espumoso líquido me bajó por la garganta pero no consiguió calmar mi furioso corazón. Titan había perdido aquella oportunidad por mi culpa.

Tenía que recuperarla, por ella.

DOS

Titan

Había un claro abismo entre nosotros.

Hunt estaba distante conmigo. Había un muro de hielo erigido entre ambos, una línea invisible que ninguno de los dos cruzaba. En ningún momento mencionó mi compromiso con Thorn ni intentó convencerme de que era un error estar con él.

No dijo nada en absoluto.

Ahora trabajábamos juntos como dos personas que no sintieran más que indiferencia la una por la otra.

No me gustaba.

Pero sabía que así era como debían ser las cosas.

El anillo de Thorn me pesaba en el dedo. Era un diamante perfecto que despedía destellos hasta cuando la cantidad de luz era mínima. Me sentía rara llevándolo, como si no fuese aquel su lugar. Recibía cumplidos por él allá adonde iba, pero por mucho que yo sonriera, aquellas amables palabras no me llegaban al corazón.

Todo aquello me parecía una farsa.

Un espectáculo carente de significado.

Una parte de mí creía que era lo correcto al ver el modo en que Thorn me sonreía. Me sentía segura con él, como si no hubiera ningún hombre en el mundo que pudiera ser mejor.

Pero, al mismo tiempo, no podía dejar de pensar en Hunt.

Y en cuánto daño le hacía aquello.

El dolor era evidente para ambos y probablemente por eso nunca hablábamos de ello. Quizás no lo mencionáramos jamás. A lo mejor nos limitaríamos a liarnos y a decir lo mínimo posible. Me daba pena pensar en ello, pero sabía que sería el mejor desenlace para nosotros dos.

Porque nada cambiaría nunca.

Estaba sentada ante mi escritorio cuando Jessica habló por el interfono.

—Tengo a Connor Suede al teléfono.

—Pásamelo.

La luz del receptor se iluminó y pulsé el botón para recibir la llamada.

—Hola, Connor.

—Titan. —Misterioso como siempre, era más elocuente con su silencio que con sus palabras—. Me encanta tu voz. Veo tonos de negro, gris y rojo cada vez que la escucho.

Era un artista, así que no me sorprendía cuando decía aquel tipo de cosas. Normalmente sonaban sensuales o románticas, fuera aquella su intención o no. El lío que había tenido con Connor había estado bien porque sabía cómo complacer a una mujer, pero también porque no era el tipo de hombre que buscaba un compromiso. Hacía años que lo conocía y nunca lo había visto con una novia formal. Y nunca había querido tener nada serio conmigo. Respetaba que yo supiera exactamente lo que quería.

—Gracias.

—Tengo que felicitarte.

—Gracias. —Bajé la vista hacia el anillo que llevaba en el dedo y contemplé el enorme diamante, único en su clase.

—Thorn es un buen hombre, y eso no es algo que yo diga muy a menudo.

—Lo sé.

A Connor no se le daba muy bien ir directo al grano. Siempre se ponía a divagar y avanzaba a su propio ritmo. No le metía prisa únicamente porque era una gran seguidora de su línea de ropa. Me llegaban prendas antes incluso de que las presentaran en público. Me encantaban sus zapatos, su ropa y todo el resto de sus creaciones. Era un auténtico genio a la hora de vestir a una mujer y lograr que estuviera espectacular.

—Te llamaba porque he mandado a una de mis chicas a tu oficina. Quería hacerte un regalo.

Sonreí.

—Me encantan tus regalos.

—Tenía la esperanza de que te lo pusieras mañana para ir a la galería.

Aquel acto se me había olvidado por completo. Un grupo de algunos de los artistas más increíbles se había asociado para vender sus obras de arte. Yo no era una gran coleccionista de arte, pero si veía algo que me llegaba al alma, lo compraba.

—Por supuesto.

—Tengo ganas de verte. Cuídate.

—Adiós, Connor.

MI CHÓFER me llevó de vuelta a mi ático después del trabajo. Estaba sentada en el asiento trasero mientras permanecíamos atascados en el tráfico de hora punta. Todo el mundo se dirigía a sus casas o al gimnasio después de una larga jornada en la oficina. Aproveché el momento para llamar a Thorn.

—Hola, ¿qué tal?

—¿A ti también se te había olvidado la fiesta de la galería a la que vamos a ir mañana?

Thorn soltó una risita al teléfono.

—Ahora que lo mencionas, sí.

—Connor me ha enviado un vestido para que me lo ponga. Si no lo hubiera hecho, probablemente no habría ido.

—Ahora tendrás que lucirlo.

—Es tan precioso que me lo pondría hasta para dormir.

Volvió a reírse.

—Eso sería un desperdicio. Y tendrías que pasarte horas planchándolo para quitar las arrugas.

—Cierto. ¿Tú tienes algo que ponerte?

—Me pondré cualquier traje, tengo cientos.

—Vale. ¿Quieres pasar a recogerme?

—Claro. Iré con el nuevo Ferrari que me he comprado.

—Oooh… Parece divertido.

—Me encanta que sepas de coches. A todas mis chicas les gusta montarse en ellos, pero no los adoran de verdad como tú.

—Eso cambiaría si se pusieran detrás del volante —dije yo—. Esa clase de poder se le sube a la cabeza a cualquiera.

Se le notaba en la voz que estaba sonriendo.

—¿Qué estás haciendo ahora?

—Estoy en un atasco, volviendo a casa. ¿Y tú?

—A punto de salir hacia el gimnasio.

—¿Nunca te cansas de ir al gimnasio? —A mí nunca me habían gustado. Prefería morirme de hambre que reunir el valor necesario para pasar una hora en la cinta de correr.

—Sí, pero nunca me canso de follar.

Puse los ojos en blanco.

—¿Qué tal van las cosas con Hunt? —Abandonó su actitud bromista.

En cuanto Hunt apareció en la conversación, yo también me puse seria.

—No hemos hablado demasiado.

Hizo una pausa a través de la línea. Me imaginé que estaría de pie en su despacho con la bolsa del gimnasio en el escritorio.

—¿Significa eso que ya no os veis?

—Estamos… Bueno, no nos hablamos.

—Entiendo...

—Es igual que cuando empezamos a vernos. Sólo sexo y nada más.

—¿Eso es bueno? —preguntó—. Parece exactamente lo que tú querías.

—Sí... Supongo. —Echaba de menos la conexión que teníamos antes, la sinceridad. Ahora era algo frío y vacío. El silencio estaba lleno de todas las conversaciones que nunca teníamos. Había tomado la decisión de que lo nuestro nunca funcionaría, pero eso no impedía que me doliese el corazón.

—Sabes que me tienes aquí si necesitas hablar.

—Lo sé, Thorn.

—Bueno, tengo que colgar ya. Mañana hablamos, ¿vale?

—Vale.

—Y, por cierto, ese vestido nuevo será corto, ¿no? —Volvió a recuperar su actitud bromista.

—Pues la verdad es que sí —dije con una sonrisa.

—Perfecto. Mi prometida va a ser la tía más buena de la sala mañana por la noche.

—Qué dulce eres.

—¿Y sabes qué lo hace mejor aún? Que tú eres la única mujer con la que soy dulce.

PARECÍA QUE HUNT me estuviese evitando.

La última vez que nos habíamos liado, había sido yo quien me había presentado en su casa.

Él nunca venía a mí.

Me parecía raro porque solía ser él quien no podía quitarme las manos de encima. Pero sospechaba que aquel distanciamiento surgía de su rabia. Estaba enfadado conmigo por haberle dicho que sí a Thorn, a pesar de que se lo había advertido de sobra. Hunt no lo había superado y yo me preguntaba cuánto tiempo tardaría en aceptar la verdad.

Una parte de mí sospechaba que dejaría de verme, pero yo no quería ni pensar en ello porque me destrozaría. Me volvería loca sin tenerlo entre mis piernas. Verlo con otra en la prensa rosa me haría vomitar. Pero, si aquella fuese su decisión, tendría que aceptarla sin inmutarme.

Por suerte, la luz del ascensor se iluminó y las puertas se abrieron.

Hunt entró en mi ático.

Llevaba unos vaqueros y una camiseta negros. A pesar de la ropa oscura, su piel seguía pareciendo bronceada. Tenía el pelo peinado como si acabara de salir de la ducha hacía poco tiempo. Me imaginé que habría ido al gimnasio después del trabajo y antes de ir a mi casa.

Yo estaba de pie en el salón porque acababa de prepararme una copa. Todavía tenía los zapatos de tacón puestos porque no había tenido oportunidad de quitármelos todavía. Había dejado el bolso en el otro sofá y seguía con la chaqueta negra que me había puesto en el coche.

Me quedé paralizada cuando lo vi y mis dedos no sintieron el cristal frío que tenía entre las manos. El corazón se me quedó inmóvil en el pecho, pero una vez que pasó la conmoción, comenzó a palpitar con más fuerza que antes. Sentí un cosquilleo en las puntas de los dedos y de repente sentí frío en la piel de la garganta, desesperada por su beso. Deseé que su cálido aliento me calentara, que cayese sobre mi piel y me hiciera retorcerme. Quería que aquel hombre me amara, que me asfixiara con su poderoso afecto.

Cruzó la sala en dirección a mí y, aunque avanzó a ritmo normal, pareció tardar una eternidad. No se movía a velocidad suficiente, sus manos no se posaron sobre mí lo bastante rápido. Sus ojos abrasadores penetraron en los míos con su habitual mirada posesiva. Me desvistió con una sola mirada, despojándome de mi vestido y después del sujetador y el tanga. Sus ojos le hicieron el amor a todo mi cuerpo a pesar de que aún no me había tocado.

Atravesó la habitación, se detuvo delante de mí y me observó desde las alturas de su agresiva presencia.

Se me olvidó respirar.

Posó la mano sobre mi vaso y lo dejó en la mesilla del salón sin apartar la mirada de la mía. No tuvo que doblar tanto el cuello para mirarme porque mis tacones me hacían trece centímetros más alta. Pero hasta con aquellos zapatos me sentía minúscula en comparación con su altura y su complexión.

Con los ojos clavados en los míos, me cogió la mano izquierda. Sus dedos encontraron mi anillo de diamante y me lo quitaron del anular. Yo no lo llevaba puesto cuando estaba en casa, pero no había tenido ocasión de quitármelo. Lo dejó caer sobre la mesita del sofá y por fin dio un paso más hacia mí. Pegó su pecho duro contra mis suaves senos a través de la tela. Su boca se abalanzó sobre la mía en un beso acalorado, aplicando los labios pero sin usar la lengua.

Aquel beso…

Metió la mano por debajo de mi pelo hasta que fue capaz de encerrar la mayor parte en un puño. Me dio un suave tirón, como si yo fuera un caballo con riendas. Inclinó mi boca exactamente como quería que estuviese y disfrutó de mí, besándome precisamente como él deseaba.

Con la otra mano agarró la parte de atrás de mi vestido y me lo subió arrugando el tejido. Hubo más besos; nuestras bocas se combinaron, ardieron y volvieron a separarse para que pudiéramos coger aire. Cuando volvimos a unirnos, la sensación fue mejor que la última vez que nos habíamos tocado. Estaba consiguiendo que me mojara, haciendo que empapara el tanga de deseo. Su mano volvió a estrujar mi vestido antes de ascender y coger la cremallera por la parte de arriba. La arrastró lentamente hacia abajo y fue abriendo la espalda del vestido hasta detenerse justo encima de mi trasero. El vestido se aflojó a la altura de los hombros y empezó a deslizarse hacia el suelo.

Me lo bajó a tirones, dejando a la vista mi tanga y mi sujetador negros. Volvió a tirarme del pelo y me besó con más fuerza.

—Joder. —Me atrajo hacia su duro pecho y movió la lengua en mi boca, haciendo que bailara eróticamente con la mía. Nuestras caricias fueron aumentando y nuestra respiración se volvió más agitada. Sentí que mi entrepierna se contraía a pesar de que no tenía nada que apretar. No estaba pensando en mi compromiso con Thorn, en Illuminance ni en nada más. Sólo estaba pensando en el hombre que estaba disfrutando de mí tan ávidamente.

Su mano me desabrochó el sujetador con naturalidad para luego dejarlo caer al suelo. Me quitó los tirantes de los hombros y lo deslizó por mi cuerpo. Cuando quedé cubierta únicamente por el tanga negro, interrumpió el beso para poder mirarme. Posesivo, territorial y agresivo, me contemplaba como si fuera suya para siempre. Cubrió uno de mis pechos con su enorme mano y lo apretó con firmeza mientras su otra mano permanecía hundida en mi pelo. Recorrió con los ojos el valle de mis pechos, mi vientre plano y el tanga de encaje que estaba a punto de desaparecer.

—De rodillas. —Emitió la orden como un general, sin dejar espacio a malentendidos.

Aquella noche él estaba al mando.

Quería ser yo quien tuviera el control, pero aquella noche no parecía que a mi cuerpo le importara. Cobraba vida al oír sus mandatos, haciendo que me sintiera sumisa. Quería que me diera órdenes, quería obedecer, quería ser cualquier cosa que él quisiera que fuese.

Así que me dejé caer al suelo. Mis rodillas se clavaron en la alfombra, que apenas amortiguaba la dureza del suelo de parqué. Doblé las piernas y me senté sobre los talones. Todavía tenía los zapatos de tacón puestos y se

El jefe supremo

me clavaron un poco en la piel. Incliné la cabeza hacia arriba para mirarlo.

Él bajó los ojos hacia mí con una mirada de violencia agresiva. Disfrutó de las vistas durante un buen rato antes de ponerse en acción. Se le hinchó el pecho al respirar profundamente, apretó la mandíbula y se desabrochó los pantalones. Se bajó la cremallera y tuvo los pantalones por los tobillos en un santiamén. A continuación se bajó los bóxers, que dejaron expuesta su enorme erección, rezumando ya en la punta. Enterró la mano en mi pelo y se agarró la base. Apuntó su sexo hacia mi boca y empujó antes incluso de que yo empezase a separar los labios.

—Abre bien.

Abrí la boca todo lo que pude y aplané la lengua.

No dudó antes de hundirse hasta el fondo de mi garganta, penetrándome la boca con entusiasmo. La saliva se me acumuló en las comisuras y empezó a gotearme por la barbilla. Me ardían los ojos con unas lágrimas que no se debían a la emoción y que resbalaban por mis mejillas. El beso suave y sensual que acabábamos de compartir se vio sustituido por una mamada hasta el fondo de la garganta.

Pero me gustaba.

Me agarró por la nuca y empujó con más fuerza, sin que su enorme sexo mostrara delicadeza alguna con mi lengua y mi boca. Me golpeaba con ímpetu hasta el fondo, hundiéndose en mí sin piedad como si no se la hubiera chupado en años.

Su rostro tenía grabadas finas líneas de placer. Respiraba con esfuerzo mientras disfrutaba de mi boca húmeda. La saliva le goteaba por la base hasta los testículos, y de ahí caía hasta la alfombra que había a nuestros pies.

—Joder. —Salió de mi boca de repente, conteniéndose para no correrse en mi garganta.

Se puso de rodillas sobre la alfombra y se colocó detrás de mí. Hundió la mano en mi pelo y me pegó la cara a la alfombra, dejándome el culo en pompa. Separó un poco las piernas y me penetró.

Gemí al notar su tamaño. Me había tomado muchas veces, pero nunca estaba preparada para lo increíble que era aquella sensación. Era puro hombre, grueso como el tronco de un árbol y largo como una espada. Me puso una mano en la nuca y mantuvo mi rostro pegado al suelo mientras me follaba en medio del salón.

Nunca me lo habían hecho así.

Con la otra mano me sostenía las caderas, tirando de ellas para introducirse en mí con cada embestida. Se hizo dueño de la noche y me tomó con brusquedad justo como le gustaba. Entre envite y envite, dejó escapar un gemido entre sus labios mientras disfrutaba de cada segundo en mi estrechísimo canal. Tenía el sexo perfecto para su gran erección y él disfrutaba de cada instante.

Me rodeó el pecho con un brazo y tiró de mí hacia arriba, penetrándome en un ángulo distinto. Pegó la boca detrás de mi oreja y me embistió, poniéndome la otra mano en el vientre. Empujó cada vez con más fuerza, follándome como si nunca me hubiera tomado.

Me llevé las manos a la espalda y le agarré las caderas, usándolo como ancla para mecerme hacia él. Quería más de aquel miembro de lo que él podría darme. Un centímetro más y me golpearía el cérvix, provocándome una mueca de dolor. Mis nalgas chocaban contra su cuerpo una y otra vez mientras lo hacíamos en el suelo como un par de animales salvajes.

Le agarré las muñecas con las manos al verme empujada a un intenso orgasmo. Mis gemidos se convirtieron en gritos que llenaron el ático. Era tan placentero, tan intenso... Mis gritos se volvieron incoherentes y sentí que se me iba un poco la cabeza por el clímax que acababa de alcanzar.

Él se mantuvo aferrado a mis caderas y dio unos últimos empujones antes de correrse en el fondo de mi cuerpo, asegurándose de darme hasta la última gota de su valioso semen. Gruñó en mi oído sin contener su evidente placer.

Me encantaba sentirme así, llena de él. Me encantaba sentir su peso y su calidez. Estar llena de su excitación me hacía sentir la mujer más deseable del planeta. Cuando me soltó, apoyé las manos en el suelo y me quedé a cuatro patas.

Salió lentamente de mí y se metió en mi baño.

Yo tardé un minuto en recuperarme, en recordar el lugar exacto donde habíamos follado. Hasta donde alcanzaba mi memoria, yo no lo había hecho así, en el suelo. Puede que nunca lo hubiera hecho de aquel modo. Había sido carnal y agresivo, despiadado, rozando casi lo primitivo.

Hunt volvió un momento después, tras haberse aseado.

Me incorporé y me quité los tacones antes de ponerme de pie.

Hunt se vistió por completo, se pasó los dedos por el pelo y me dio un beso en la mejilla.

Jamás me había dado un beso en la mejilla.

—Buenas noches. —Se encaminó hacia el ascensor.

¿Cómo?

—¿Te marchas?

Pulsó el botón y se dio la vuelta.

—Sí.

No sabía cómo actuar porque nunca había venido a mi casa, me había follado y se había largado inmediatamente después. Pasábamos tiempo en la cama, hacíamos el amor unas cuantas veces más y luego se marchaba bien entrada la medianoche. Ahora pretendía venir e irse más rápido que si estuviera pasando con el coche por la ventanilla de un restaurante de comida rápida.

—¿Por qué?

Entrecerró los ojos y me miró con dureza, como si hubiera dicho las palabras equivocadas.

—Ya sabes por qué. —Se abrieron las puertas, así que entró.

Me dirigí hacia el ascensor completamente desnuda y pulsé el botón para que las puertas permanecieran abiertas.

—Entra aquí ahora mismo.

No se movió.

—Ahora mismo.

Suspiró antes de volver a mi ático. Las puertas se cerraron inmediatamente a su espalda. Se cruzó de

El jefe supremo

brazos mientras contemplaba el ático como si fuera la primera vez que estaba allí, con la mandíbula tensa por la hostilidad. Era evidente que estaba enfadado conmigo; furioso, para ser más exactos.

—No estoy llevando esto bien. Creía que a estas alturas ya lo habría superado, pero supongo que no es así.

Sabía que todo aquello se debía a mi compromiso con Thorn. Todavía no habíamos hablado de ello y estaba claro que no se lo quitaba de la cabeza.

Se metió una mano en el bolsillo delantero de los vaqueros y se pasó la otra por el pelo.

Yo no sabía qué decir para mejorar la situación. Odiaba hacerle daño y no lo estaba haciendo a propósito. Hacerle daño a él era lo mismo que hacérmelo a mí misma. Quería disculparme, pero me parecía fuera de lugar porque no tenía nada por lo que pedir disculpas. No podía haber tomado ninguna otra decisión.

—Sé que no le quieres. —Tenía la mirada puesta en la cocina, aunque en realidad no la estaba mirando—. No como me quieres a mí. Sé que sólo es un amigo al que has elegido como parte de tu familia. Hasta me cae bien, pero... duele.

Entrecerré los ojos al notar la sacudida de dolor.

—Duele por muchas razones, pero la principal es que... debería ser yo.

No quería oír aquello. No quería volver a entrar en aquel bucle.

—Hunt, no podemos seguir hablando de esto... No va a lograr que ninguno de los dos se sienta mejor.

Sacudió ligeramente la cabeza antes de volver a

mirarme. Estuvo observándome mucho tiempo, viendo algo que sólo él podía ver. Me observó atentamente, embebiéndose de cada rasgo de mi expresión con sus ojos marrones. Me contempló tanto tiempo que parecieron transcurrir minutos.

—Tienes razón. No lo va a hacer. —Volvió a pulsar el botón del ascensor.

El corazón se me rompió en mil pedazos cuando lo vi entrar.

—Hunt…

—¿Qué? —Mantuvo la puerta abierta mientras me contemplaba con una ligera irritación.

Ahora fui yo la que se lo quedó mirando. Observé la barba de su rostro y me dejé arrastrar por la oscuridad de su mirada. Me tocaba a mí decir algo, pero mis labios no articularon una sola palabra.

—¿Qué? —repitió con voz más grave—. Si quieres que me quede, dilo.

No quería ver cómo se cerraban aquellas puertas y ocultaban su rostro. La noche en que había dicho que aceptaría casarme con Thorn, las puertas se habían cerrado apartando de mi vista la expresión de Hunt. El estómago se me había llenado de ácido, dolor y lágrimas. No era capaz de borrar aquella imagen de mi mente.

—Por favor.

—Por favor, ¿qué? —insistió.

—Quédate.

Nuestros ojos permanecieron conectados durante varios segundos antes de que volviera a entrar en mi casa. Su hostilidad había desaparecido al oír mi súplica y deslizó las manos por mi pelo antes de besarme. Como si la escena en el suelo del salón no hubiera tenido lugar, me besó como si no me hubiera tomado ya aquella noche.

Me besó como si nunca me hubiera tomado.

Sus fuertes brazos me rodearon antes de alzarme hacia su pecho. Sin perder el ritmo, me sacó en brazos del salón y me llevó a mi dormitorio. Me colocó sobre la mesa y me bañó en sus cálidos besos, posándome los labios sobre el hueco de la garganta y haciendo que me retorciera en la cama. Como si no acabara de provocarme un orgasmo, necesité que me llevara al clímax una vez más.

Se desabrochó los vaqueros y volvió a bajarse los bóxers. Me puso las caderas en el borde de la cama e introdujo su sexo palpitante en mi cuerpo de nuevo, hundiéndose entre mis piernas hasta el fondo, el lugar en el que debía estar. Emitió un gemido desde el fondo de la garganta mientras disfrutaba de mi habitual humedad.

Me agarré a sus caderas y tiré de él hacia mí despacio, deseando aquel suave balanceo que solía darme.

Empujó al ritmo perfecto, sirviéndose de las manos para sostener su cuerpo sobre el mío en la cama. Su poderoso cuerpo se flexionaba y se movía mientras se mecía hacia mí, haciéndome el amor a un ritmo sensual. Su mirada se llenó de deseo al contemplarme, reclamándome una vez más. Estaba enfadado, pero también increíblemente afectuoso, como siempre había sido.

—Pequeña...

Le subí las manos por el pecho mientras me dejaba llevar por nuestra pasión.

—Diesel...

EL APARCACOCHES COGIÓ las llaves del coche de Thorn, que me tomó la mano para que pasáramos adentro. Había periodistas en la acera y nos sacaron algunas fotos antes de que entrásemos al edificio.

El amplio vestíbulo estaba decorado para la ocasión con guirnaldas doradas y mesas negras. Había cuadros en las paredes y camareros recorriendo la sala con bandejas de champán. Lo más selecto de la sociedad neoyorquina se relacionaba luciendo vestidos y trajes caros.

Thorn no me soltó la mano mientras me llevaba adentro.

—¿Te apetece champán?

—Claro.

Me cogió una copa y me puso la mano en la parte baja de la espalda. Su afecto me resultaba natural porque llevábamos más de un año haciendo aquello en público. Estaba acostumbrada a que Thorn me tocase y nunca me hacía sentir incómoda. De hecho, cuando su mano estaba sobre mí, me sentía más relajada. Era mi mejor amigo, además de mi familia.

Charlamos con algunas personas que halagaron mi vestido y mi anillo.

—Bueno, ¿cuándo es el gran día? —preguntó Claudia Sawyer, la editora de la mayor revista de moda del mundo.

Thorn y yo ni siquiera lo habíamos hablado.

—Todavía no estamos seguros —respondí—. De momento nos limitamos a disfrutar de nuestro compromiso.

Thorn me puso el brazo alrededor de la cintura y me atrajo hacia su costado.

—Tengo bastantes ganas de celebrar la despedida de soltero, así que seguro que no tardaremos en decidir algo. —Me guiñó un ojo.

Sonreí por su ingenioso comentario.

—Tu despedida no será nada en comparación con la mía.

—Uuh... —dijo Claudia riéndose—. Parece que has encontrado tu media naranja, Thorn.

Thorn me miró con cariño.

—Eso parece.

Hablamos con algunas personas más a las que Thorn conocía de sus círculos sociales. Me encontré con un par de personas a las que quería ver, pero estábamos hablando tanto que en ningún momento había tenido oportunidad de ver los cuadros de verdad.

Thorn estaba inmerso en una extensa conversación sobre deporte, así que me alejé para mirar algunas de las obras que colgaban de las paredes. Una en concreto estaba llena de toques de color. Era intensa, viva y prácticamente estaba gritando aunque no emitía ni un ruido. Me la quedé mirando unos momentos antes de pasar al siguiente cuadro, algo más apagado. Encajaba mucho mejor con mi personalidad y me tomé un momento para disfrutar de él.

—¿Y este? —Una morena con un vestido plateado

se detuvo delante de un cuadro que había al final de la pared. Llevaba unos zapatos de tacón negros y un bolso también negro en la mano. Era guapa y alegre.

Un hombre con un traje negro se reunió con ella y se quedó mirando el cuadro, callado y pensativo. Tenía los hombros musculosos y la cintura estrecha.

Captó mi atención y lo miré de reojo porque me recordaba a Hunt. Cuando eché un vistazo y giré la cabeza por completo, me di cuenta de que era él. Me di la vuelta rápidamente y fingí que no me había quedado mirando.

Pero el corazón se me salió del pecho.

—No me dice nada —dijo calmadamente—. Nunca me ha entusiasmado mucho el arte.

—¿Cómo es posible? —Ella se acercó al siguiente cuadro—. Es precioso.

—Supongo que tenemos distintas definiciones de la belleza. —La siguió y examinó el siguiente cuadro que había en la fila. Tenía las manos en los bolsillos, pero su postura permanecía perfectamente recta, rígida y fuerte.

Quise alejarme y fingir que no lo había visto, pero si me movía demasiado rápido, se percataría de mi presencia. Me embargaba una oleada de celos que apenas podía controlar. No tenía derecho a estar celosa porque estuviera hablando con una mujer. No debería llegar a conclusiones precipitadas, pero no me gustaba lo que veía.

Siguieron avanzando frente a los cuadros y ella se detuvo delante de otra obra.

—Este le tiene que gustar, señor Hunt.

Señor Hunt.

Él se quedó mirando sin mostrar ninguna reacción perceptible.

—Pues no puedo decir que me guste…

—Pero si es una maravilla —dijo ella—. Mire estos colores tan vibrantes.

Él se encogió de hombros y se giró hacia mí, a punto de llegar a mi lado.

—Supongo que no me gustan los colores llamativos. —Sus ojos se clavaron en mí como si supiera que llevaba allí todo el tiempo—. Y este… —Se puso junto a mí casi rozándome el hombro—. Este me gusta. ¿Qué te parece?

Sabía que estaba hablando conmigo.

—A mí también me gusta.

La morena se acercó a él y se quedó mirando el cuadro.

—Sí, es bastante bueno. —Cruzó los brazos sobre el pecho.

Hunt estaba mucho más cerca de mí que de ella.

—Olivia, deja que te presente a mi socia, Titan.

Olivia sonrió antes de estrecharme la mano.

—Un placer. He hablado algunas veces con su asistente.

Sonreí mientras le estrechaba la mano; todavía no tenía ni idea de quién era.

—Igualmente.

Hunt sonrió mientras me miraba con nervios, probablemente consciente de los celos que yo sentía.

—Olivia es una de mis ayudantes y tiene un gusto

exquisito en lo relativo al arte. Me estaba dando algunos consejos.

Sentí una inmensa humillación por la forma exagerada en que había reaccionado. No había dicho ni hecho nada, pero Hunt sabía que me había puesto como loca por dentro, bajo la máscara que llevaba. Estaba aterrada ante la posibilidad de que hubiera llevado a una cita a la galería de arte y de tener que ver cómo otra mujer babeaba por él.

—Es un detalle por su parte ayudarte fuera del horario laboral… Debes de caerle bien… aunque no me imagino por qué.

Sonrió por aquella pequeña puñalada.

—El señor Hunt es maravilloso —dijo Olivia—. Cuando tuve a mi primer hijo, me dio nueve meses de baja de maternidad… pagados.

Entonces me fijé en la alianza que llevaba en la mano izquierda. No se me habría pasado por alto si no hubiera estado tan nerviosa.

—Parece que es un buen jefe.

—El mejor. —Olivia le dio una palmada en el hombro antes de alejarse—. Tengo que ir a ver dónde está mi marido. Luego nos vemos, señor Hunt.

Hunt volvió la mirada hacia el cuadro.

—Buenas noches, Olivia.

Ella desapareció y nos dejó a solas delante del cuadro.

Hunt no había dejado de sonreír.

Era exasperante.

—¿Qué?

Se giró hacia mí con un brillo en los ojos.

—Estaba en el otro extremo de la sala y ya notaba que estabas celosa.

—No estaba celosa —mentí—. Simplemente no estaba segura de que fueras tú.

—Y una mierda. Sabías que era yo hasta antes de mirarme.

Generalmente podía sentirlo antes incluso de que mis ojos alcanzaran a verlo. Su intensidad eran ondas sonoras y mi cuerpo era un radar. Podía detectar su calor, su energía.

—Estás aquí con tu prometido, pero te vuelves loca por verme con otra mujer. —Se giró de nuevo hacia el cuadro—. Qué interesante.

Puse los ojos en blanco.

—Tú eres peor que yo.

—Cierto, pero al menos yo lo admito. —Inclinó el cuerpo hacia mí y me puso la mano en la cadera.

Se me cortó la respiración de inmediato y el corazón se me detuvo al mismo tiempo.

Estaba mucho más cerca de mí de lo que debería. Podría besarme si quisiera. Podría cortarme la respiración si quisiera. Sus ojos oscuros se posaron en mis labios y se inclinó.

Pero yo no me aparté.

Pegó la boca a mi mejilla y me besó.

Fue inocente y delicado, pero hizo que me temblaran las piernas. Consiguió que mis rodillas desearan separarse para que sus labios pudieran besar mis zonas más sensibles. Había sido un beso de simple cortesía adecuado para un evento social, pero yo no podía dejar de imaginármelo follándome en la cama. No podía dejar de pensar en cómo se había corrido tres veces dentro de mí la noche anterior. Había acabado con tanto semen en la entrepierna que no cabía todo. La piel se me sonrojó por el calor abrasador y dejé que un gemido casi inaudible escapara de mis labios.

Pero seguro que Hunt lo pudo oír.

Se apartó y dejó caer la mano.

Abrí los ojos y contemplé la intensidad de su mirada. Me estaba observando igual que hacía cuando estábamos juntos y a solas. Todas las demás personas de la sala me veían con el precioso vestido que Connor me había regalado, pero Hunt veía algo totalmente distinto.

Estaba absolutamente desnuda.

Estaba cubierta en sudor.

Estaba en su cama.

Rebosante de su semilla.

Tenía las manos en los bolsillos de los pantalones, pero sus ojos me estaban haciendo el amor de formas que nadie comprendía. Todo el mundo continuaba con sus conversaciones y disfrutaba de sus copas de champán, pero Hunt y yo nos acostábamos sólo con la mirada. Me pasaba la lengua por el cuello hasta el hueco de mi garganta. Me besaba en todos los lugares que yo deseaba. Me veneraba como si fuera la única mujer a la que quería en su cama.

Pareció continuar eternamente.

Nos vimos interrumpidos por Connor Suede. Si no hubiera venido, probablemente aquello habría seguido indefinidamente.

—Cariño, estás impresionante. —Me rodeó la cintura y me dio un beso en la mejilla.

Estuve a punto de empujarlo porque Hunt estaba allí de pie. Sabía que odiaba a Connor y que sentía unos celos tremendos de él. Aunque ahora no había nada entre nosotros, Connor era un hombre atractivo al que me había llevado a la cama. Yo no querría ni mirar a una mujer con la que Hunt hubiera estado.

—Gracias, Connor. ¿Qué tal la noche? —Me aparté rápidamente de su contacto sin parecer maleducada. No descartaría que Hunt le diera un puñetazo en la cara a cualquiera que me tocara la mano demasiado tiempo.

—Genial. —Toda su ropa era negra: los vaqueros, la camiseta y la chaqueta de cuero que llevaba encima—. Acabo de comprar un cuadro para añadirlo a mi colección.

—Eso es maravilloso. No me sorprende que un artista aprecie el arte.

Connor se giró hacia Hunt y extendió la mano.

—Hunt. Me alegro de verte.

Hunt le estrechó la mano, pero se limitó a asentir a modo de respuesta.

Connor pasó por alto su frialdad o no pareció percatarse.

—Me preguntaba si querrías hacer otra sesión de fotos conmigo la semana que viene.

—¿Otra vez? —pregunté sorprendida.

—Las ventas están por las nubes. Has dado un valor de marca a mis prendas que nunca había previsto. Tu imagen y tu valentía son cosas que las mujeres desean.

Cuando esa historia llegó a los periódicos, mejoró mis ventas en vez de empeorarlas. Las mujeres de todo el mundo te admiran. Te pasó algo terrible, pero no te rendiste. —Sostuvo un dedo en alto—. Ese es el tipo de ejemplo que deberían admirar las mujeres jóvenes.

Sus palabras me dejaron sin habla porque Connor nunca era amable sin un motivo. Si hacía un cumplido, era auténtico. Si no le caías bien, no tenía ningún problema en proclamarlo. Le importaba muy poco lo que pensaran los demás. En lugar de eso, valoraba su propia opinión por encima de la del resto.

—Eso es muy bonito, Connor.

—Así que vamos a hacer otra sesión. Voy a sacar una nueva línea de moda de noche. —Señaló mi vestido—. Por lo que he oído, a la gente ya le encanta.

—Es precioso. —Pasé los dedos por la parte delantera.

—¿Eso es un sí? —preguntó.

—Por supuesto.

—Eso es maravilloso. —Se inclinó hacia delante para volver a besarme en la mejilla.

En aquella ocasión, Hunt no permitió que me diera el segundo beso. Con discreción, se coló entre nosotros y se dirigió a Connor directamente.

—Llevo tiempo pensando en comprarme un traje nuevo. ¿Tienes alguna recomendación?

Connor no percibió la hostilidad porque Hunt la escondió lo bastante bien.

—Muchas, en realidad.

—Deberíamos hablar de ello —dijo Hunt—. Titan

es mi socia y habla muy bien de tu trabajo. A lo mejor debería adoptar parte de su gusto con respecto a la moda.

—Siempre puedes pasarte por la oficina y una de mis chicas te atenderá.

—Me parece una idea genial.

Alguien llamó a Connor y él se marchó sin más.

En cuanto se hubo ido, Hunt frunció el ceño con ferocidad. Clavó los ojos en la espalda de Connor como si su mirada fuera un cuchillo afilado y Connor una tabla de cortar. Lo contempló atentamente antes de volver a mirarme.

No pude contener mi sonrisa.

—Y luego soy yo la celosa…

No esbozó una sonrisa.

—Quiere follarte.

—¿Y qué?

La mirada hostil que me dirigió ardía lo suficiente como para quemar la lava.

—*¿Y qué?*

—Que él quiera hacerlo no significa que vaya a conseguirlo. Hay muchas mujeres que quieren meterse en tu cama. ¿Eso significa que te las vas a tirar a todas?

Su aterradora mirada era la única respuesta que iba a recibir.

—No quiero que te bese así.

—Es francés.

—Me importa una mierda lo que sea.

—Estás exagerando.

—Si ves a una mujer besarme dos veces en la mejilla, ya me dirás si estoy exagerando. —Se alejó de mí y volvió a la fiesta principal con sus fuertes brazos tensos por aquella desagradable hostilidad. Se mezcló con la multitud, pero destacaba como una isla en mitad del mar. Hasta desde el otro lado de la sala era capaz de percibir su enfado.

Era capaz de percibir su ira.

TRES

Hunt

No debería haber perdido la paciencia con lo de Connor.

En aquel momento daba igual; mi única oportunidad de conservar a Titan era que se enamorara tan profundamente de mí que corriera un último riesgo por mí: ir contra las pruebas y decidir creerme sólo porque ella quería.

Y actuar como un maníaco celoso no era el modo de conseguirlo.

Como tampoco lo era marcharme por las buenas de su ático después de tirármela.

Tenía que controlarme y tomarme aquello en serio.

Connor era lo último por lo que debería preocuparme en aquellos momentos.

Ya tenía otros problemas más urgentes.

La voz de Natalie interrumpió mientras pensaba sentado detrás de mi escritorio.

—Señor, tengo a Kyle Livingston por la línea uno.

Sabía exactamente de qué iba aquello y esperaba que

fuesen buenas noticias. Mi padre era capaz de convertir cualquier cosa en oro con sólo chasquear los dedos. La gente encontraba respetable su intimidación, así que todo el mundo quería hacer negocios con él. Era ingenioso y también elocuente. Si no nos hubiéramos declarado aquella guerra el uno al otro, llegaría incluso a admitir que lo respetaba como empresario. Tomaba excelentes decisiones y hasta donde yo sabía, nunca había ido a joder a nadie. En sus negocios reinaba cierta cultura de moralidad.

—Gracias, Natalie. —Pulsé el botón del intercomunicador y seguí mirando por la ventana—. Hola, Kyle. ¿En qué te puedo ayudar? —Aparentar calma era mi única opción; los hombres no respondían bien al patético sonido de la desesperación. En aquel momento yo estaba completamente desesperado, pero era demasiado orgulloso para confesarlo.

—Ayer hablé con tu padre.

—¿Ah, sí? —Conservé mi falsa indiferencia. No podía exponer mis deseos ante nadie: si alguien entendía tus motivaciones, te podía convertir fácilmente en su pelele—. ¿Y qué tal fue?

—Me ofreció exactamente el acuerdo que predijiste.

—¿Y te sorprende? —Apoyé el codo en la mesa y descansé la cabeza en la mano. En la ciudad lucía el sol y no había rastro de nubes en el cielo, pero la presencia del invierno se hacía evidente al ver a la gente recorrer las calles con sus prendas más gruesas de abrigo.

—Supongo que no.

Fui directo al grano para poder actuar con naturalidad; era lo que normalmente haría si no tuviera ningún interés personal en el asunto.

—¿Lo vas a aceptar?

—Le dije que me lo pensaría.

Era un acuerdo espectacularmente bueno como para rechazarlo... El hecho de que Kyle tuviera dudas me pareció un augurio excelente.

—Todo el asunto me resultó sospechoso. ¿Para qué iba a ofrecerme algo semejante, a menos que hubiera trampa?

—Siempre hay trampa. Y algunas cosas son demasiado buenas para ser ciertas.

—Eso es lo que me parecía a mí.

—En fin, avísame cuando tomes la decisión. Titan sigue interesada, pero si tú decides trabajar con Vincent, empezará a preparar un nuevo plan. —Ponerle un petardo en el culo a Kyle ayudaría... Titan no era de esas mujeres que se sentaban a esperar a que sucedieran las cosas. *Ella* era lo que les sucedía a las cosas. Todo problema tenía su solución y ella siempre la encontraría—. Tenemos una reunión con algunos de mis distribuidores la semana que viene, así que partiremos de allí.

—Tenía una mano de cartas terrible y estaba de farol: no había reunión ni tampoco distribuidores. Necesitaba a Kyle, pero no se lo iba a decir. Los hombres con poco poder siempre permitían que su ego creciera desproporcionadamente en cuanto tenían una pizca de control, pero los hombres con mucho poder nunca permitían que se les subiera a la cabeza porque estaban acostumbrados a tener todos los triunfos en la mano.

—En realidad, creo que trabajar con Titan sería la mejor opción en mi caso.

Una sonrisa se extendió de inmediato por mi cara. Me enderecé en la silla y sentí mi pecho relajarse por primera vez aquella semana. Por fin había podido conseguir algo; le había conseguido a Titan lo que ella merecía y había hecho descarrilar el vengativo plan de mi padre.

—Estoy de acuerdo. Hablaré con Titan y te llamarán de su oficina.

—Me gustaría hacer esto lo más pronto posible, antes de rechazar formalmente la oferta de Vincent.

—Lo entiendo. —Si la cosa no funcionaba con Titan, no quería perder el único otro acuerdo que tenía sobre la mesa—. Te llamará durante la próxima hora. —Colgué y me levanté de la silla. Tenía una reunión en media hora, pero aquello no parecía importante en aquel preciso momento. Salí y me acerqué al escritorio de Natalie—. Cambia la reunión.

Natalie ocultó su sorpresa por la poca antelación y asintió.

—Por supuesto, señor Hunt.

Yo nunca reorganizaba mi vida por nadie. En mi mundo, todo giraba a mi alrededor. Nunca cancelaba una reunión de negocios, ni por una mujer ni por nadie. Pero en el caso de Titan, nada me parecía tan importante como ella.

TITAN ESTABA al teléfono en su despacho de Stratosphere. Alzó la vista hacia mí cuando entré, pero continuó con su conversación como si no tuviese compañía.

—Sí, esa me parece una idea excelente, Roger. Hablaremos de ello comiendo la semana que viene. —Escuchó su contestación antes de dar su respuesta—. Eso me parece bien. Cuídate. —Dejó el teléfono en el soporte con las uñas pintadas de color manzana de caramelo antes de volver hacia mí toda su atención. Ya se le daba mucho mejor aparentar indiferencia hacia mí en público, pero no podía ocultar por completo sus emociones. Sus ojos adoptaban una clase diferente de intensidad que me estaba exclusivamente reservada. Tragaba con mucha mayor frecuencia y apretaba los muslos entre sí cuando se sentaba en una silla. Sus ojos recorrían mi cuerpo como si estuviera imaginando sus manos contra mi sólido pecho—. No esperaba verte en al menos otra hora.

Cerré la puerta de su despacho antes de acercarme a su escritorio.

—Yo tampoco.

Ella miró la puerta de reojo antes de volver su atención de nuevo hacia mí con actitud precavida. Probablemente había pensado que quería hacer alguna cochinada directamente contra la ventana. Aquellas no eran mis intenciones, pero su suposición no era infundada.

Me quedé de pie con las manos en los bolsillos y la miré fijamente, observando el hueco de su garganta. Parecía estar muy solo en la blusa que ella se había puesto. Necesitaba la calidez de mis besos y las caricias de mis dedos endurecidos. Cuando miraba a Titan no veía sólo a una mujer hermosa: veía a mi mujer.

Cuando habló lo hizo en voz mucho más baja de lo habitual. Cuando estábamos solos los dos, se mostraba vulnerable y me trataba como a su amante, hasta cuando no quería hacerlo. Era un impulso natural que yo sentía exactamente igual.

—¿Qué pasa, Hunt?

—Acabo de hablar con Kyle Livingston.

Sus ojos se estrecharon al oír mencionar aquel nombre.

—Quiere hacer negocios contigo y está esperando una llamada de tu despacho. —Me sentí tremendamente orgulloso de poder devolverle aquello. Era como un perro que hubiese cazado una ardilla en el jardín: ahora se la traía a mi dueña para poder ser cubierto de halagos. Su opinión lo significaba todo para mí.

—¿Conmigo? —preguntó sorprendida—. ¿Y qué pasa con Vincent?

—Kyle ha rechazado su oferta porque prefiere trabajar contigo.

Sus ojos no se movieron mientras su cabeza se ladeaba lentamente. Me miró con profunda suspicacia, como si acabara de hablarle en otro idioma.

—¿Qué razón tendría para hacer eso?

Me encogí de hombros.

—Eso da igual, tú llámalo.

Ella apoyó las manos en la mesa y se puso lentamente de pie. Con los tacones casi me llegaba al nivel de los ojos. Me gustaba que añadiera aquellos trece centímetros adicionales a su altura porque así era más fácil besarla, pero también me gustaba que tuviera que doblar completamente el cuello sólo para mirarme a los ojos.

—No da igual; Kyle Livingston sería un idiota si rechazara esa oferta. No tiene ningún sentido, a menos que esté enamorado de ti, como yo.

Me encantaba oírla decir aquello. No me cansaba nunca de escucharlo. Lo decía con sencillez, como si fuera la mayor verdad del mundo. Era innato e incontenible. No le daba vergüenza admitir sus sentimientos por mí porque formaban una parte esencial de su persona.

—No está enamorado de mí, así que no hace falta que te pongas celosa.

Cuando me fulminó con la mirada, lo hizo con un marcado carácter juguetón.

—Lo convencí de ello.

—¿Cómo puñetas conseguiste hacerlo? —preguntó asombrada.

—Le dije que tú eras mejor socia, así de sencillo. —Sostuve su mirada deseando poder pasar la mano por sus suaves rizos. Deseaba no tener aquel enorme escritorio entre nosotros para poder deslizarle las manos por la cintura y hacer que se doblase hacia mí.

Ella me devolvía la mirada como si le estuvieran pasando pensamientos parecidos por la cabeza. Su traviesa mirada de enfado y su escepticismo desaparecieron con rapidez y fueron sustituidos por una expresión conmovida. Se dulcificó al mirarme, mostrándose más vulnerable a cada segundo que pasaba.

—Diesel…

Rodeé el escritorio y acudí a su lado, muriéndome por tocarla.

—No me puedo creer que hicieras eso.

Mandé nuestra norma de comportarnos con profesionalidad al carajo, la cogí por las caderas y la giré hacia mí. Mis manos se deslizaron por sus nalgas y subieron por su espalda mientras mi cuerpo se pegaba más a ella. No la besé, pero la chispa que pasó entre nosotros fue lo bastante abrasadora. La miré a la cara y vi intensamente reflejado el amor que yo mismo sentía.

—¿De verdad te sorprende tanto? —Le puse la mano en la mejilla y rocé su labio inferior con el pulgar. Su rostro quedaba empequeñecido por mi enorme palma.

—No…

—No pienso dejar que te veas atrapada en medio del fuego cruzado entre mi padre y yo. A mí puede hacerme lo que quiera, pero más le vale dejarte fuera de esto.

—Cuando se entere se va a cabrear…

Mi padre era un hombre orgulloso, así que estaba claro que aquello no le iba a hacer ninguna gracia. Había conseguido alejar de sus garras tanto a Titan como a Livingston y estaba seguro de que no iba a encajar el golpe demasiado bien. Su próximo ataque sería todavía más despiadado, pero mientras dirigiera su ira contra mí y no contra mi mujer, no me importaba.

—Espero que se cabree. —Fui incapaz de seguir conteniendo mis impulsos, me incliné y le di un suave beso en los labios.

Ella me devolvió el beso y sus manos se desplazaron de inmediato hasta mi pecho. Apretó las puntas de los dedos, presionándome la piel a través del tejido. Respiró en mi boca con un suave gemido y supe que si hubiera estado sentada, en aquel momento estaría apretando fuertemente los muslos.

Mi mano le dio un apretón en la nalga y luego le arremangó lentamente la falda hasta la cintura. Las puntas de mis dedos se deslizaron por su suave piel y sintieron la preciosa carne de la que me encantaba disfrutar todas y cada una de las noches. Tenía el miembro como una piedra contra la cremallera de los pantalones de vestir, deseoso de liberarse y estar entre las piernas de la mujer más bella del planeta.

Ella me besó con más fuerza y permitió que su trasero desnudo quedara expuesto en medio de su despacho. Pero luego entró en razón y apartó sus deliciosos labios de los míos.

—No podemos... —Retrocedió un paso y se tiró de la falda para bajársela, aturdida y excitada al mismo tiempo.

Me dolían los dedos y tenía la mandíbula tensa de irritación. Quería hacer el amor con ella sobre aquel escritorio, verla abrir las piernas del todo para mí mientras estaba tumbada de espaldas sobre la madera. Quería tomar a Tatum Titan en su hábitat natural, pero no debería haberme sorprendido que su necesidad de profesionalidad superase su deseo por mí porque su ambición era lo único lo bastante fuerte para combatirlo. A pesar de mi rampante erección, respeté su contención.

—Entonces espero que me demuestres tu gratitud esta noche.

Ella se alisó la parte delantera de la falda y luego se tocó los labios como si acabara de morderla.

—Demostrarte mi gratitud, ¿eh?

Mis ojos se desplazaron hasta sus labios y me los imaginé haciéndome una mamada y devorando mi semilla.

—Sí.

—Hace tiempo que no estoy yo al mando…

—Cuánto lo siento. —Encerré su pelo en un puño y le di un brusco beso en los labios antes de marcharme—. Dime qué tal te va con Kyle, le dije que vosotros dos podríais hacer grandes cosas juntos.

—Lo haré. —Sus ojos me siguieron mientras me alejaba.

Abrí la puerta y me di la vuelta para mirarla.

—En unas horas recibirás mis instrucciones.

Cruzó los brazos ante el pecho con expresión desafiante, pero no verbalizó su desobediencia.

No esperaba nada a cambio de ayudarla. Mi única motivación era ofrecerle lo que ella merecía, pero si podía sacarle partido a la situación por supuesto que lo haría, joder.

—Que pases buen día, Titan.

—Tú también, Hunt.

CUANDO TERMINÉ mi sesión en el gimnasio, me metí en el asiento trasero de mi Mercedes y mi chófer me acompañó de vuelta a mi ático. Llevaba todo el día pensando en sexo y ahora que la jornada laboral había terminado oficialmente, llamé a Titan.

Contestó con profesionalidad, indicándome que no podía hablar con libertad.

—Titan.

Me encantaba la forma que tenía de decir su propio nombre, rebosante de confianza.

—Tengo instrucciones para ti.

—Te escucho.

—Ve a casa. Desnúdate. Coge un bote de lubricante. Tócate hasta que estés lista para mí.

—No me hace falta hacer eso para estar preparada para ti, Hunt.

No estaba pensando en el lugar correcto.

—De hecho, sí que te hace falta… y te lo recomiendo encarecidamente.

Su silencio era la confirmación que estaba esperando.

—A cuatro patas encima de la cama. —Colgué y me metí el móvil en el bolsillo. Miraba fijamente por la ventana, pero no veía los edificios ni a los peatones. Lo único que veía era a Titan con el culo en pompa y los dedos enterrados en el recto mientras se preparaba para admitir mi enorme miembro. No quería pronunciar una sola palabra; lo único que quería hacer era follármela y recordarle que era mía aunque llevara el anillo de otro hombre.

Fui a casa, me duché y me puse unos vaqueros y una camiseta antes de pedirle al chófer que me dejara en su edificio. Entré en el vestíbulo, llegué hasta el ascensor y subí lentamente hasta la última planta del edificio.

El corazón me latía desbocado.

Me excitaba ser el que tomara las decisiones y diera las órdenes, como también ver obedecer a una mujer fuerte. Se me ponía como una piedra al lograr que una mujer tan poderosa se sometiera a mí, entregándome tanto su cuerpo como su corazón.

Como una puta piedra.

Se abrieron las puertas y entré en su ático, en el que reinaba el silencio. No la vi por ninguna parte, por lo que supe que había seguido mis instrucciones. Me quité la camisa por la cabeza mientras cruzaba el salón, deshaciéndome de los zapatos a patadas sin dejar de moverme. Entré en el dormitorio y la encontré exactamente como había imaginado, sosteniendo su cuerpo con un brazo y con dos dedos de la otra mano dentro del ano. Había un bote de lubricante en las sábanas junto a ella. Respiraba con esfuerzo, dilatándose para mí con evidente disfrute.

Mientras me desabrochaba el cinturón y los vaqueros contemplé su suculento trasero, su piel blanca y sedosa y sus esbeltos dedos, su espalda arqueada, tonificada y perfecta, su cabello oscuro descansando entre sus omóplatos…

Mis vaqueros y mis bóxers cayeron al suelo, y fue entonces cuando me oyó y me miró por encima del hombro.

Tenía la mayor erección de mi vida: en cuanto Titan me llevaba a un nuevo nivel de excitación, lo superaba. Nunca olvidaría la imagen de aquella magnífica mujer sodomizándose a sí misma para que yo pudiera follarme su minúsculo ano con mi miembro gigantesco. La última vez que lo había hecho, le había dolido. Pero tendría que acostumbrarla a ello... porque yo lo disfrutaba con ganas. Otras mujeres me habían pedido que se la metiera por detrás, pero sólo porque pensaban que era lo que yo quería. Cuanto más pervertidas fueran, más probable sería que yo me quedase con ellas. Nunca me había gustado. Pero a Titan... A ella me la quería follar de todas las maneras posibles.

—Joder.

Me acerqué a la cama y me coloqué detrás de ella, observando cómo sus dedos continuaban su trabajo en el pequeño orificio. Me incliné sobre ella y le rodeé el pecho con el brazo. Acerqué mi boca a su oreja y escuché su respiración agitada mientras seguía estimulándose con los dedos. No le había dicho que parara, así que más le valía continuar.

—¿Ya estás lubricada para mí, pequeña?

—Sí —dijo respirando con fuerza.

—Sí, *jefe*.

Se envaró al escuchar mis palabras, pero no me desobedeció.

—Sí... jefe.

Me eché hacia atrás y me puse de rodillas. Abrí el bote de lubricante y me lo apliqué por todo el miembro. En cuanto cerré la mano en torno a él y masajeé el aceite en mi piel, gemí por la sensibilidad que me provocaba la expectación. Tiré a un lado el bote y la cogí por la muñeca antes de apartarle la mano. Tenía el ano dilatado y preparado para mí, resbaladizo de lubricante. Me agarré por la base y me introduje en su interior.

Me costó mucho menos entrar que la vez anterior.

Me movía lentamente, sintiendo su increíble estrechez en todas direcciones. Exprimía mi sexo con agresividad y sentí cómo se retorcía de placer. Era perfecto, justo igual que la última vez. Las vistas eran espectaculares y mi descomunal pene estaba satisfecho.

Ella gimió al sentirme entrar, tanto de placer como de dolor. Arqueaba aún más la espalda y respiraba profundamente mientras acomodaba mi inmenso tamaño en su pequeño canal. Ni siquiera se la había metido por completo y ya le estaba costando esfuerzo.

Continué penetrándola hasta llegar a la base.

Ella volvió a gemir, siseando entre dientes mientras luchaba contra el dolor.

Tenía a Tatum Titan a cuatro patas con mi enorme miembro enterrado en su precioso trasero. Era un cabrón con mucha suerte. Le agarré las caderas con las manos mientras me preparaba para follármela. Las deslicé por su cintura hasta sus pechos y se los agarré con agresividad antes de levantar la mano y cogerla del pelo por detrás.

—Llevo todo el día pensando en esto. —Me envolví su cabello en los nudillos hasta tenerlo perfectamente sujeto.

Ella continuaba respirando con agitación.

Empecé a moverme, haciéndoselo con lentitud al principio. Necesitaba que se relajara y aceptara mi erección con suavidad para que no le hiciera daño. Pero con cada empujón mi cuerpo sólo deseaba empujar con más fuerza. Quería follármela sin piedad, penetrar aquel trasero con tanta agresividad como lo hacía con su sexo.

No sé cómo, conseguí contenerme.

Sus gemidos aumentaron de volumen y empezó a mecerse hacia mí, adoptando mi ritmo suave. Aceptaba mi miembro una y otra vez con su minúsculo ano totalmente dilatado.

En aquel momento sentí deseos de correrme.

Empecé a moverme con mayor rapidez porque no era capaz de contenerme. Ella respiraba con fuerza y gemía mientras me aceptaba una y otra vez.

Le tiré del pelo y la obligué a mirar al techo. Estaba totalmente bajo mi control, como una marioneta. La tenía exactamente donde yo quería, tomándola de un modo en el que ningún hombre la había tomado jamás.

Dios, qué ganas tenía de correrme.

Desplacé la otra mano hasta su clítoris y lo masajeé con agresividad, sintiendo la necesidad de llevarla rápidamente al orgasmo porque yo no duraría mucho. Acaricié su clítoris con mis grandes dedos, sintiendo la humedad que había rezumado de su interior. No podía tocarla así sin moverme más deprisa, así que me la follé con más fuerza que antes.

No tardó en correrse.

Gracias a Dios.

Contrajo el trasero al correrse, tensando todo el cuerpo mientras se dejaba llevar por la euforia. Dio zarpazos a las sábanas, corcoveó las caderas y pronunció mi nombre entre gritos. Cuando sus gemidos se extinguieron y su esfínter volvió a relajarse, supe que había terminado.

Me había comportado como un caballero y la había dejado llegar antes al orgasmo.

Ahora me iba a correr en su culo.

La agarré por ambas caderas y la penetré con fuerza, haciendo que el cabecero diera golpes contra la pared y que ella emitiera un sonoro gemido al sentirme tomarla con rudeza. En menos de diez segundos llegué al límite y me derramé en el fondo de su trasero.

Vaya puta gozada.

Le di todo lo que tenía, depositando todo lo que pude en su interior. Quería que se quedara allí dentro toda la noche para que una parte de mí estuviese siempre con ella. Permití que mi miembro se ablandara en su interior disfrutando todavía de los ecos del placer. Cuando se me pasó por completo, salí de ella.

Me incliné y recorrí a besos su columna, ligeramente arrepentido de habérmela follado tan despiadadamente. Amaba profundamente a aquella mujer, pero aquello sólo parecía intensificar mis instintos. Había veces en que deseaba hacerle el amor, tomarme mi tiempo y darle el máximo placer con mis besos y mis caricias.

Pero en momentos como aquel sólo quería follármela.

TENÍA los brazos sujetos firmemente alrededor de su cintura y besaba su nuca una y otra vez mientras ella permanecía de pie bajo el agua corriente. Las gotas salpicaban su bella piel y yo se las quitaba con la lengua. Su respiración agitada no se escuchaba porque el agua ahogaba el sonido al caer.

Mis manos exploraban su cuerpo como si fuera la primera vez que lo tocasen. Mis caricias eran tiernas, una disculpa por la brusquedad con la que la había agarrado antes. Seguía queriendo ser yo el que llevara las riendas, pero ahora sólo deseaba sentirla.

Besarla.

Tocarla.

Amarla.

Se dio la vuelta y se puso hacia mí mientras el agua caía sobre la parte de atrás de su cabeza y se llevaba el suavizante. Con la cara lavada y el pelo pegado a la cabeza no parecía la misma ejecutiva al mando de una compañía que valía muchos miles de millones de dólares. Sólo parecía una mujer, una mujer tierna y guapísima. Adoraba su fuego autoritario, pero aquel hervor sutil suyo me resultaba exactamente igual de fascinante.

Era una belleza.

Le puse las manos en el cuello y pude sentir su débil pulso bajo mis dedos. Estaba tranquila y su ritmo cardiaco era lento y regular. Me gustaba sentir la vida corriendo por sus venas, percibir sus estados de ánimo cuando estaba conmigo. En cuanto mis labios se posaban en su piel, su cuerpo se revolucionaba, pero cuando vivíamos un momento tranquilo juntos como aquel, se sentía completamente a gusto.

Me metí debajo del agua, agarré su pelo húmedo con el puño y la besé.

Estaba satisfecho después de tirármela con tanta agresividad, y ella estaba satisfecha con mi actuación.

Pero yo siempre quería más.

Deseaba poder tenerla por completo.

Saboreé el agua en su boca cuando nuestras lenguas bailaron juntas. El agua caía en cascada por nuestros cuerpos, encerrándonos en un escondite donde nadie podría encontrarnos jamás. Sus labios suaves y carnosos me provocaban una sensación de erotismo al tocar los míos. Podría besarla para siempre. En mi vida había besado de aquel modo a una mujer. Con ella no sentía simple excitación, sino una pasión abrumadora. Sentía constantemente el deseo de más, aunque ya lo hubiera tomado todo. Su pulso se aceleró, igual que mi respiración. Su cuerpo se amoldaba al mío y sus suaves pechos se apretaban contra mi duro torso; se le endurecieron los pezones y los pude sentir contra mi piel. Mis brazos musculosos envolvieron su frágil complexión y la estreché con más fuerza contra mí.

Pasaron los minutos y el beso continuaba, sin que yo tuviera en mente ninguna dirección prevista. No me importaría hacerle el amor, pero aquel no era mi objetivo: sólo quería besarla, disfrutar de ella. Quería tenerla entre mis brazos, sentir cómo se estremecía a mi contacto.

Estar enamorado me afectaba de formas increíbles, convirtiéndome en un hombre diferente... Suavizaba mis afilados contornos y cambiaba mis prioridades, de forma que el dinero y el poder ya no me parecían tan importantes, no a menos que hiciesen feliz a mi mujer. Había querido gobernar el mundo a solas, pero en cuanto conocí a la reina perfecta me di cuenta de que deseaba compartir mi trono con alguien.

Le succioné el labio inferior, introduciéndomelo en la boca antes de interrumpir por fin el beso. La miré a los ojos y vi en ellos el mismo amor que ardía en mi corazón. Su pasión era equiparable a la mía, si no mayor. Haría cualquier cosa por aquella mujer y sabía que ella haría cualquier cosa por mí; sin importar lo que nos hiciera a ninguno el mundo exterior, siempre permanecíamos fieles el uno al otro. Nada podía resquebrajar nuestro mutuo compromiso. Hasta cuando dudaba de mis razones y le costaba creerme, podía contar con ella.

Aquello era amor verdadero.

Tomé su cara entre mis manos y froté mi nariz contra la suya.

—Te quiero. —A lo mejor aquello era algo que no debería decir, teniendo en cuenta que estaba prometida a Thorn, pero me importaba un carajo. Un hombre de verdad no ocultaba sus sentimientos por la mujer que amaba. Estaba decidido a decirle lo que pensaba, le gustara oírlo o no. Frente a mí tenía a la mujer más maravillosa del mundo y el corazón me saltaba de alegría.

Ella movía los ojos de un lado al otro al mirar los míos y no se rodeaba de ninguna defensa. Continuaba mostrándose vulnerable ante mí, conectada conmigo mientras permanecíamos de pie bajo el agua corriente. Cuando estábamos lejos de otras personas nos sentíamos todavía más unidos, porque nuestro amor no se veía interrumpido.

—Yo también a ti.

Pegué mi frente a la suya y cerré los ojos, sintiendo la innegable conexión que había entre ambos. Me costaba verla durante el día, cuando ambos íbamos con nuestra cara ropa dándonos ínfulas de ejecutivos, aunque lo único que yo quería era ser yo mismo con ella. Cuando entraba en su despacho, lo primero que quería hacer era besarla. Cuando los periodistas habían metido las narices en mi vida privada, había querido decirles que estaba enamorado de Tatum Titan. Cuando salía con mis amigos, quería llevar una alianza en la mano izquierda para que las mujeres no perdieran el tiempo conmigo. Quería ser transparente con mis muestras de afecto y decir exactamente lo que sentía.

Algún día tendría aquello. Sólo debía ser paciente.

Salimos de la ducha, nos secamos y nos metimos en la cama. Yo llevaba puestos los bóxers y ella sacó una de mis camisetas del cajón. Debía de ser alguna que me hubiera dejado allí, porque no recordaba habérsela dado.

A ella le quedaba mejor, de todas formas.

Me tumbé a su lado en la cama y pasé su pierna por encima de mi cintura. Cara a cara, apoyados en la almohada, nos miramos fijamente el uno al otro. Llevaba meses sin dormir toda la noche con ella. Antes era algo habitual, pero aquellos días pertenecían al pasado.

Los echaba de menos.

Tampoco me molestaba ya en seguir intentando quedarme. Ella siempre me pedía que me marchara, algo que habitualmente me sentaba fatal. Aquello lo estropeaba todo, y yo odiaba que las cosas terminaran así todas las noches.

—Eres una auténtica belleza, ¿lo sabías?

Su mirada se enterneció, igual que ocurría siempre que le hacía un cumplido inesperado. Apoyó una mano en mi pecho y pasó la palma por mis duros pectorales.

—Eres muy amable.

—Sólo sincero. A veces eso me hace amable y otras veces un gilipollas.

—Conmigo nunca eres gilipollas.

—Porque tú eres preciosa. —Mis dedos exploraron su cintura por debajo de la camiseta.

—Creo que es algo más que eso...

La besé en la comisura de la boca.

—Porque estoy enamorado de ti.

Su mirada volvió a conmoverse.

Sabía que estaba volviendo muy intensa aquella velada con mis confesiones, pero no iba a restar importancia a mis sentimientos por aquella mujer. Lo único que podía hacer era cambiar de tema.

—¿Qué tal fue con Kyle?

Sus dedos se deslizaron por mi piel hasta el centro de mi esternón.

—Se ha pasado esta tarde por la oficina, hemos estado varias horas sentados hablando de nuestras opciones.

—¿Y te ha dado buena sensación?

—Sí —susurró ella—. Puede ofrecerme exactamente lo que quiero y yo a él lo que él quiere. No ha mencionado a Vincent, lo cual ha sido un alivio... No habría sabido qué decirle si lo hubiera hecho.

—No hay nada de lo que hablar.

—Así que seguimos adelante. Sería maravilloso incluir todo lo que mencionó Vincent, pero por el momento simplemente me alegro de empezar por alguna parte. Siempre ha sido uno de mis principales objetivos. Si no hubiera sido por ti, no estaría sucediendo ahora mismo.

Le pasé el pulgar por el ombligo.

—Sucedería de todos modos, simplemente no ahora mismo.

Una cálida sonrisa se extendió por sus labios.

—Este acuerdo es importantísimo para mí. Gracias por conseguir que suceda.

—Mi padre puede ir a por mí... pero a por ti, ni hablar. —Y sin duda vendría a por mí más pronto que tarde. Probablemente Kyle había rechazado su oferta unas horas antes y seguro que mi padre estaba agarrado al borde de la mesa sacando los dientes.

Exploró mi duro abdomen con las puntas de los dedos, palpando las estriaciones entre los músculos. Titan adoraba lo fuerte que era mi cuerpo, que estuviera lleno de músculos pero no tuviera un gramo de grasa. Desayunaba un batido de proteínas, tomaba una ensalada cargada de proteína para comer e iba todos los días al gimnasio. No me preocupaba especialmente mi salud, pero sí hacer que le temblaran las piernas cuando estaba profundamente enterrado en su interior.

Observó mi cuerpo con una expresión lujuriosa en la mirada. Las puntas de sus dedos siguieron descendiendo hasta encontrar el bulto de mi sexo bajo los bóxers. Lo frotó con sus dedos y le dio un suave apretón antes de ponerme de espaldas. Se subió encima de mí, tiró de mis bóxers hacia abajo para dejar mi miembro al descubierto y se montó sobre él.

Yo permanecí de espaldas y me agarré a sus caderas, disfrutando de su resbaladizo sexo tanto como lo había hecho con su estrecha retaguardia. Me encantaba follármela, pero todavía me gustaba más que ella me tomara a mí cuando le apeteciera. Sabía exactamente lo que quería y no le daba miedo dejar bien claras sus intenciones. Cabalgó sobre mí como una profesional, sin apartar sus ojos de los míos.

Definitivamente, era un tipo con suerte.

CUATRO

Titan

—A lo mejor deberíamos celebrar la boda en Martha's Vineyard —dijo Liv, la madre de Thorn—. Aquello es precioso. Thomas y yo vamos todos los veranos cuando las flores están en todo su esplendor.

—Pues no es mala idea —dijo Thomas—. O hacemos una boda en la playa, eso le gusta a todo el mundo.

Di un trago al vino, miré por la ventana y vi cómo pasaba la gente con sus gruesos abrigos. En el restaurante se estaba bien porque había chimeneas distribuidas por toda la sala. Las parejas disfrutaban de su mutua compañía a la luz de las velas y con una buena botella de vino. El distante sonido de los tenedores chocando con los platos llenaba la estancia. La conversación continuaba, pero yo no prestaba atención, sino que pensaba en muchas cosas, como en mi nueva relación con Kyle Livingston, en lo que haría Vincent Hunt a modo de represalia y en lo que estaría haciendo en ese mismo momento mi amante... Diesel Hunt. Cada vez que me decía que me quería, yo le respondía lo mismo al instante. Cada vez que me besaba, yo le devolvía el beso con más pasión.

—Me da igual dónde nos casemos. —Thorn tenía el brazo apoyado en el respaldo de mi silla. No me tocaba directamente, pero me demostraba un profundo afecto cada vez que estábamos en público. Ahora que nos habíamos prometido, me tocaba más a menudo: pasó la mayor parte de la noche con la mano sobre mi muslo. Llevaba unos pantalones de vestir y una camisa azul oscuro, y estiraba el tejido de un modo muy masculino con su poderoso físico—. Sólo me importa la luna de miel.

Thomas se rio por el soez comentario de su hijo.

Liv sonrió y luego ocultó su sonrisa dando un sorbo de vino.

Yo sólo prestaba atención a medias.

—¿Tú qué opinas? —preguntó Liv con la vista fija en mí.

Tragué rápidamente el vino e intenté fingir que había permanecido atenta a la conversación en todo momento.

—Me parecería bien que fuese algo sencillo. Lo único que me importa es el vestido, y preferiría una boda al aire libre. —Aquella era la única boda que tendría jamás, así que debería ponerle más empeño. Nuestros hijos verían las fotos algún día, pero me costaba emocionarme de verdad cuando no estábamos enamorados. No cuestionaría la felicidad de Thorn o la mía el gran día porque sabía que nos queríamos muchísimo, pero también sabía que aquel amor nunca sería pasional... no como el que compartía con Hunt.

—Entonces deberíamos celebrarla en Martha's Vineyard —dijo Liv—. ¿Qué te parece?

A mí me parecía bien.

—Claro. ¿Tú qué opinas, Thorn?

Se encogió de hombros.

—Como he dicho, a mí sólo me importa la luna de miel. —Tenía la copa de vino vacía, así que bebió de la mía.

Si hubiéramos estado a solas, le habría apartado la mano de un cachete.

—Decidido, entonces —dijo Liv—. Conozco a una organizadora de bodas que nos puede ayudar. —Parecía una flor de primavera empezando a florecer tras un frío invierno. Estaba como loca de contenta por que su hijo mayor fuera a casarse. Era el primero de la familia que lo hacía—. Y luego tenemos que ocuparnos de tu vestido de boda.

—Lo hablaré con Connor Suede —dije yo—. Estoy segura de que podría diseñar algo precioso.

Thorn asintió, de acuerdo conmigo.

—Él sabe perfectamente cómo destacar tu belleza natural. —Se giró hacia mí con una atractiva sonrisa.

—Gracias —dije.

Liv nos sonrió a ambos.

—Hacéis una pareja fantástica. A veces simplemente se sabe cuándo dos personas van a pasar juntas el resto de su vida.

Thorn y yo ni siquiera nos habíamos besado y pasábamos nuestro tiempo en la cama con otras personas, pero sí que compartíamos un estrecho vínculo. Aunque no nos casáramos, él siempre sería una persona muy importante en mi vida. Para mí, era de mi familia.

—Yo pienso lo mismo.

—¿Y qué me decís de los niños? —presionó su madre—. No tardarán en llegar, ¿verdad?

—Liv —dijo Thomas con calma—. Deja que primero se casen y vean cómo va todo…

Liv pareció ligeramente avergonzada, pero no pudo ocultar su emoción.

Thorn abordó el tema.

—Queremos tener hijos dentro de poco. Titan tiene la sensación de que está haciéndose mayor y yo estoy preparado para empezar una familia.

Liv parecía la madre más feliz del mundo.

—Oh… Eso es fantástico. —Se tapó la boca con las manos mientras los ojos se le llenaban de lágrimas.

Thomas sonrió, incapaz de disimular su entusiasmo.

—Bueno, ya sabéis que eso nos hace muy felices.

Yo estaba agradecida de que mis hijos fueran a tener unos abuelos maravillosos. Los padres de Thorn eran muy buenos; quizá se metían un poquito de más en la vida de Thorn, pero aquello no era necesariamente algo malo. Yo no tenía ningún pariente, así que me alegraba de que mis hijos fuesen a tener una familia unida con abuelos y tíos.

—¿Justo después de la boda, entonces? —preguntó Liv.

—Básicamente. —Thorn se giró hacia mí con una

amplia sonrisa en la cara——. A lo mejor nos ponemos a ello en la luna de miel.

——A lo mejor. ——La idea no sonaba mal. El principal motivo por el que nos casábamos era para que yo pudiera formar nuestra familia, así que no había razones para esperar.

Thorn me guiñó un ojo.

——Ese viaje va a ser genial.

———

KYLE ESTABA SENTADO FRENTE a mí en la sala de conferencias de Stratosphere.

——China es el mayor distribuidor del mundo. Estados Unidos lo sigue de cerca, pero en términos de cantidad real de artículos vendidos, está muy por debajo en la lista. Sin embargo, los precios son mucho más elevados en los demás sitios, por eso son tan competitivos.

——Estoy de acuerdo.

——Creo que deberíamos lanzar tus productos en tiendas exclusivas y publicitarlos como artículos de lujo. La belleza es un tema importante para muchas mujeres y quieren el mejor producto que exista. Pero tendremos que rediseñar la etiqueta para que encaje mejor con esta demografía. Aunque tiene clase y elegancia para el mercado estadounidense, choca con el público chino.

——Tiene sentido. Puedo pedirle a mi equipo que prepare algo.

——En realidad, yo estaba pensando que mi equipo diseñara algo ——dijo él——, porque trabajamos mucho en ese mercado. ¿Qué te parece que te lo traiga, me des tu opinión y partamos de ahí? Yo había imaginado que tú te ocuparías también de mi publicidad, ya que entiendes este ámbito mucho mejor que yo.

Era justo.

—Creo que es un buen plan.

—Genial. —Cerró la *tablet* y organizó sus papeles antes de dejarlos caer en su maletín—. Creo que esta colaboración va a ser fantástica. Hunt habla muy bien de ti, lo cual es extraño porque no parece tener nada bueno que decir de nadie.

Sonreí mientras me ponía en pie.

—A veces es un poco gruñón.

Kyle soltó una risita y caminó conmigo hasta la puerta.

—Pues está claro que tú tienes algo que hace que no lo sea.

Fuimos a la recepción, donde trabajaban nuestras cuatro asistentes atendiendo llamadas y elaborando hojas de cálculo.

—Por cierto, ¿tú sabes quién es su mujer misteriosa? —Kyle dejó de caminar mientras se recolocaba la correa del maletín sobre el hombro.

Justo en ese momento se abrieron las puertas del ascensor y apareció Hunt con aspecto elegante y letal vestido con un traje negro y con el cabello del mismo color. Pisaba el suelo como si fuera el dueño de todo el edificio y no sólo de la mitad. Tenía los ojos clavados en mí, como si Kyle y las cuatro ayudantes no estuvieran allí.

Como siempre, mi corazón se agitó como las alas de un pájaro que acabara de emprender el vuelo.

—Lo siento, no lo sé —le dije a Kyle—. Hunt y yo no hablamos de nuestros asuntos personales.

—No me sorprende. —Kyle se giró hacia Hunt cuando se acercó a nosotros—. Hunt. —Le estrechó la mano.

Hunt le devolvió el gesto antes de meterse las manos en los bolsillos.

—¿Van bien los negocios?

—Lo cierto es que sí —dijo Kyle—. Tenías razón sobre Titan, tiene una mente brillante.

Era agradable oír un cumplido de vez en cuando. Por norma general, a los hombres mi éxito o los intimidaba o los irritaba. Hablaban mal de mí en lugar de alabarme. A lo mejor el hecho de estar asociada con Hunt había cambiado la percepción que la gente tenía de mí. Después de que Hunt le declarase la guerra a Bruce Carol, todo el que se movía en la industria sabía que no debía cabrearlo. Y como hacía negocios conmigo… tampoco debían cabrearme a mí. Yo no necesitaba la protección de su sombra, pero mentiría si dijera que no era agradable recibir aquel tipo de respeto.

—Así es. —Hunt volvió los ojos hacia mí. Como si Kyle no estuviese allí de pie, me dedicó aquella típica mirada posesiva suya. Estaba claro que le importaba un comino que alguien se diera cuenta.

Si Kyle hubiera prestado un poco más de atención, habría obtenido la respuesta a la pregunta que acababa de hacerme.

—Luego nos vemos. —Kyle me estrechó la mano antes de marcharse—. Voy a comer con la mujer antes de que los niños salgan del colegio.

—Disfrutad del tiempo a solas mientras podáis —dije yo.

—Lo haremos. —Se despidió con la mano y se subió al ascensor.

Hunt y yo entramos en la sala de conferencias, y él cerró la puerta a nuestras espaldas, a pesar de que yo prefería dejarla abierta. Siempre que estábamos en público pero ocultos de la vista de los demás, me ponía muy nerviosa. Hunt no respetaba los límites. En todo caso, quería que lo pillasen con las manos en la masa.

Yo me desplacé intencionadamente hacia el otro lado de la mesa para que hubiera una barrera sólida entre nosotros.

Él permaneció de pie con las manos en los bolsillos y su intensa mirada centrada por completo en mí. Cuando se vestía así, tan sensual todo de negro, me costaba no pensar en quitarle hasta la última prenda de ropa y tirarlo todo al suelo. Me venían a la mente imágenes de los dos en la cama, del sudor, los gemidos, los orgasmos… como si estuvieran plasmadas en una pantalla de televisión. No podía estar cerca de él sin que el sexo se me pasara por la cabeza. No podía tocarlo sin pensar en cómo me decía que me quería.

El cerebro se me derritió por completo.

Hunt me observaba como si él mismo estuviese presenciando todos aquellos pensamientos.

A lo mejor necesitábamos hacerlo todas las mañanas y

todas las noches para que dejaran de producirse aquellos tensos encuentros. O quizás sólo lográramos desearnos más. A juzgar por la forma desvergonzada en que me lo hacía con la mirada, probablemente no supondría ninguna diferencia.

—Qué guapa estás hoy. —Podría tener a cualquier mujer a sus pies simplemente diciendo aquellas palabras. Podría acercarse a ella en un bar, sin molestarse siquiera en presentarse, y la mujer se postraría de rodillas para chupársela en el baño.

—No vamos a ir por ahí.

En sus labios se dibujó una sonrisa.

—Entonces, ¿qué tal ha ido todo con Kyle?

—Muy bien, hemos avanzado mucho.

—Genial. —Su sonrisa no cambió—. Y sigo pensando que hoy estás muy guapa.

Me esforcé todo lo que pude en lanzarle una mirada asesina, pero fue un intento patético.

—¿Qué ha pasado con lo de mantener una actitud profesional?

—No te estoy tocando, ¿no?

Sólo porque había una mesa entre nosotros.

—Lo próximo en lo que vamos a trabajar Kyle y yo es en rediseñar las marcas. Pasarán unos meses hasta que podamos empezar a probar los productos en nuestros territorios, pero al menos vamos avanzando.

—Estas cosas llevan su tiempo. Me alegro de que os estéis llevando tan bien.

—Es muy simpático. En general, tengo la sensación

de que la gente está siendo mucho más amable conmigo desde que tú y yo empezamos a trabajar juntos.

Su sonrisa desapareció y se puso serio.

—La gente sabe que es mejor no cabrearme.

Me crucé de brazos y me aseguré de quedarme en mi lado de la mesa. Si no hubiera un mueble de por medio, podría imaginar mis manos subiendo y bajando por su pecho. Un dulce beso me parecía el plan perfecto para la comida. No me habría importado subirme la falda para echar un polvo rápido. Podría inclinarme sobre la mesa y él me embestiría por detrás. Entonces, su semen permanecería en mi cuerpo durante el resto del día.

Madre mía, tenía que poner orden en mi vida.

Hunt me observaba con aquella feroz mirada, como diciéndome que, si realmente quisiera atraparme, la mesa no supondría ningún impedimento.

Ahora se me estaban debilitando las rodillas.

Mi respiración se iba volviendo irregular.

Casi me daba igual que estuviéramos en el trabajo.

Y estaba claro que a él no le importaba.

—Si ya hemos terminado con esto, luego te veo. —Tenía que echarlo en aquel momento o de lo contrario acabaría con el tanga por los tobillos.

—En algún momento vas a tener que salir de detrás de la mesa.

Me quedé inmóvil.

—Tengo algunas cosas que hacer aquí.

Se dio cuenta de que mentía y lo dejó ver con una sonrisa.

—Lo que tú digas, Titan. —Se puso en camino para salir de la sala y se detuvo al llegar a la puerta.

Yo me quedé mirando aquel culo perfecto que le hacían los pantalones. Era prieto y musculoso, y me dieron ganas de hincarle el diente en ese preciso instante.

Se dio la vuelta antes de salir.

—Tengo planes para cenar esta noche, que lo sepas.

El corazón se me cayó a los pies de la decepción. Había venido a mi casa todas las noches aquella semana.

—Ah...

—Estaré en casa a las ocho... por si quieres sorprenderme. —Salió y dejó que la puerta se cerrase tras él.

Era increíblemente arrogante... y aquello me volvía loca.

Pero sabía que estaría allí a las ocho.

Y él también lo sabía.

ESTABA lista para él cuando las puertas del ascensor se abrieron. Llevaba mi picardías y mis ligas negros, y unos relucientes zapatos de tacón del mismo color. Me había rizado el pelo como a él le gustaba y llevaba mucho maquillaje de tonos oscuros. Verlo con aquel traje negro me había vuelto loca durante todo el día. No había podido dejar de pensar en él, en tomarlo hasta el fondo y con rudeza. Parecía que no hubiese disfrutado de él todas y cada una de las noches de la semana.

Seguía vestido con el traje negro que había llevado aquel día, y tenía un aspecto atractivo y sensual. Con la mandíbula perfectamente afeitada y el peinado todavía impecable, no parecía ni un poquito sorprendido de verme esperándolo.

A medida que se iba aproximando a mí, su sonrisa se ensanchó. Sus ojos recorrieron mi cuerpo, que lucía aquella sugerente lencería, y mostraron su lujuria y su aprobación. Se quitó lentamente la chaqueta y la tiró al suelo, como si aquella prenda tan cara no significase absolutamente nada para él. En ningún momento apartó los ojos de mi rostro.

—Las manos a los costados.

Vaciló antes de obedecer.

Mis dedos se ocuparon de los botones de su camisa. Le quité la corbata a tirones y me la puse en un hombro para usarla más tarde. Le desabroché el cinturón y le bajé la bragueta. Tiré toda su ropa al suelo y disfruté de la espectacular visión que era su cuerpo a medida que iba dejando más piel al descubierto. Cuando estuvo desnudo frente a mí, todo músculo con una gruesa erección entre las piernas, me acerqué a él y lo besé en el pecho. Mi lengua exploró los duros músculos antes de succionar uno de los pezones con la boca.

Él me contempló con lujuria y hundió una mano en mi cabello.

Yo le bajé el brazo de golpe y continué besándolo. Fui descendiendo hasta ponerme de rodillas, a la altura de su sexo palpitante. Abrí la boca y me metí su enorme miembro hasta la garganta. Cuando se la chupaba, me dolía la garganta y me escocían los ojos, pero al mismo tiempo era una sensación increíblemente placentera.

Bañé toda su erección en saliva y le chupé la punta para poder saborear el líquido preseminal que ya había empezado a expulsar.

Él contuvo las ganas de tocarme manteniendo las manos a ambos lados de su cuerpo, pero me observó con una intensa mirada de desesperación. Un masculino gemido emergió del fondo de su garganta, el sonido más erótico que había oído jamás.

Lo empapé con la boca antes de volver a ponerme en pie. Cuando se trataba de Diesel Hunt, podría dedicarme al sexo oral día y noche, pero tenía mejores planes en mente. Quería montarme sobre aquel cuerpo espléndido y complacerme.

Ya había colocado una silla de la cocina en mitad del salón y él sabía perfectamente para qué era.

—Siéntate.

Su mirada estaba clavada en mis labios, así que se inclinó para besarme.

Yo me aparté, haciendo que fallara su objetivo.

—*Siéntate.*

Mi jugada pareció divertirlo en lugar de molestarlo, porque sonrió antes de seguir mis instrucciones. Sentó su enorme cuerpo en la silla con las largas piernas abiertas y la erección apoyada en el abdomen. Se rodeó el miembro con la mano y se acarició despacio mientras me observaba.

—¿Qué me vas a hacer, pequeña?

Le eché los brazos hacia atrás para que quedaran colgando junto a la silla.

—De todo. —Me desabroché el cierre de la entrepierna de mi picardías antes de subirme a la silla—. Las manos quietas.

Él soltó un sonoro gruñido.

Afiancé los pies en la silla y me agarré a sus grandes hombros para mantener el equilibrio. Quería follármelo como a mí me apetecía, usarlo como si sólo fuera un hombre atractivo y no alguien a quien amase. Apunté su sexo hacia el mío y me dejé caer despacio.

Estaba húmeda antes incluso de que él llegase a casa.

Empujé hasta abajo y dejé escapar un gemido de placer.

Él también gimió con las dos manos cerradas en puños.

—Hoy apenas he logrado no ponerte las manos encima. —Me moví pausadamente de arriba abajo, hundiendo las puntas de los dedos en sus fuertes músculos. Me dilataba al máximo cada vez que estaba en el fondo de mi cuerpo. A mi entrepierna le encantaba aquella sensación de absoluta plenitud. Hunt era un hombre que siempre daba placer… todas y cada una de las veces.

—Entonces deberías haberlo hecho. —Su mirada se volvió más intensa, más oscura y pensativa. Su intensidad era excepcional, lo bastante como para casi asfixiarme. Sus manos seguían sin tocarme, pero los brazos empezaron a temblarle por el esfuerzo que le costaba contenerse—. Deberías haberte doblado sobre la mesa, haberte levantado la falda y habérme dicho que te follara.

Mi canal se estrechó alrededor de su pene a modo de respuesta.

—Prefería reservarlo para esta noche.
—Yo no. Quería las dos cosas. —Hizo fuerza con los pies contra el suelo y empujó hacia arriba para entrar en mí. Quería más de mi sexo de lo que yo le estaba dando.
—No. —Dejé de moverme, obligándolo a detenerse. Él me gruñó en la cara.
—Te voy a follar como yo quiera. Tú sólo tienes que quedarte sentado y dejarme hacer.
Sus ojos mostraron su deseo al mirarme.
—Sí, jefa.
Le rodeé el cuello con los brazos y seguí moviéndome al ritmo que a mí me gustaba. Disfrutaba con las embestidas largas y regulares. Al principio me gustaba su grosor y prefería un ritmo lento. En cuanto mi cuerpo se encendía, me movía a un ritmo más rápido.
—Qué placer me da tu polla...
Subió las manos por mis muslos y empleó su fuerza para ayudarme a moverme de arriba abajo. Tenía los brazos musculosos, así que aligeraba la carga de mis nalgas y de los tendones de las piernas, al tiempo que hundía las puntas de sus dedos en mi trasero. Entonces, me dio un azote.
Un gemido escapó de mis labios.
Volvió a azotarme al darse cuenta de que me gustaba.
Me pegué más a él para poder tomar toda su erección con cada empujón. Quería apartarle las manos a golpes, pero su ayuda me permitía follármelo con más fuerza. Me daba en el punto perfecto una y otra vez, y yo ya estaba mordiéndome el labio por el disfrute.

—Córrete en mi polla, pequeña. —Me miró a los ojos con una expresión erótica y abrasadora.

Después de algunas embestidas más, llegué al límite. Me froté con su sexo a más velocidad y experimenté un orgasmo cegador que me hizo gritarle en la cara. Le clavé las uñas en la espalda y casi le hice sangrar mientras disfrutaba de mi éxtasis. Hunt era el único hombre al que me gustaba utilizar tanto. Me satisfacía de un modo en que ningún otro hombre lograba hacerlo. Yo sabía que quería que fuese él el hombre al que me tirase el resto de mi vida. No quería a nadie más, sólo a él.

Cuando abrí los ojos me estaba mirando. Tenía la mandíbula tensa y un gesto aún más tenso.

Sabía que estaba a punto de correrse.

—No hasta que yo lo diga.

Soltó un bufido al tiempo que esbozaba una leve sonrisa.

—No habría esperado otra cosa de ti, jefa.

THORN ESTABA SENTADO a la mesa frente a mí vestido con un traje azul marino. Por el pecho le caía una corbata negra y llevaba un reloj resplandeciente en la muñeca. Era un hombre duro con un cuerpo firme como el cemento. Sus rasgos faciales eran masculinos y atractivos, pero contenían una cierta blandura. Pilar decía que era un niño guapo; con aquel pelo rubio oscuro y los ojos azules, carecía de la oscuridad de Hunt.

Habíamos quedado para comer en mitad de la

jornada y hablamos del trabajo y de la boda. A nuestro lado pasó una mujer atractiva que llevaba una falda ceñida y una blusa escotada. Llamaba tanto la atención que hasta yo me fijé en ella.

Thorn ni siquiera echó un vistazo, sino que dejó la mirada posada en mí en todo momento.

—¿Es que no la has visto? —pregunté con incredulidad.

Se encogió de hombros y bebió del Old Fashioned.

—¿Estás bien? —Aquel no era el Thorn al que yo conocía. A Thorn se le iba fácilmente la mirada… y definitivamente también la entrepierna.

—Mujer —dijo mientras dejaba el vaso en la mesa—, eres mi prometida… No me voy a quedar mirándole el culo a otra mujer cuando te tengo sentada enfrente.

Enarqué una ceja.

—¿Y eso por qué? —A mí me daba igual lo que hiciera con su tiempo y ciertamente no me importaba lo que hiciese en la intimidad de su dormitorio—. ¿Te da miedo que alguien te vea?

—Sí, y además es una falta de educación.

—¿En qué te lo parece?

Dio otro trago de su vaso antes de pasarse la lengua por los labios.

—Vas a ser mi mujer. Aunque no estemos enamorados, te quiero y te respeto. Cuando estamos juntos, eres la única mujer en la que pienso y te dedico toda mi atención. Vas a ser la madre de mis hijos. No tendrás mi fidelidad, pero tendrás todo lo demás. Sigo queriendo ser un buen marido para ti.

Mi mirada se suavizó porque nunca había esperado que Thorn dijese algo así.

—Esperaría lo mismo de ti —dijo con voz calmada—. Después de todo, somos nosotros dos contra el mundo. Las mujeres irán y vendrán... pero en esto estamos juntos para siempre. Así que eres mi prioridad y más te vale que yo sea la tuya.

—¿Sabes? Eso es lo más romántico que te he oído decir nunca.

—¿Sí? —preguntó con una sonrisa—. Mmm... Supongo que sí. Nunca había pensado que yo fuese de los románticos.

—Pues ya somos dos. Pero entiendo tu razonamiento.

—Además, no quiero que mis hijos me vean mirando a otra mujer, ¿sabes? Quiero que sepan que nos queremos y que somos felices. Lo último que querría es que pensasen que soy infiel. Sospecho que nunca entenderían las condiciones de nuestra relación, ni siquiera cuando fueran adultos.

—No, probablemente no.

Se terminó la copa y se inclinó más sobre la mesa, apoyando los codos encima.

—Entonces, ¿Martha's Vineyard te parece bien? ¿O sólo dijiste lo que mi madre quería oír?

—No me supone ninguna diferencia. ¿Tú qué prefieres?

—Lo que tú quieras —dijo—. Es tu gran día.

—Ya sabes que a mí me gustaría casarme en cualquier parte y acabar con ello de una vez.

Sonrió.

—Es verdad.

—Lo único que espero con ganas es tener el vestido.

—Vas a estar espectacular. Yo en verdad de lo que tengo ganas es de quitártelo. —Me dirigió una expresión apasionada, parecida a las que me dedicaba Hunt.

Lo único que habíamos hecho jamás era darnos la mano o besarnos en la mejilla. Ni siquiera le había dado nunca un beso en la boca. Pasar de amigos platónicos a amantes sería extraño.

—¿Cómo lo vamos a hacer?

—¿A qué te refieres? —Estábamos sentados en una mesa pequeña cerca de la parte de atrás del restaurante. Había gente a nuestro alrededor, pero teníamos espacio suficiente para que no nos oyeran.

—Tú y yo siempre tendremos otras parejas, así que ¿cómo vamos a cuidar nuestra salud sexual? ¿Nos hacemos pruebas todas las veces?

—Supongo.

—Porque acabaría resultando pesado…

—Sí, tienes razón. —Se frotó la mandíbula mientras pensaba—. Supongo que podríamos usar condón.

—Pero yo soy monógama en mis relaciones.

—Pero no siempre tienes una relación. Normalmente pasan meses entre una y otra, ¿no?

—Es cierto.

—Entonces no debería haber problema. Y en esos periodos de tiempo, no me pondré condón. Será un cambio agradable. —Clavó la mirada en la mía sin mostrar ni pizca de vergüenza por sus intenciones.

—¿No crees que será raro? —pregunté con sinceridad.

—La verdad es que no —dijo con sencillez—. Eres una mujer muy atractiva, Titan, y yo soy muy bueno en la cama. Creo que nos resultará fácil a los dos, no lo pienses demasiado.

Nada de aquello me había molestado hasta que Hunt había entrado en mi vida. Ahora me sentía culpable sólo con pensar en besar a Thorn. Se me hacía raro imaginarme acostándome con él cuando pasaba todas las noches con Hunt.

Thorn se percató de mi incomodidad.

—¿Hunt?

Había leído mi expresión como si fuera un libro abierto.

—Llevo ya mucho tiempo acostándome con él.

—Ese fuego se acabará apagando, de todas formas. Siempre se apaga. —Hizo una señal con la mano al camarero para pedir otra bebida. Volvió a pedir *bourbon*, a pesar de que sólo era poco después del mediodía.

—¿Qué tal van las cosas con él?

—Más o menos igual.

—¿Y qué quiere decir más o menos igual? —Agitó la bebida antes de llevarse el vaso a los labios.

—Que ahora sólo es sexo. Ya no hablamos tanto como antes.

Thorn asintió.

—Me preguntaba qué pasaría después de que nos comprometiésemos.

—Estuvimos una semana sin hablarnos. Pero al final se dejó convencer, aunque se mostraba algo hostil. Desde entonces todo se ha ido volviendo más fácil.

—A lo mejor por fin se ha dado por vencido.

Hunt seguía diciéndome que me quería y lo decía tan en serio que yo perdía conciencia de la realidad. Me tocaba con delicadeza mientras me susurraba aquellas palabras y su afecto me inundaba como su cálido aliento.

—Sí… A lo mejor.

La camarera nos trajo la comida: dos ensaladas verdes sin aliño. Thorn le había añadido pollo extra a la suya para tener suficientes proteínas para el día. Estaba tan obsesionado con su dieta como lo estaba con ganar dinero.

—Creo que no te he contado la buena noticia.

Terminó de masticar antes de hablar.

—¿Qué buena noticia?

—Kyle Livingston y yo nos hemos asociado.

A Thorn le importaba más la comida que casi cualquier otra cosa, pero ignoró su almuerzo y me miró asombrado.

—¿Y eso cuándo ha pasado?

—Esta misma semana.

—¿Vincent Hunt no cumplió su palabra? —Se limpió la boca con una servilleta y dejó el tenedor.

—No, sí que la cumplió, pero Kyle no aceptó la oferta.

Thorn levantó tanto las cejas que prácticamente se le salieron de la cara.

—¿Y por qué coño no la aceptó?

—Porque Hunt lo convenció de que no lo hiciera. Le dijo a Kyle que debería trabajar conmigo en lugar de con él.

—¿En serio? ¿Y funcionó?

Asentí.

—No estoy segura del todo de lo que le dijo a Kyle, pero básicamente me contó que Kyle creía más en una colaboración conmigo que con su padre. Le dijo que yo tenía mucho que ofrecer y que Vincent no era de fiar. De un modo u otro, Hunt usó su influencia para convencer a Kyle de que rechazara el mejor trato de su vida.

—Madre mía… —Thorn se recostó en su silla, todavía impactado por aquella revelación—. Esto lo cambia todo.

—Ya lo sé. Kyle y yo hemos tenido un comienzo fantástico. Es fácil trabajar con él y me respeta.

—Más le vale —soltó Thorn—. Si no fuera así, convertiría su vida en un infierno.

Sonreí al notar su actitud protectora, al ver que mi futuro marido se convertía inmediatamente en un perro guardián.

—En cualquier caso, ha sido Hunt el que lo ha logrado.

Asintió despacio mientras miraba hacia otro lado. Un callado suspiro escapó de sus labios y puso los hombros rígidos al pensar en lo que había dicho. Sus ojos fueron a parar a algo interesante, porque las pupilas se le contrajeron al instante.

—Hablando del rey de Roma...

Giré la cabeza y vi entrar a Hunt en el restaurante con una preciosa morena delante de él. Lucía un ceñido vestido negro, unos tacones a juego y un monedero rosa, y llevaba unas gafas con montura negra que le daban un aspecto inteligente y sensual.

Como en todos los demás casos en los que lo veía con una mujer atractiva, sentí náuseas en el estómago. Yo tenía demasiada confianza en mí misma como para sentirme celosa o amenazada en ningún momento, pero con Hunt todo mi calmado aplomo se evaporaba. Me sentía incómoda y desquiciada. Intenté no quedarme mirando, pero no pude evitar sentirme irritada al verla. Aquello tendría una explicación, así que tenía que limitarme a mantener la calma.

Llegaron a su mesa y Hunt le apartó la silla como un perfecto caballero.

Las náuseas iban empeorando.

Thorn les echó un vistazo y dirigió su expresión de nuevo hacia mí.

Sabía exactamente lo que estaba pensando.

—En un momento te está ayudando a conseguir un magnífico acuerdo de negocios y el siguiente... está comiendo con una mujer preciosa. —Sacudió la cabeza—. Como en los viejos tiempos.

El pecho me empezó a sudar y sentí que se me aceleraba la respiración. Hunt pasaba todas las noches en la cama conmigo, así que me costaba creer que tuviera tiempo para nadie más. Cuando me decía que me quería, parecía que aquellas palabras surgieran del fondo de su corazón. Quería concederle el beneficio de la duda porque no quería que me usaran de un modo tan descarado.

Hunt estaba sentado perfectamente erguido con su traje gris, y su musculatura resultaba evidente a través de la ropa. Llevaba un reloj negro y unos zapatos de vestir relucientes, y contemplaba a la mujer de frente con una expresión seria. Parecían enfrascados en una intensa conversación, lo cual tampoco pintaba nada bien.

Era posible que vomitase todo lo que acababa de comer.

—Vamos a pasarnos a saludar. —Thorn dejó su servilleta en la mesa.

—No voy a hacer eso.

—Venga. Podemos pillarlo cuando menos se lo espera.

—No. Aunque me esté engañando, no voy a plantarme ahí y actuar como una loca celosa.

—No lo harás. Tú guarda la calma.

Di un trago al agua.

—Olvídalo.

Thorn se volvió hacia ellos.

—Entonces supongo que simplemente esperaremos a ver qué ocurre.

PASARON toda la comida hablando sin tocarse ni una

sola vez durante la conversación. Él no posó la mano sobre la de ella en la mesa. Si lo hubiera hecho, probablemente a mí me habría dado un ataque.

Hacía mucho que Thorn y yo habíamos terminado la comida, pero no parábamos de pedir bebidas sólo para no marcharnos.

Me sentía patética merodeando por allí para poder vigilar a Hunt.

Odiaba no confiar en él. Echaba de menos los días en los que no me paraba a pensar en qué estaría haciendo. Podía verlo con una mujer atractiva sin plantearme siquiera la posibilidad de que me estuviera engañando. Mi confianza era inquebrantable. Pero desde que había visto una fotografía de él besando a una mujer, no habíamos recuperado todo lo que habíamos perdido.

—No estoy seguro de qué pensar —dijo Thorn mientras seguía mirándolos.

—A lo mejor sólo son compañeros de trabajo.

—Esa mujer está como un tren. Sí, claro.

Lo fulminé con la mirada.

—No me estás haciendo sentir mejor.

—Mi obligación no es hacerte sentir mejor, sino decirte lo que no quieres oír. —Volvió a mirarlos—. Y si yo viera a esa mujer en un bar, le estaría pagando todas las copas hasta que acabara en mi cama.

Si Thorn pensaba que estaba buena, entonces Hunt debía de haber pensado lo mismo. Pero no debería dejar que aquello me molestase tanto. Debería conservar mi confianza en mí misma, como siempre había hecho, en lugar de sentirme amenazada. Seguí bebiendo de mi vaso de agua, pero deseé haber pedido algo más fuerte.

Ambos se levantaron de la mesa.

Gracias a Dios. Por fin se había acabado.

Thorn levantó la mano al aire y silbó.

Yo dejé el vaso de golpe.

—¿Qué coño estás haciendo?

Hunt se giró en dirección a nosotros y se quedó paralizado al vernos, al igual que la mujer.

Aquello no podía estar sucediendo.

Thorn le hizo una seña con la mano.

—Lo he pillado con el culo al aire. A ver cómo sale de esta.

—Ahora mismo te odio con todas mis ganas —susurré.

—Yo también te odio, cariño —dijo con una sonrisa de oreja a oreja.

Hunt se puso en marcha el primero y avanzó con una mano en el bolsillo y su típica expresión impasible. No parecía alarmado en absoluto por nuestra presencia, aunque lo hubiéramos estado vigilando todo el tiempo. Llegó a la mesa con la mujer a su lado.

—Thorn. —Extendió la mano.

Thorn se la estrechó, ya sin sonreír.

—Hunt.

Después se giró hacia mí, pero no me estrechó la mano.

—Titan.

En lugar de tocarme, me saludó con una expresión intensa que nunca le dedicaba a nadie más. Tanto si estábamos en una sala llena de gente como si no, me miraba como si le perteneciera a él y a nadie más. El anillo que yo llevaba en el dedo no significaba nada para él.

Yo no contesté nada.

Hunt señaló a la mujer que estaba junto a él.

—Esta es la señorita McKenzie. —Nos la presentó a ambos.

Le estreché la mano, pero aborrecí cada instante de aquel gesto. Ignoré su sonrisa radiante y el modo en que el pelo le caía perfectamente sobre los hombros cuando se volvió a enderezar.

Hunt continuaba comportándose con naturalidad.

—McKenzie es una de mis principales candidatas para dirigir mi departamento de recursos humanos. Esta ha sido su segunda entrevista.

Era una entrevista de trabajo.

Gracias a Dios.

Casi me llevé la mano al pecho del alivio que sentí.

McKenzie asintió.

—Ha sido un placer conocerlos a los dos.

Hunt no se despidió, pero me dirigió una expresión abrasadora antes de darse la vuelta y salir con McKenzie. No le puso la mano en la parte baja de la espalda como hacía conmigo. Mantuvo las manos en los bolsillos, sin acercarlas para nada a aquella mujer a la que acababa de entrevistar.

Cuando se hubieron marchado, nos quedamos los dos solos de nuevo.

—Bueno, me siento mejor —dijo Thorn.

—Sí, yo también. —Dejando de lado que no quería imaginármelo trabajando con ella de forma regular.

Thorn sonrió.

—¿Sigues celosa?

—No estoy celosa —mentí.

Soltó una carcajada.

—Puedes mentirle a Hunt y probablemente te creerá, pero a mí no me puedes mentir. —Me guiñó un ojo—. No te preocupes, te guardaré el secreto.

Oculté mi ceño fruncido dando un trago de agua.

CINCO

Hunt

Entré en la última planta de Stratosphere y me dirigí hacia el despacho de Titan. Estaba sentada detrás de su escritorio con las manos perfectamente alineadas en el teclado y los ojos fijos en la pantalla. Siguió escribiendo el correo electrónico incluso después de que yo entrara en la sala y me sentase.

Crucé las piernas y repasé mi portafolio mientras esperaba. Nadie me hacía esperar nunca, pero Titan tampoco era la clase de mujer que esperaba por nadie.

Era algo que me encantaba de ella.

Terminó antes de volverse hacia mí.

—¿Qué tal tu día?

—Bien, ¿y el tuyo? —Sólo unas horas antes me había visto con una de mis aspirantes más competitivas. McKenzie era una graduada de Harvard que había pasado un año como becaria en una respetable compañía de *software*. Sus notas eras impresionantes y tenía un porte excepcional: no me costaba imaginarla a la cabeza de un edificio entero de empleados y ocupándose de casos complicados.

Cuando miré a Titan en el restaurante supe que se sentía incómoda. No había confiado en mí, temiendo que estuviera en una cita con McKenzie. Me había cabreado que me tuviera en tan poca estima, que pensara que yo sería capaz de follármela todas las noches y aun así largarme con otra mujer a sus espaldas. Me repetí a mí mismo que tenía que ser comprensivo por lo delicado de nuestra situación, pero aquello no atenuó mi irritación.

Como si alguna vez pudiera desear a otra mujer que no fuera Titan.

Menuda ridiculez.

Titan se tomó un minuto antes de responder a mi pregunta.

—Ha sido un día largo.

No mencioné nuestro encuentro de unas horas antes, y sabía que ella tampoco sacaría el tema. No había nada que decir. Podría señalar sus celos evidentes, pero aquello parecía irrelevante. Empecé desde el principio y hablé sobre nuestras cifras durante la semana anterior. Acabábamos de lanzar nuestro programa de *marketing* para las fiestas y todos los distribuidores estaban haciendo cambios para adaptarse a nuestras necesidades.

Estuvimos hablando de ello tres cuartos de hora seguidos. Titan siempre necesitaba estar al tanto de todos los asuntos, a pesar de que daba la impresión de estar todavía más ocupada que yo. Tenía unas ideas de genio y era capaz de tener entre manos una cantidad gigantesca de información sin confundir nada. Lo hacía todo con una actitud calmada, sin dar ningún indicio de estar estresada. De hecho, casi parecía aburrida.

Era una excelente empresaria.

Cuando terminamos, no quedó nada más que decir. Aquel era el momento en que yo me despedía y me marchaba a mi despacho o volvía a mi edificio. Pero en vez de ello decidí quedarme allí sentado, haciendo girar el bolígrafo entre las puntas de mis dedos mientras la observaba. Mis ojos se pasearon por su cuerpo y deseé estar viéndola desnuda y no con aquella ropa de diseño.

Titan me miró a los ojos totalmente a la defensiva.

—¿Sí?

—Espero que hoy te hayas sentido como una estúpida. —Pensaba que podría tragarme el enfado, pero se me escapó de todas maneras.

A juzgar por cómo entornó los ojos, sabía exactamente a lo que me estaba refiriendo.

—Pues no, el que pensó mal fue Thorn.

—Y la que te pusiste celosa fuiste tú.

En vez de negarlo, se puso a hojear los documentos que tenía encima del escritorio.

—Tengo mucho trabajo pendiente, Hunt. Nos vemos luego.

—No hay motivo para tener celos, Titan. Tú eres la única mujer con la que quiero estar… ¿Cuántas veces tengo que decírtelo?

—Las suficientes para hacerme olvidar aquella foto en la que estabas besando a una mujer. —Contraatacó con la misma rabia, pero sin levantar la voz.

No di ninguna explicación sobre la fotografía porque

ya lo había hecho un millón de veces. Continué dándole vueltas al bolígrafo para tener algo que hacer con los dedos.

—No deberías sentirte amenazada por nadie, no siendo Titan.

—Pero Tatum sí se siente amenazada por una mujer preciosa a la que Thorn no puede quitar la vista de encima —respondió—. Y si él sólo puede pensar en follársela, lo mismo piensas tú... aunque no es que deba importarme.

Entrecerré los ojos, ofendido.

—No era eso lo que estaba pensando.

—Como tú quieras, Hunt.

No mentía.

—Estaba pensando en sus méritos para el puesto.

—Lo que tú digas... —dijo con desdén.

Si el escritorio no se hubiera interpuesto entre nosotros, la habría agarrado por el cuello. Estampé el puño sobre la superficie de madera, haciendo que todo temblara como si se hubiera producido un terremoto.

—Mírame.

Se paralizó ante mi violenta reacción y desvió la mirada hasta mis ojos.

—No la contrataré, si eso es lo que quieres.

Aquello pareció cabrearla todavía más, porque se puso de pie y temblaba como si estuviera a punto de provocar su propio terremoto.

Me levanté, cerniéndome a gran altura sobre ella para asegurarme de quedar por encima.

—No me vuelvas a insultar así en la vida.

—¿Insultarte? —pregunté, sin la más remota idea de por qué estaba tan mosqueada.

—Si está cualificada para el puesto, más te vale contratarla. Descartarla sólo porque es atractiva es inaceptable. Dejaría de respetarte si discriminaras a alguien por una razón tan superficial.

Aquella era mi chica.

—¿Me entiendes?

Intenté no sonreír. Amaba su orgullo y su feminismo. Dejaba a un lado sus propios celos porque sabía que estaba siendo egocéntrica. No admitió directamente su error, pero aquello casi equivalió a una confesión.

—Pues entonces la voy a contratar.

—Bien. —Volvió a su asiento, dando la conversación por terminada.

Me quedé de pie y puse una mano contra su escritorio, invadiendo su espacio.

—¿Quieres saber en qué pensaba mientras la estaba entrevistando?

Ella evitaba mirarme a los ojos fingiendo que leía un documento.

—Estaba pensando en escribirte.

—¿Para decirme qué? —susurró.

Me incliné más sobre la mesa hasta tener los labios cerca de su oreja.

—Que te echaba de menos.

BEBÍ de mi vaso con una mano metida en el bolsillo del

esmoquin. Pine hablaba del trabajo que estaba haciendo con su padre, nadando en papeles y barajando cifras. Cuando pasaba una mujer bonita con un vestido de noche, siempre la seguía con los ojos hasta que desaparecía de la vista.

Yo no advertía a ninguna de ellas.

—¿Qué tal va el trabajo? —preguntó Pine.

—La misma mierda de siempre. —Yo no hablaba a menudo de negocios fuera del ámbito laboral. Me parecía un conflicto de intereses y además era un aburrimiento.

—Eso no puede ser verdad si te has asociado con Tatum Titan. —Me dio un codazo en el costado.

—Es como cualquier otro ejecutivo.

—Pero está buena.

Desvié la mirada hacia él con una advertencia en los ojos.

—¿Qué pasa? —dijo inocentemente—. ¿No crees que está buena?

Pensaba que estaba buena del copón, pero yo era el único que tenía derecho a decirlo en alto.

—No hables así de ella.

—Tranquilo, tío... No lo he dicho con mala intención.

—Pues deja de hablar y ya está. —Volví a beber de mi vaso. Nos habíamos reunido en una gala benéfica de recaudación de fondos. Me habían pedido que diese un discurso por ser el responsable de la mayor donación a la beneficencia del año. No lo había hecho por la publicidad y ahora estaba pagando las consecuencias de mi buena acción.

El jefe supremo

Pine clavó la mirada en el otro extremo de la sala.

—Allí está.

La había estado esperando. Me había dicho que iba a ir con Thorn y yo rechiné los dientes en silencio. No me gustaba verlos juntos, aun cuando ella pasara todas las noches conmigo. Sólo ver cómo la cogía de la mano me irritaba. Era él quien podía reclamarla ante todo el mundo, cuando tendría que haber sido yo.

Ella se había puesto un vestido negro con un profundo escote en la espalda que dejaba al descubierto su columna hasta el trasero. Realzaba su pequeña musculatura, su postura perfecta y su piel impecable. La acentuada curva de su espalda daba a su trasero un aspecto más respingón y me iba a costar mucho esfuerzo dejar de mirarlo durante toda la velada. Se había recogido el pelo hacia arriba en un elegante moño que dejaba expuesta su nuca. No podía verle la cara porque estaba vuelta hacia el otro lado, pero sí cómo su vestido llegaba hasta el suelo.

Parecía una reina.

Pine silbó entre dientes.

—La virgen santa…

Tenía la mano metida en el bolsillo, pero sentí cómo se cerraba inmediatamente en un puño.

—Ten mucho cuidado, Pine.

Hizo caso de mi advertencia y se tragó sus siguientes palabras.

—Oh, mierda.

—¿Qué pasa? —pregunté.

—¿Tú sabías que tu padre iba a estar aquí?

Mis ojos se desplazaron hasta la entrada y lo vi entrar

con un esmoquin negro. Saludaba a la gente que había en la entrada luciendo su carismática sonrisa. Llevaba del brazo a una veinteañera bella y exótica.

Mi padre y yo rara vez coincidíamos y, de hacerlo, fingíamos que el otro no existía. Pero aquella era la primera vez que lo veía desde que me había amenazado en mi despacho; no me atacaría abiertamente, pero tampoco ocultaría su hostilidad.

Aquella noche iba a ser interesante.

THORN SE ENTRETUVO HABLANDO con sus conocidos, así que aparecí al lado de Titan con una copa de champán.

—Estás preciosa.

Ella dejó de sonreír un instante al darse cuenta de que me había acercado. Sabía que estaría allí, así que era imposible que la hubiese pillado desprevenida. Cogió la copa, me miró a los ojos de una manera en la que nunca miraba a nadie más y luego dio un sorbo.

—Gracias.

Me incliné y la besé en la mejilla, tomándome mi tiempo para sentir su piel contra mis labios. En sólo unas horas, sería yo el que le quitaría el vestido y la saborearía por todas partes. Me metería sus dos pezones en la boca y los succionaría hasta dejarlos en carne viva. Mi lengua exploraría sus pliegues y degustaría su excitación por mí. Le haría el amor durante toda la noche, convenciéndola de que era la única mujer que acaparaba mis pensamientos… y mi corazón.

Cuando la besé contuvo el aliento, sintiendo la oleada de química en cuanto nos tocamos. Ambos podíamos sentirla cuando estábamos cerca el uno del otro. Podía dejarla sin respiración sin ningún esfuerzo y ella era capaz de postrarme de rodillas con sólo chasquear los dedos.

Me aparté, resistiendo el impulso de rodear su menuda cintura con el brazo. Quería arrastrar los dedos bajando por su espalda desnuda, sentir la suave piel contra la que pronto estaría pegado mi pecho.

Estuvimos mirándonos durante un minuto entero. La multitud disfrutaba de su velada en buena compañía, regándola con excelente alcohol. La risa brotaba en diferentes puntos, escandalosa y falsa. Las personas pasaban a nuestro lado de camino a saludar a alguien que habían reconocido. Nosotros permanecimos completamente quietos, sin hacer otra cosa que mirarnos.

Me deleité con el aspecto de sus labios pintados de rojo. Se había maquillado mucho para la velada, volviendo sus ojos seductores, sus pómulos soberbios y su boca carnosa. Daba igual cómo se vistiera o maquillara: me parecía preciosa cada vez que la veía.

—Estás guapo —me susurró con el tallo de la copa todavía entre las puntas de los dedos.

—Gracias.

—Te sienta bien el esmoquin.

—Apuesto a que le sienta mejor al suelo de tu dormitorio.

Se le ruborizaron ligeramente las mejillas y a sus labios asomó una sonrisa que disimuló dando un trago.

—Quería avisarte de que ha venido mi padre.

—Lo he visto hace unos minutos. ¿Te ha dicho algo?

Negué con la cabeza.

—Dudo que lo haga.

—No sé qué esperar de él.

—No le tengas miedo.

—¿Quién ha dicho que se lo tenga? —contestó.

Mi mirada se enterneció al oír la dureza de su voz y fui incapaz de borrar la leve sonrisa que elevó la comisura de mi boca.

—Te quiero.

El pensamiento se me pasó por la cabeza menos de un segundo antes de salir por mi boca. No había planeado decirle aquellas palabras. Simplemente habían brotado inesperadamente, directas desde mi corazón hasta sus oídos.

Me despedí de ella y me encaminé en otra dirección. Si pasaba demasiado tiempo junto a ella, podrían surgir sospechas. Lo último que quería era que la gente pensara que era una mentirosa que estaba liada con dos hombres a la vez. No entenderían que estábamos enamorados, aunque esperaba que algún día lo hicieran.

Me senté junto a Pine en mi sitio de la mesa.

—Tendrían que servir pronto la cena.

—¿Es eso lo único que te importa? —pregunté.

—Además de las mujeres y la priva, sí.

El jefe supremo

MI DISCURSO FUE corto y emotivo, y me tomé la libertad de mirar fijamente a Titan durante todo el tiempo que duró. Estaba sentada en el centro de la sala, así que daba fácilmente la impresión de que estaba mirando a todo el mundo. Tenía las mejillas ruborizadas, una reacción que sólo le provocaba yo. Sus ojos estaban llenos de afecto porque sabía que seguía acaparando toda mi atención... hasta en una habitación con mil personas.

Sonaron los aplausos y me senté.

Pine me dio unas palmadas en el hombro.

—Ha sido un gran discurso, ¿quién te lo ha escrito?

—Nadie.

—¿Lo has escrito tú entonces? —preguntó.

—Lo he improvisado sobre la marcha.

Me dedicó una mirada de incredulidad.

—Puf, te odio.

La ceremonia continuó y los anfitriones hablaron del dinero que se había recaudado durante todo el año. Abrieron la subasta, el último empujón para recaudar todo lo posible antes de que acabara el año. Se subastaron cuadros exclusivos, viajes y otros donativos.

Yo no compré nada.

Después de la subasta, acabó la cena y todo el mundo se levantó de sus asientos para hablar unos con otros otra vez.

Advertí que Titan se disculpaba y se separaba del corrillo de hombres con quien estaba hablando para dirigirse hacia el aseo.

No pensaba dejar pasar aquella oportunidad. Llevaba sin apartar la mirada de su espalda toda la noche, deseando bañar su bella piel con mis besos. Quería saborear su pintalabios, arremangarle el vestido y follármela contra la pared.

Me disculpé y me dirigí hacia el pasillo, siguiéndola. No había nadie cerca, así que era la oportunidad perfecta. Cada uno de mis pasos equivalía a tres de los suyos, lo cual me facilitó la tarea de alcanzarla sin tener que apresurarme.

La cogí por el codo y la conduje más allá del cuarto de baño por un pasillo diferente.

Ella me lanzó una mirada hostil y susurró entre dientes:

—Hunt, no.

Tiré de ella hasta dar la vuelta a la esquina y la empujé contra la pared.

—Tú a mí no me dices que no.

—Ya puedes apostar que sí...

Le rodeé el cuello con la mano y la besé. En cuanto mis labios entraron en contacto con los suyos, se calló. Su boca titubeó un instante antes de devolverme el beso, de permitir que su cuerpo sucumbiera a los deseos que ambos llevábamos toda la noche sintiendo. Sabía que aquello no podría durar para siempre, no mucho más de uno o dos minutos... pero odiaba estar en una habitación con ella y tener que fingir que no lo era todo para mí. Sólo quería besarla, dejarme llevar por la fantasía de que era realmente mía.

Subió las manos por mi pecho y me rodeó la cintura con una pierna.

La inmovilicé contra la pared y le agarré el muslo,

El jefe supremo

manteniéndolo contra mí. La empujé con el pecho contra la pared y la besé, imaginándome que tenía la espalda apoyada en mi colchón y yo la penetraba profundamente. Mi miembro estaba apoyado directamente contra su clítoris y yo me froté lentamente contra ella, tocándola en el punto exacto.

Gimió en mi boca y se aferró a mis hombros.

Quería seguir haciendo aquello para siempre, pero ya habían pasado varios minutos. Si esperaba demasiado, me estaría arriesgando a que hubiera problemas. Succioné su labio inferior y le di un beso en la comisura de la boca antes de apartarme, lleno de pesar por tener que parar.

Ella tenía idéntica expresión de desilusión.

Odiaba aquella situación.

Se lamió el pulgar y me lo pasó por la boca, quitándome las manchas de pintalabios. No apartó sus ojos de mí al hacerlo, concentrada en mi mirada.

A mí su pintalabios me importaba un pimiento.

Bajó la pierna y se aclaró la garganta mientras se alisaba el vestido.

—Yo saldré primero. —Mi mano se movió hasta la suya y le dio un suave apretón antes de marcharme. Giré la esquina, aliviado de no ver a nadie en el pasillo. Entonces volví a la fiesta, todavía empalmado dentro de los pantalones del esmoquin.

Estaba rodeado de personas a las que conocía, de caras que reconocía. Había hecho negocios con aquellos ejecutivos, había salido de fiesta con algunos de ellos y me había acostado con algunas de ellas. Pero no eran más que una marea de gente que en realidad no significaba nada para mí. Había compartido experiencias con ellos, pero aquello no era nada en comparación con las experiencias que había tenido con una sola mujer.

Ninguno de los asistentes me importaba.

La única persona que me importaba estaba de pie detrás de mí.

El lugar al que pertenecía.

VI DIVIDIRSE a la multitud antes de verlo a él de verdad.

Pero era un palmo más alto que la mayoría y tenía una presencia que volvía insignificantes a todos los que lo rodeaban. Como un tiburón nadando en círculos alrededor de su presa, se había tomado su tiempo para llegar hasta mí con el deseo de acelerarme el pulso y poder así escucharlo en el agua.

Pero mi pulso no se había alterado en absoluto.

No había ni una sola persona en el mundo que me intimidara.

Y la única persona que podía acelerarme el pulso era una mujer... que lo lograba con una simple mirada.

Se acercó a mí con la misma expresión de seguridad de siempre. No llevaba una copa en la mano como todos los demás y tenía una mano metida en el bolsillo de los pantalones. Iba perfectamente afeitado y sus ojos oscuros me miraban con una expresión sutilmente beligerante. Se detuvo ante mí, enfrentándose a mí cara a cara.

Lo miré, pero no extendí la mano.

Él tampoco inició el gesto.

Todo el mundo estaba demasiado ocupado con su compañía para fijarse en nosotros. El único que estaba al tanto de la situación era Pine, porque lo tenía de pie junto a mí, pero captó la indirecta y buscó otra cosa que hacer.

Pasó otro minuto de silencio.

Hostilidad.

Ojos cargados de rabia.

Aquel punto muerto pareció prolongarse indefinidamente.

Él se había acercado a mí, así que me negaba a hablar primero. Lo último que me había dirigido había sido una amenaza… que había cumplido. No iba a poner mis cartas sobre la mesa sin saber a qué juego estábamos jugando. A lo mejor él quería jugar al *blackjack* cuando yo sólo estaba preparado para una mano de póker.

Apretó ligeramente la mandíbula antes de hablar por fin.

—Un discurso excelente.

No esperaba un cumplido de él, ni siquiera uno vacío.

—Gracias.

—Recuerdo cuando me pediste que te ayudara con tu primer discurso. Te presentabas a delegado de octavo. —Sus ojos se movieron de un lado a otro mientras miraban los míos, absorbiendo hasta el último de mis gestos. Mi rostro era una máscara, pero él buscó más de todos modos—. ¿Te acuerdas de eso, Diesel?

Como si fuera ayer.

—Sí. Gané.

Asintió.

—Sí que ganaste. Porque yo crie a un ganador.

Sus palabras no eran amenazadoras en apariencia, pero sabía que cualquier intercambio en aquella conversación sería una advertencia velada. Había dado al traste con sus dos planes y él no se había tomado aquello nada bien.

—No tendría que haberte subestimado.

—No tendrías, no.

Me miró de arriba abajo, como si estuviera calibrándome.

—No volveré a cometer ese error. —Se preparó para marcharse.

Mantuve la guardia alta, preparado para cualquier cosa. Jamás me levantaría una mano ni haría nada que atrajese la atención sobre ambos, pero también era impredecible.

Se volvió ligeramente hacia mí con una cosa más que decir.

—Saluda a Titan de mi parte; estoy seguro de que la verás luego.

SEIS

Titan

—No hace falta que me acompañes adentro, Thorn.

Aparcó su Ferrari en el arcén y apagó el motor.

—Quiero asegurarme de que llegues bien a casa.

—Ya has visto mi derechazo. Puedo romperle los dientes a alguien si tengo que hacerlo.

Sonrió con afecto.

—Ya lo sé, cariño, pero duermo mejor por las noches si no dejo las cosas al azar. Eres la persona más importante de mi vida, no puedo permitir que te ocurra nada malo.

Sonreí al oír sus palabras, conmovida por su bondad. Thorn no se comportaba así con las mujeres con las que se acostaba; no que yo supiera, al menos. Parecían relaciones frías y sin significado, no como la que yo tenía con Hunt. Thorn nunca veía dos veces a la misma mujer, sino que siempre andaba a la búsqueda de un nuevo entretenimiento. Pero cuando me hablaba así, me hacía preguntarme si no estaría desperdiciando su potencial.

Salimos del coche y entramos en el edificio.

—¿Thorn?

—¿Mmm? —Pulsó el botón y esperó a que llegara el ascensor.

—Eres muy bueno, ¿lo sabías?

Me observó con una expresión confundida.

—Sólo soy así contigo.

—Me hace preguntarme si no serías más feliz dedicando toda esa bondad a otra persona... a alguien de quien estés enamorado.

Las puertas se abrieron y entró en el ascensor.

—¿Qué intentas decirme, Titan?

Lo seguí al interior y las puertas se cerraron.

—¿Estás seguro de que no quieres enamorarte de alguien? ¿De que no quieres probar al menos a tener una relación? Porque tienes potencial para ser un hombre maravilloso con la mujer adecuada.

Sonrió como si hubiera dicho algo divertido y se encogió de hombros, restándole importancia.

—Estoy seguro.

—¿Has pensado en ello?

—Soy incapaz de amar —dijo llanamente—. Soy bueno contigo porque te respeto. Soy bueno contigo porque confío en ti. Para mí eres de mi familia. Pero el resto de las personas... para mí no significan nada. Nunca he conocido a una mujer que me haya importado ni lo más mínimo. No es así como veo a las mujeres, para mí son solamente objetos. Puedes pensar todo lo mal de mí que quieras, pero esa es la fría verdad. —Sacudió la cabeza y se quedó mirando fijamente los botones del ascensor. Los números de cada planta se iban iluminando a medida que nos movíamos—. Tengo la vida perfecta. ¿Para qué iba a querer cambiarla?

Observé atentamente su hermoso rostro y vi la verdad en sus ojos.

—En primer lugar, no pienso mal de ti.

Volvió a sonreír.

—Por eso te quiero.

—Sólo quiero estar segura de que no te estoy arrebatando nada.

—No es así, créeme. Nunca he estado enamorado de una mujer y nunca lo estaré. Y no es porque no me lo permita, es sólo que no me interesa. Un día, cuando seamos viejos, ya no podré ir por ahí ligándome a mujeres, pero no me importa porque te tendré a ti. Nos querremos, tendremos a nuestros hijos y tendremos nuestro éxito. ¿Cómo podría querer algo más que eso?

Las puertas se abrieron y pasamos a mi ático.

Hunt estaba sentado en el sofá del salón con un vaso de *bourbon* sobre la mesa. Se había desatado la corbata y quitado los zapatos. Debía de haber ido allí directamente después de la gala benéfica con un solo objetivo en mente.

Thorn se giró hacia él y su actitud despreocupada se evaporó.

—Buenas noches, Titan.

—Buenas noches.

Entró de nuevo en el ascensor y regresó al vestíbulo.

Dejé mi bolso en la mesa y me quité los zapatos de

tacón. Mis pies prácticamente gritaron al volver a pisar en plano.

Hunt se levantó del sofá y caminó hacia mí, posando los pies descalzos en el suelo de parqué. Invadió mi espacio personal de inmediato y me agarró como si llevara meses sin tocarme. Me puso una mano en la nuca y me besó con fuerza en la boca, aumentando la pasión de nuestro beso en cuanto entramos en contacto.

Le puse la mano en la muñeca y le devolví el beso, abriendo la boca con la suya y volviendo a cerrarla. Me dio su lengua y yo la acepté con avidez. Pude saborear el champán en ella, además de un claro toque de *bourbon*.

Apartó la boca de la mía y fue sembrando besos a lo largo de mi mandíbula hasta llegar al cuello. Hundió la cara en mi piel y me mimó con besos intensos, agarrándome y estrujándome con las manos.

A mí besar no me parecía tan erótico como otras cosas, pero nada me había excitado tanto en mi vida como liarme con Hunt. Cada vez que nuestros labios se movían a la vez, temblaba. Cuando su lengua pasaba sobre la mía, me derretía.

Me dio la vuelta y pegó la cara directamente a mi recogido. Me apretó los bíceps con las manos mientras olía mi cabello y un pequeño gruñido escapó de su garganta. Bajó la cabeza y me dio un beso en la parte alta de la columna. Fue un beso húmedo con un poco de lengua. Entonces, fue descendiendo lentamente, recorriendo mi piel desnuda hasta que acabó arrodillado y su boca fue desplazándose hasta el principio de mi trasero.

Cerré los ojos y gemí.

El jefe supremo

Recorrió de nuevo el camino hasta mi cuello con la boca y me bajó los finos tirantes por los hombros. El vestido se deslizó por mi cuerpo y cayó al suelo, dejándome allí de pie con un tanga negro. Un momento después oí caer su ropa y luego volvió a rodearme con los brazos, pegando su pecho desnudo a mi cuerpo. Era cálido y duro, y me daba la sensación de estar apoyada contra un muro de cemento que se hubiera calentado tras pasar un día entero al sol.

A continuación fuimos hacia mi dormitorio y mi espalda chocó con las suaves sábanas. Hunt me quitó el tanga y se colocó entre mis muslos. No parecía que él estuviera al mando y a mí no me apetecía estarlo. En aquel momento, éramos solamente un hombre y una mujer.

Me dobló bajo su cuerpo hasta que mi tamaño se redujo todo lo posible. Tenía un ángulo perfecto y me hundió en el colchón mientras me cubría como las nubes cubrían el sol. Inclinó mi cuerpo y se introdujo en mí, metiendo hasta el fondo su grueso miembro. Fue una embestida delicada, pero llena de determinación.

Enrosqué los brazos alrededor de su cuello y hundí los dedos en su pelo a la altura de la nuca.

—Diesel…

Sus mechones eran suaves y abundantes, y poseían el mismo color que sus ojos oscuros. Yo estaba completamente estirada, llena de su gran erección, y jamás me había sentido más mujer. Lo miré a los ojos y encontré una conexión con los iris oscuros que emitían señales de peligro. Era sombrío, atractivo y descomunal. Separé más las piernas y tiré más de él hacia mí, disfrutando de la sensación que llevaba esperando toda la tarde.

Gimió cuando su sexo se sacudió en mi interior.

Había tenido que pasar toda la noche observando a Hunt desde el otro lado de la sala. Había tenido que ver sus hombros musculosos en su impecable esmoquin, deseando tenerlos aferrados con las manos. Había tenido que ver cómo sonreía a sus colegas, había visto aquel pequeño encanto infantil suyo. Había tenido que contemplar cómo las mujeres le tocaban el brazo de forma inadecuada cuando un apretón de manos habría bastado. Yo había permanecido al lado de Thorn, porque aquel era precisamente mi lugar, y había tenido que fingir que el amor de mi vida no estaba de pie en aquella misma sala.

Había tenido que apretar los muslos mientras estaba sentada porque no dejaba de imaginarme aquel momento.

Cerró la mano en un puño sobre mi pelo, colocándola exactamente donde debía estar. Tiró de mí con agresividad y empezó a embestir, follándome hasta el fondo en mi cama. Me frotaba los pezones con el pecho al moverse, dejándolos irritados después de unos cuantos empujones.

Yo ya sentía deseos de correrme.

—Diesel. —Ya había dicho su nombre una vez, pero no quería parar. Me había besado en el pasillo, donde podría habernos visto cualquiera, pero a ninguno de los dos pareció importarnos en absoluto. Simplemente, necesitábamos tenernos el uno al otro. Daba igual cuáles fueran las consecuencias—. Estoy tan enamorada de ti…
—Era un pensamiento que no me salió del corazón, sino

del alma. Cada parte de mi cuerpo estaba perdidamente enamorada de aquel hombre. Estaba tumbada de espaldas con las piernas separadas, tomando todo lo que podía de él. Quería que aquello durase para siempre, experimentar aquel fabuloso éxtasis con él.

Me miró a los ojos sin mostrar el menor atisbo de sorpresa. No sonrió ni se regodeó, sino que aceptó las palabras como si hubiera esperado oírlas toda la noche. Continuó penetrándome a ritmo normal, hundiéndose hasta el fondo y dándome placer, pero sin rapidez ni brusquedad.

—Pequeña, estoy enamorado de ti.

ESTÁBAMOS cara a cara en mi cama, ambos desnudos y ligeramente cubiertos con la sábana. Hunt parecía tener calor, así que sólo estaba tapado en parte, pero yo normalmente me la subía hasta los hombros.

Tenía los ojos clavados en mí con un gesto de dureza. Me contemplaba como solía hacerlo, pero parecía estar pensando en otra cosa. Era algo que no había visto antes. Por lo general, que sus ojos estuvieran posados en mí significaba que tenía su plena atención.

—¿En qué piensas?

Movió ligeramente los ojos al volver a mí.

—En la gala benéfica.

—¿Estás recordando tu discurso? Créeme, ha sido fantástico.

No sonrió.

—No estoy pensando en mi discurso.

Ahora no me pasaba desapercibida la irritación de su rostro.

—¿Qué te ronda por la cabeza?

—Mi padre.

Yo había dado por sentado que se ignorarían como solían hacer, pero quizás había habido alguna interacción entre ellos de la que yo no me había percatado.

—¿Qué ha pasado?

—Ha alabado mi discurso.

—Eso no parece malo...

—Entonces me ha recordado la vez en que me ayudó a preparar mi discurso cuando estaba en octavo. Yo me presentaba al puesto de delegado y él pasó un sábado entero ayudándome a crear un borrador hasta que quedó perfecto.

Me imaginé una versión más joven de Hunt con los mismos ojos oscuros y el mismo cabello moreno, con la diferencia de que poseía la alegría de un muchacho, de alguien que sólo se preocupaba de sus amigos, los deportes y los amores de instituto.

—¿Ganaste?

—Sí.

—Entonces parece que hacíais buen equipo.

—Sí...

—¿Ha pasado algo más?

Hunt hizo una larga pausa y apartó la mirada de la mía por completo.

—Sabe que nos acostamos.

La encantadora historia de Hunt y su padre perdió de inmediato su novedad.

—¿Qué? ¿Te ha dicho eso?

—Básicamente.

—Pero ¿cómo lo iba a saber él?

Negó con la cabeza.

—No lo sé. —Se tumbó de espaldas y se quedó mirando el techo—. Pero si alguien se fija de verdad, resulta evidente. Probablemente vea la forma en que te miro y la forma en que me miras tú a mí. Hace meses que no me sacan fotos con nadie. Ha visto cómo hago lo imposible por ti… No es tan sorprendente.

—¿Crees que deberíamos preocuparnos?

Apoyó la mano en mi pecho.

—Mi vida personal le da igual, le interesa más arruinar mi vida profesional, eso es lo que le importa.

—¿Estás seguro de eso? Porque aquella entrevista que diste fue bastante personal.

Respiró hondo y suspiró.

—No lo sé.

Entonces el terror empezó a abrirse paso en mi pecho. Vincent Hunt era como una bala perdida en busca de venganza. No había forma de saber qué sería capaz de hacer.

—Sé que te respeta.

—¿Por qué dices eso?

—Me dijo que no entendía cómo me había ganado el amor de una mujer tan increíble como tú.

Mi cuerpo entero se enterneció.

—Te tiene en alta consideración, no creo que hiciera algo para perjudicarte. Tú no le has hecho nada.

—No acepté aquel acuerdo.

—Sabe que no es personal.

—Le he quitado a Kyle.

—Sabe que soy yo el que se metió en eso.

A lo mejor no había nada de lo que preocuparse... o a lo mejor sí.

—Creo que sólo ha dicho eso para ponerme nervioso. Yo estaba en una sala llena de gente que no tiene ni idea de lo que está pasando en sus propias narices. Mi padre sólo quiere que sepa que él no es estúpido como todos los demás.

—Puede ser... —Le puse una mano en el pecho y masajeé sus duros músculos.

Hunt se quedó en silencio, dando el tema por terminado.

Yo me acerqué más a él y apoyé la cara en su hombro. Le rocé la piel con el pelo y le rodeé la cintura con el brazo.

—No creo que tu padre te odie.

Volvió la cara hacia mí y me puso los labios en la frente.

—Pues debes de estar confundida.

—El único motivo por el que está haciendo esto es porque le contaste al mundo entero que es un padre horrible.

—Porque lo es.

—Pero esa sólo es una faceta suya. A lo mejor a Brett

sí que lo trató mal, pero a ti siempre te quiso. Antes de eso, estuvo años haciendo cualquier cosa por ti.

Hunt se tensó visiblemente debajo de mí.

—¿Lo estás defendiendo?

—No, sólo estoy explicando su punto de vista.

Hunt se incorporó de repente, haciendo que me resbalara y volviese a caer sobre el colchón.

—Bueno, pues a lo mejor deberías dejar de hacerlo. —Se giró hacia la ventana y vi su musculosa espalda fuerte y rígida.

Yo también me senté y me cubrí el pecho con la sábana, consciente de que estaba pisando arenas movedizas.

—Creo que tu padre simplemente está dolido y no sabe qué hacer con esas emociones.

—Y yo creo que te equivocas —dijo con frialdad.

—¿Por qué si no iba a irte con ese cuento?

—¿Y eso qué importa? —Salió de la cama y se puso los bóxers al momento.

—Hunt, vuelve a la cama.

—Tengo que irme ya de todas formas. —Se puso los pantalones y cogió los zapatos. Se marchaba todas las noches, pero nunca tan temprano y jamás enfadado.

—Tu padre nunca se había enfrentado a ti hasta que hiciste pública aquella historia. Estar distanciado de ti probablemente ya le resulte difícil, pero oírte hablar de él de una forma tan fría seguramente le dolió.

—Ha tenido años para disculparse y arreglar las cosas. Le importa una mierda. —Se puso la camisa con movimientos bruscos y se la abotonó——. No quiero seguir hablando de esto.

Salí de la cama y me puse una de sus camisetas.

——Siempre dices que valoras mi opinión.

——Sí. ——Finalmente se volvió hacia mí y me dedicó una mirada feroz——. En los negocios, en cosas de las que entiendes. No comprendes a mi padre ni a mi familia, así que no te molestes en intentarlo. ——Me rodeó, rechazándome con frialdad.

Nunca había visto a Hunt actuar de ese modo. Nunca lo había visto apartarme con tanta furia. Nunca lo había visto cubrirse con una armadura y excluirme por completo.

——Mi obligación es decirte la verdad, no lo que quieres oír. A lo mejor si entiendes a tu padre, podrás tratar mejor con él.

——No quiero tratar con él. ——Se marchó del dormitorio.

Yo lo seguí hasta el ascensor.

——Sólo te pido que me escuches.

——No. ——Se dio la vuelta para mirarme a la cara, sin rastro de afecto en su expresión——. Me vas a escuchar tú a mí. Mi padre es un cabrón. Siempre lo ha sido y siempre lo será. Fue a mi despacho y me amenazó. Primero intentó ponerte en mi contra y luego intentó castigarte por no haberlo elegido a él. ¿Qué clase de hombre hace eso?

——En ningún momento he defendido sus actos.

——Pues es lo que me ha parecido.

——Sólo estoy explicando su comportamiento. No está

haciendo esto porque te odie, lo está haciendo porque le has hecho daño.

—¿Y qué diferencia hay?

—Pues mucha. Significa que podríais arreglarlo si quisierais.

Tensó la mandíbula y pulsó el botón del ascensor.

—Nunca lo arreglaremos, Titan. Siempre seremos enemigos.

—Sinceramente, espero que no.

Me lanzó otra mirada asesina.

—No pienso seguir hablando de esto.

Yo tenía más que decir, pero era obvio que Hunt no quería escucharlo, y yo no quería ahuyentarlo. El único lugar en el que quería que estuviera era mi cama.

—No era mi intención alterarte.

—Pues es lo que parecía. —Las puertas del ascensor se abrieron y entró.

—Quédate, por favor.

—¿Para que puedas echarme a patadas en unas horas? —Dio un fuerte manotazo al botón—. No, gracias. —Las puertas se cerraron.

Yo suspiré y me pasé las manos por la cara, arrepentida por haberlo apartado de mí.

NO ME PUSE en contacto con Hunt al día siguiente.

Él tampoco habló conmigo.

No vino a Stratosphere.

Yo sabía que seguía cabreado.

Y hablar con él sólo lograría empeorar las cosas. Tenía que darle más espacio para que entrase en razón. No habíamos peleado de esa forma desde que yo me había prometido. Aquello nos había dividido y habíamos pasado una semana entera sin hablarnos.

Ahora, volvíamos a ser dos desconocidos.

Conservé la paciencia durante los días posteriores. No le envié mensajes ni lo molesté. Vendría a mí cuando estuviera preparado, pero yo no quería acudir a él hasta que estuviera listo para ello.

El cuarto día ya no podía esperar más, así que lo llamé.

El teléfono sonó durante un buen rato. Estaba a punto de saltar el contestador.

Probablemente no lo cogería.

Como si hubiera estado esperando a propósito hasta el último minuto, al final descolgó el teléfono, pero no me saludó con palabras, sino que anunció su presencia con su callada hostilidad.

Pude sentirla como el frío del invierno.

—Hola. —Yo estaba en mi ático con los pies descalzos sobre el suelo de parqué. Todavía llevaba la falda y la blusa puestas porque estaba trabajando en la mesa de la cocina.

Seguía sin decir nada.

—Me disculpé por haberte disgustado, pero no voy a disculparme por lo que dije.

Silencio.

—¿Hunt?

Nada.

El jefe supremo

No pensaba hablar con una pared.

—Cuando estés preparado para hablar, llámame.

—Me dispuse a colgar.

—Espera.

Mantuve el teléfono pegado a mi oreja.

—Acepto tus disculpas. Cuando se trata de mi padre… me resulta muy difícil. No me gusta hablar de ello.

—Sí, algo he notado.

Por fin conseguí arrancarle una ligera sonrisa a través del teléfono, que se pudo oír en sus palabras.

—Siento haber sido tan duro.

—Acepto tus disculpas.

—Te he echado de menos.

—No tanto como yo a ti. —Aquel era el Hunt que me gustaba, la versión cariñosa a la par que masculina.

Su sonrisa se ensanchó.

—Estaré allí en quince minutos.

El corazón por fin me volvió a palpitar ahora que estábamos bien. La dolorosa tensión había pasado por fin. Yo sabía que aquella conversación sobre su padre no había terminado del todo. La retomaríamos en algún momento, pero, por ahora, estaba en pausa.

—¿Puedes hacer que sean diez?

SIETE

Hunt

No estaba seguro de por qué me había enfadado tanto con Titan.

No se había pasado de la raya con sus palabras ni había dicho nada insultante.

Pero yo no quería escuchar nada que tuviera que ver con mi padre.

A lo mejor tenía más problemas de lo que pensaba.

Volví por fin a mi despacho después de una reunión que se había prolongado más de lo que había anticipado. Me salté la comida porque no tenía tiempo, así que lo único que tenía en el estómago era la última taza de café que me había bebido.

Natalie habló por el intercomunicador.

—Vincent Hunt está aquí para verlo, señor.

Me quedé paralizado, pero me recuperé rápidamente de la sorpresa. Aquella reunión inesperada no debería haber sido tan inesperada. Mi padre continuaría con su venganza contra mí hasta que quedara finalmente satisfecho con los resultados. Quería pillarme con el culo al aire, sorprenderme con la guardia baja.

Por desgracia para él, yo nunca bajaba la guardia.

Había elegido un mal momento para pasarse porque yo tenía cosas más importantes por las que preocuparme, pero no pensaba despedirlo y parecer un cobarde. Si no lo recibía, se iría con la impresión de que lo estaba evitando.

Y yo no evitaba a nadie.

—Hazlo pasar —dije fríamente.

—Sí, señor.

Cerré el portátil, metí los documentos en el cajón y oculté todo rastro de mi actividad reciente. No quería que supiera nada más de lo estrictamente necesario; Megaland podría haber sido suya y, si se enteraba de mis planes, sin duda intentaría sabotearlos.

¿A otras personas las odiaban tanto sus padres?

Vincent entró un segundo después, vestido de negro furtivo y con una expresión a juego en la cara. Hasta su reloj era negro. Me fulminó con la mirada en cuanto estuvimos en la misma habitación. Se mostraba igual de hostil que en nuestro último encuentro. Se mantuvo perfectamente erguido mientras irrumpía en mi espacio personal. Como la última vez, se desabrochó la chaqueta antes de sentarse con gracia en la butaca de cuero y cruzar las piernas. Llevaba una carpeta negra bajo el brazo.

Aquello iba a ser divertido.

Había aprendido hacía muchísimo tiempo a no ser el primero en hablar. Si alguien se acercaba a mí, aquello

El jefe supremo

me daba ventaja, porque se veía obligado a explicar su presencia. Yo sólo tenía que sentarme y esperar.

Así que esperé.

Nada.

Mi padre alargaría aquello lo máximo posible porque los silencios incómodos no le molestaban.

A mí tampoco me molestaban.

Sus ojos permanecieron fijos en los míos en un contacto directo increíblemente hostil y tenía la mandíbula ligeramente apretada, aunque no demasiado. No me ofreció la carpeta y no pude evitar preguntarme qué contendría.

¿Qué as tendría guardado en la manga?

Las Navidades habían trascurrido sin una llamada de teléfono, los cumpleaños habían llegado y pasado sin tarjetas de felicitación y el aniversario de la muerte de mi madre era conmemorado en silencio. Pensaba en él en todas las fechas señaladas, pero nunca se me ocurría contactar con él y sabía que a él tampoco.

Por fin se sacó la carpeta de debajo del brazo y se la apoyó en la rodilla.

—Esto va a ser muy sencillo.

Se me empezó a acelerar el pulso al saber que estaba a punto de soltarme una bomba.

—Quiero Megaland y tú me la vas a dar.

Intenté controlar mi reacción pero me fue imposible. Entrecerré los ojos sin dejar de mirarlo. Aquella empresa era mía porque yo había hecho la mejor oferta. No había recurrido al engaño para conseguir lo que quería, simplemente era mejor hombre de negocios que él y aquella era la pura verdad. Exigirme que se la entregase era ridículo.

—No te voy a pagar por ella; considéralo un reembolso por los colegios privados, las matrículas de la universidad y hasta el último centavo que me he gastado criándote. —Por fin lanzó la carpeta encima de la mesa—. Quiero la documentación firmada esta tarde. Fin de la historia.

No miré la carpeta porque mis ojos seguían clavados en él. Me había ofendido aquel insulto, el hecho de que pensara que podría entrar en mi despacho y robarme sin consecuencias. Yo no negociaba con terroristas... y aquello era exactamente lo que era mi padre.

—Si tan importante es para ti, te firmaré un cheque cubriendo todos tus gastos, desde la estancia en el hospital en que nací hasta la última matrícula que me pagaste. Pero no te pienso dar esa empresa: ellos me eligieron a mí porque fui el mejor empresario.

—No se reunieron conmigo, así que... ¿cómo van a saberlo?

—Precisamente —respondí—. Te hice prescindible, razón por la cual soy el mejor asociado.

Aquel insulto debió de escocerle, pero ocultó su reacción. Sus rasgos eran tan neutrales que parecía que estuviera sentado ante una pared, en vez de una persona. Su cuerpo permanecía rígido y quieto y los músculos de su torso mantenían su espalda perfectamente erguida.

—Abre la carpeta.

Le sostuve la mirada durante un segundo más, negándome a obedecer inmediatamente su orden.

Habría desenterrado algo sobre mí, pero yo no tenía nada que ocultar. No es que fuera ningún santo, pero jamás había ocultado mis visitas a los bajos fondos: me habían visto en clubs de *striptease*, en bares y en mi yate con tres bellezas todas para mí. Era el *playboy* de Estados Unidos, un hombre que los medios de comunicación habían catalogado de atractivo rompecorazones, aunque también me describían como uno de los empresarios más inteligentes y con más éxito sobre la faz de la Tierra. No se me ocurría qué podría contener aquella carpeta que el mundo no hubiese visto ya. Mi reputación no se había visto afectada porque no importaba... Como hombre, podría salir bien parado de casi cualquier situación y a la gente parecía darle igual; si hubiera sido una mujer, la cosa habría sido completamente diferente.

Acerqué la carpeta y la abrí.

Contenía un montón de fotografías. En la primera se me veía besando a Titan contra la pared. Ambos íbamos de punta en blanco para la gala benéfica que se había celebrado la semana anterior. Ella tenía las piernas alrededor de mi cintura y yo prácticamente la estaba aplastando contra la pared. El calor y la excitación eran innegables hasta en foto.

Mierda.

Miré la siguiente foto y me vi entrando en el edificio de Titan a las once de la noche. Había otra en la que estaba besándola en la oficina de Stratosphere y que había sido tomada desde el edificio Chrysler que había al otro lado de la calle. Mi padre debía de haber apostado gente por todas partes con la esperanza de conseguir una instantánea en cuanto bajáramos la guardia.

La hostia puta.

No seguí mirando porque ya había visto suficiente. Alcé la vista hasta sus ojos y le mantuve la mirada sin cambiar mi gesto pétreo. Esperaba poquísimo de mi padre, pero desde luego con aquello se había superado.

Cabrón de mierda.

En cuanto me había enterado de que mi padre sabía lo nuestro tendríamos que haber actuado con más inteligencia al respecto. Deberíamos haber tomado precauciones para asegurarnos de que nadie nos estuviera viendo. Yo era un hombre cuidadoso por naturaleza, pero mi intenso amor anulaba mi capacidad para pensar con claridad.

Y ahora estaba pagando por ello.

Una ligera sonrisa asomó a sus labios y su expresión se llenó de un discreto regodeo.

——Dame Megaland o enviaré estas fotos a todas las grandes publicaciones. Titan será vista como una puta infiel y su imperio se desmoronará. Perderá a sus patrocinadores, su reputación y lo peor de todo, su respeto.

Nunca había sentido tantas ganas de pegar a mi padre como en aquel momento.

——No es ninguna puta.

——Ni yo he dicho que lo fuera... pero así es como la verá el mundo.

——Tampoco es infiel, Thorn y ella...

——Me da igual. Dame Megaland, Diesel.

No quería ceder ante un hombre de naturaleza tan

malvada. Estaba aprovechándose del amor de mi vida para obtener lo que quería, algo sucio y nada respetable. La crueldad era pavorosa y me sentía impotente porque no podía hacer nada al respecto. Había invertido una gran cantidad de tiempo y dinero en aquella compañía, que ya iba camino de convertirse en una de las mayores marcas de electrónica del mundo. Ahora me la estaban arrebatando de las manos y no podía hacer nada para evitarlo.

—Pensaba que Titan te caía bien. —Una cosa era manipularme a mí porque, en cierto modo, me lo merecía… pero meter a alguien más en nuestro altercado era algo despreciable, simple y llanamente.

—Le tengo mucho cariño.

—¿Entonces por qué le harías algo así?

—Son sólo negocios —dijo con sencillez—. No es nada personal.

—¿Que no es nada personal? —pregunté con asombro—. Estás amenazando con destruir todo lo que ha construido sólo para joderme a mí.

—Así funciona este mundo.

—Puede que para un cabrón como tú —exclamé enfadado—. A ella no la metas en esto. —Volví a pasarle la carpeta deslizándola por encima de la mesa—. La movida la tienes conmigo, no con ella. Ella es una buena persona y no se merece esto.

—No podría estar más de acuerdo. —Apoyó los brazos en los reposabrazos de la butaca, poniéndose cómodo en la guarida de su enemigo—. Tiene una inteligencia despiadada, un porte magnífico y no sólo se mantiene al mismo nivel que los hombres, sino que los supera en su propio juego. Entiendo perfectamente la fascinación que sientes por ella. Es una mujer excepcional.

—Pues entonces no lo hagas. —Mantuve la voz serena, pero mi tono se oscureció de rabia.

Una leve sonrisa se dibujó en sus labios.

—Dame lo que quiero y no lo haré.

Tensé la mandíbula, tan enfadado que apenas lograba pensar con claridad.

Mi padre siguió sonriendo porque sabía que me tenía a su merced.

—Ambos sabemos ya cómo va a acabar este asunto, sólo estás postergando lo inevitable y haciéndolo más doloroso.

—¿Por qué piensas que voy a aceptar? —Tenía fotos de ambos juntos, pero no sabía nada sobre nuestra relación, ni sobre cómo era cuando estábamos los dos solos. Era imposible que le entrara en la cabeza la clase de amor que nos profesábamos porque era algo que él no había experimentado jamás. Era un recipiente vacío, carente de alma.

Dejó escapar una risita.

—Diesel, vamos a dejarnos de jueguecitos. Sé que estás enamorado de esa mujer como un idiota y que ella está igual de enamorada de ti. Haría cualquier cosa por ti y no me cabe duda de que me darás todo lo que yo quiera para protegerla.

Hijo de la gran puta.

—¿Quieres saber cómo lo sé?

Guardé silencio.

—Porque la miras igual que yo miraba a tu madre.

Durante un milisegundo, mi ira desapareció. El tiempo se detuvo mientras yo recordaba a mis padres juntos en la sala de estar, a una hora en la que yo ya debería estar en la cama. Solían sentarse juntos en un extremo del sofá muy abrazados mientras disfrutaban de una botella de vino. Había caricias, besos y risas por doquier. La televisión estaba apagada y sólo la chimenea estaba encendida. Mi padre solía sonreír constantemente, pero nunca lo volví a ver sonreír así cuando ella murió.

Mi padre se puso de pie y dejó la carpeta sobre la mesa.

—Mi equipo se pondrá en contacto contigo. Espero poder firmar esos papeles esta tarde.

No protesté, echando humo en silencio. Megaland era uno de mis mayores logros e iba a tener que renunciar a ella sin plantar batalla. Iba a tener que someterme a la crueldad de aquel hombre y actuar como su marioneta. Iba contra todo aquello en lo que creía, pero no podía permitir que le destrozase la vida a Titan. Sabía que no era una amenaza vacía y que cumpliría su palabra. El mundo entero se pondría en contra de Titan y la crucificaría por mentirosa, infiel y puta. También perjudicaría a Thorn, algo que le rompería el corazón a Titan.

No podía permitir que aquello le sucediera.

No a la mujer que amaba.

Mi padre se abrochó la chaqueta y se dirigió hacia la puerta.

—Hasta pronto, Diesel. —Cerró la puerta y desapareció.

Fue en aquel momento cuando finalmente me puse como un energúmeno y empecé a tirar todo lo que había encima de la mesa, rompiendo mi portátil, estampando el teléfono contra la pared y desperdigando por el suelo los papeles que estaban encima. Las fotos en que se nos veía a mí y a Titan se salieron de la carpeta y aterrizaron encima de todo el desorden, como si su intención fuera atormentarme.

Mierda.

FIRMAMOS la documentación en una de mis salas de conferencias en compañía de nuestros equipos legales y con el consentimiento de los otros tres propietarios.

Firmé en cada línea, puse mis iniciales donde correspondía y le cedí uno de mis mayores logros a mi peor enemigo.

Lo pasé todo por encima de la mesa y su equipo lo repasó.

Vincent no me quitaba la vista de encima, disfrutando de cada segundo de su victoria. No podía disimular su fanfarronería silenciosa ni la satisfacción que le producía su venganza. Lo había humillado públicamente y ahora él estaba haciendo lo mismo conmigo. El cambio de propietario de Megaland no se sabría en seguida, pero al final las noticias volarían.

Cuando todo estuvo a su entera satisfacción, se dio la reunión por concluida.

La empresa ya no era mía.

Había perdido cinco millones de dólares en un día. El dinero no me importaba, lo que me resultaba humillante era haberme visto obligado a hacerlo.

Aunque no hubiera escogido ninguna otra opción: el dinero no era nada más que dinero, pero la reputación de Titan no tenía precio.

El equipo salió de la habitación, pero mi padre se quedó atrás, probablemente para decir la última palabra antes de marcharse con la compañía que yo había obtenido jugando limpiamente.

Pero me aproximé y me enfrenté a él con los mismos hombros cuadrados y la misma columna erguida. Mantuve la cabeza alta y me negué a reconocer aquello como una derrota. Él había perdido a mi madre y a dos de sus hijos, así que ahora lo único que le quedaba era el dinero. Pero yo tenía algo muchísimo más valioso: tenía el amor de una mujer increíble a la que yo amaba todavía más. Aquello valía más que todos mis bienes juntos.

Todos habían salido de la sala, así que Vincent me miró fijamente con los ojos al mismo nivel que los míos porque éramos exactamente de la misma altura.

—Tú la quieres y ella te quiere a ti, así que... ¿por qué se va a casar con Thorn?

No sabía a qué venía aquella pregunta. En apariencia parecía sincera, como si un padre le preguntara a su hijo si iba todo bien. No ganaba nada conociendo aquella información y lo único que debería importarle es tener trapos sucios sobre mí. Aunque quizá yo estuviera dándole demasiadas vueltas al asunto.

—Es complicado.

Sus ojos se movieron de un lado a otro mientras escudriñaban mi mirada. Me observaba con aquellos ojos suyos castaño profundo, los mismos que yo había contemplado toda mi vida. Tenían exactamente el mismo aspecto tanto si estaba enfadado como si estaba tranquilo.

—Si la quieres, haz que no lo sea.

ESTABA SENTADO en el sofá en mi sala de estar con una cerveza fría delante. Todavía llevaba puesto el traje, pero me había deshecho el nudo de la corbata en cuanto había entrado por la puerta. Era una de aquellas noches en las que me hacía falta algo más que una cerveza, algo más fuerte que hiciera compañía a mi desgracia. Así que cogí un puro y me lo fumé en el salón a pesar de saber que estaría días oliendo a humo.

Me importaba un carajo.

Dudaba si contarle o no a Titan todo lo sucedido. Se mostraría comprensiva y me ofrecería la clase de afecto que lograba ahuyentar el dolor, pero si le hubiera contado la verdad, me habría dicho que no aceptara el acuerdo.

Conociéndola, preferiría encajar el golpe antes que permitir que yo sufriera.

Se plantaría sin perder un segundo en el despacho de mi padre y le cantaría las cuarenta.

Así que lo mejor era que no dijera nada.

El jefe supremo

Se sentiría fatal si se enterase de lo que había sacrificado por ella.

Puede que lo descubriera por otros medios, pero para entonces ya habría pasado el tiempo suficiente para que yo lo superara. Y si se enteraba de que mi padre tenía fotos nuestras, se pondría paranoica. Hasta era posible que decidiera dejar de acostarse conmigo.

Me quedaría callado.

Normalmente ya estaría en su casa. Mi ropa yacería en el suelo de su dormitorio y yo estaría enterrando mi dolor y mi deseo entre sus piernas en aquel preciso instante. Estaríamos conectados por completo en mente, cuerpo y alma. Ella me diría que me quería justo antes de correrse y yo se lo repetiría mientras me contenía para no llegar al orgasmo.

Pero aquella noche no estaba de humor para hacer nada que no fuese fumarme mi puro.

Ojalá mi madre siguiera viva. La vida sería totalmente diferente: mi padre seguiría siendo feliz, Brett habría tenido la misma infancia que tuve yo, y yo no tendría a uno de los más grandes ejecutivos del mundo como enemigo. Mi madre era el pegamento que nos mantenía a todos unidos, pero ahora que ya no estaba, nos habíamos distanciado todavía más.

Se sentiría decepcionada con todos nosotros.

Especialmente conmigo.

Mi móvil estaba encima de la mesita de café y se iluminó con un mensaje de Titan.

«Te echo de menos».

Contemplé el mensaje y le di otra calada al puro. Las

palabras fueron directas a mi entrepierna, provocándome una erección. Cuando leía aquellas palabras podía escuchar su voz sensual, y también la ligera desesperación con la que hablaba.

Quería evitarla porque no sería capaz de fingir otro estado de ánimo. Estaba furioso con mi padre y nada cambiaría aquello, ni siquiera el sexo del bueno. Pero quería perderme entre sus brazos, hacerle el amor y olvidar todas las mierdas que rodeaban nuestras vidas. Sólo Titan podría aplacar mi enfado y hacerme sonreír en medio del dolor.

No sólo estaba enfadado por haber perdido Megaland.

Estaba destrozado por que mi propio padre hubiera sido capaz de chantajearme así.

Mi propia familia.

¿Por qué no podía haber vivido mi madre y haberse muerto él?

¿Era mala persona por pensar siquiera aquello?

Su mensaje permaneció sin respuesta durante media hora. Quería contestar algo, pero estaba demasiado abrumado por mis propios pensamientos autodestructivos como para hacer otra cosa que no fuera fumar. Me fumé el puro hasta la colilla y luego lo dejé caer en el cenicero.

Respondí.

«Yo siempre te echo de menos».

«Me alegro, porque acabo de entrar en el portal de tu edificio».

Me deseaba con todas sus fuerzas y no había esperado

a que yo acudiese a su encuentro. Aquello era algo que me encantaba de ella: si quería algo, iba a por ello.

No perdía el tiempo.

El ascensor emitió un pitido antes de que se abrieran las puertas y ella entrara con su largo cabello castaño liso y brillante, y sus bellas piernas subidas a unos tacones de aguja. Llevaba una larga chaqueta negra para protegerse del frío y se la quitó al instante, poniéndose cómoda.

Me acerqué a ella, dejando caer la chaqueta del traje por el camino.

En cuanto me miró se le endureció el gesto al percibir el desasosiego en mi rostro. Me conocía lo bastante bien para saber cuándo me atormentaban demonios invisibles para ella. Su mano se movió hasta mi pecho y abrió la boca para decir algo.

—No quiero hablar de ello. —Mi mano se deslizó por su cabello mientras me preparaba para besarla—. Pero sí me gustaría que me hicieras olvidarlo. —Acerqué mi boca a la suya y juntamos nuestros labios. Sentí su labio inferior y lo succioné delicadamente antes de introducir la lengua en su boca. Tiré suavemente de su pelo e intensifiqué nuestro beso, encontrando un consuelo inmediato en nuestro acalorado encuentro.

Me desvistió con manos firmes, quitándome cada prenda hasta que estuve desnudo. Sus dedos exploraron las marcadas líneas de mi cuerpo y palparon mi pecho impecable y mis duros abdominales. Lo que más le gustaba de mí eran los hombros, así que volvía a ellos con frecuencia.

A mí me encantaban los vestidos que se ponía por lo

fáciles de quitar que eran. Una vez bajada la cremallera, el vestido cayó al suelo. Lo siguieron el sujetador y las bragas, y aquella mujer despampanante se quedó únicamente con los tacones.

No le quité los zapatos.

La alcé en volandas y la transporté hasta mi dormitorio. Quería tenerla tumbada de espaldas con las rodillas separadas y la totalidad de mi sexo hundido en ella. Quería hacérselo profunda y lentamente, corriéndome en su interior una y otra vez.

Quería correrme hasta que mi semen rebosara de ella.

La deposité en el colchón, colocando perfectamente su cabeza en una almohada, y a continuación la penetré con un solo y fuerte empujón.

Su boca se abrió de par en par y sus manos se agarraron a mis bíceps al sentir mi enorme erección tensar su sexo.

Le sujeté las rodillas hacia atrás con los brazos y la plegué bajo mi cuerpo. La empujé contra el colchón, hundiéndola profundamente en él, y luego empecé a moverme. Me movía con dureza y rapidez, yendo al grano desde el principio. Mi miembro disfrutaba de su húmeda estrechez y rápidamente me dejé llevar por aquella pasión que hacía desaparecer el resto del mundo.

Quería hacer aquello todas las noches.

Quería follármela nada más llegar a casa del trabajo todos los días.

Mi sexo sólo quería aquella entrepierna perfecta.

—Pequeña... —Un profundo gemido surgió del

El jefe supremo

fondo de mi garganta. Al deslizarme por su perfección me daban igual las pesadillas que vivían fuera de las cuatro paredes de mi ático. El vínculo que existía entre nosotros era lo bastante poderoso para hacerme olvidar mis penurias y sufrimientos. La pérdida de mi compañía parecía algo insignificante cuando estaba disfrutando de algo mucho mejor.

Sólo deseaba que fuera mía de verdad.

Se le endurecieron los pezones y empezó a contener el aliento en preparación para la maravillosa explosión que estaba a punto de producirse entre sus piernas.

—Te quiero. —Cerró el puño alrededor de mi corto cabello y se agarró a mi hombro mientras una nueva oleada de humedad surgía de entre sus piernas. Ahora me decía más a menudo aquellas palabras que antes.

Yo me había enamorado más de ella con cada día que pasaba, así que no me sorprendía. Escuchar su confesión de amor siempre me hacía sentirme más hombre. Me consolaba porque sabía que estaríamos bien, que nuestro amor era lo bastante fuerte para protegernos y que tarde o temprano nos uniría. No me asustaba que al final se fuera con Thorn.

Sabía que acabaría estando conmigo.

Antes o después.

—Yo también te quiero, pequeña.

OCHO

Titan

Thorn y yo cenamos juntos en el nuevo restaurante que acababan de abrir. El *chef* era francés y preparaba las delicias más exquisitas. Era cocina francesa mezclada con un toque de los favoritos estadounidenses.

Nos sentamos uno frente a otro y compartimos una botella de vino. Yo había reducido mi consumo de *bourbon* a un solo vaso al día y había sustituido aquel antiguo hábito por agua, té helado y vino. Mi paladar era distinto ahora que no tenía las papilas gustativas empapadas en alcohol. Era ligeramente refrescante, aunque echaba de menos beber como antes.

—¿Qué novedades tienes? —Thorn llevaba unos pantalones negros de vestir y una camisa del mismo color con el botón superior desabrochado, que dejaba ver su piel bronceada y los prominentes tendones de su cuello. Iba a correr por Central Park por las tardes, y a aquello se debía su moreno. La sala estaba llena de parejas y de mujeres atractivas en la barra, pero, tal y como Thorn me había prometido, no prestaba atención a nadie más que a mí.

Era agradable.

Nunca sería la destinataria de un amor romántico, pero sin duda alguna me hacía sentir querida. Y me haría sentir una esposa valorada.

En cuanto pensé en nuestra boda, se me vino a la cabeza Hunt.

Era imposible no pensar en él.

Sabía que en el instante en que me convirtiera en la mujer de Thorn, nuestra relación llegaría a su fin. Tal vez fuera ese el motivo por el que últimamente me mostraba más apasionada con él y le decía que le quería, consciente de que no siempre tendría oportunidad de hacerlo. Un día, llevaría a una nueva mujer del brazo cuando nos cruzáramos en un evento al que ambos estuviéramos invitados. Me dolería mirarlo, pero al menos sabría que le había dicho lo que sentía cuando había tenido ocasión.

Antes de que otra mujer me sustituyera en su cama.

A veces me asustaba lo mucho que quería a aquel hombre sin confiar en él. ¿Cómo podía estar tan embelesada con alguien que me causaba tal inquietud? Para mí no tenía ningún sentido. Aquel comportamiento no era propio de mí.

Thorn ladeó la cabeza.

—¿Titan?

—¿Mmm? —Volví a dirigir la mirada hacia él y di un trago a mi bebida.

—Te he preguntado que qué novedades tienes.

El jefe supremo

Lo había oído, pero no había asimilado las palabras del todo.

—Ninguna. ¿Y tú?

—¿Va todo bien? —preguntó con mirada protectora.

—Sólo estaba pensando en el trabajo…

—Sé más específica.

Dije lo primero que se me vino a la mente.

—Las ventas en Stratosphere han sido increíbles. Muy por encima de lo que Hunt y yo habíamos previsto. Estamos encantados con los resultados.

—Porque sois dos genios. —Se dio golpecitos en la sien con el dedo índice—. Y los genios consiguen que sucedan cosas increíbles.

—Eres demasiado amable —dije con una sonrisa.

—No soy muy devoto de Hunt, pero admiro su habilidad para generar ingresos. Sabe bien lo que hace.

—Y tanto que sí.

Yo había visto a Hunt en acción, había presenciado cómo funcionaba su mente a mil kilómetros por hora. Podía elaborar un plan nuevo con las mismas herramientas que cualquier otra persona, pero sus enfoques publicitarios indirectos tenían un impacto mucho mayor. Además, el respeto que se había ganado en el mundo empresarial siempre actuaba en nuestro favor. Él podía lograr que las cosas sucedieran mucho más rápido que yo porque la gente siempre estaba ansiosa por trabajar con él.

Hunt convertía en oro todo lo que tocaba.

—Mi ayudante se ha puesto en contacto con la organizadora de bodas de Martha's Vineyard. Dicen que tienen hueco en febrero. ¿Qué te parece?

Para aquello faltaban quince meses. Nuestro compromiso duraría más de lo que habíamos acordado en un principio.

—Es mucho tiempo de compromiso, pero no me importa.

—No, me refiero a este febrero —me corrigió—. Es decir, dentro de unos meses.

Tenía el vaso en la mano, pero no bebí.

—Ah… Me sorprende que tengan hueco.

—Supongo que habrá movido algunas fechas —dijo Thorn.

—Pero ¿podemos organizar una boda así de rápido?

—Ella se ocupará de la decoración, la comida, la bebida y todas esas cosas. Sé que tú no quieres hacerlo, de todas formas. Lo único de lo que te tienes que preocupar tú es de conseguir tu vestido, así que debería darnos tiempo de sobra.

La noticia debería haberme entusiasmado, pero sólo me llenó de pavor. Había pensado que tendría más tiempo para disfrutar de Hunt, pero si me iba a casar en tres meses, nuestra relación terminaría mucho antes de lo que yo había previsto.

Thorn dio un trago a su bebida y contempló mi expresión.

—¿Te parece bien?

—Sí… es sólo que es muy repentino.

Su mirada se volvió más analítica cuando empezó a examinar mi gesto de infelicidad.

El jefe supremo

—No tenemos que hacerlo tan pronto, podemos hacerlo cuando tú quieras. Sólo había pensado que queríamos hacerlo lo antes posible.

—Supongo que me esperaba un compromiso más largo.

—¿De cuánto tiempo? —me preguntó.

—Un año, más o menos.

—Pero en realidad no nos hace falta un compromiso largo. Ninguno de los dos va a organizar la boda, así que no tiene sentido prolongarlo más tiempo. Pero tú eres la novia, así que tú decides. —Thorn no me presionaba, pero yo sabía que estaba decepcionado.

Podría posponerlo más tiempo, pero sabía que no supondría una gran diferencia. Mi relación con Hunt estaba destinada a morir irremediablemente. Cuanto más permitiera que continuase, más difícil sería ponerle fin.

—Febrero está bien.

—¿Estás segura? —preguntó—. Porque si no quieres, ni siquiera tenemos que hacerlo en Martha's Vineyard.

—Allí será bonito, especialmente en invierno.

—Entonces voy a decirle a Angela que lo reserve.

—Vale.

—Perfecto. Pues parece que ya tenemos fecha.

—¿Qué día es? —pregunté.

—El doce de febrero.

Di un buen trago y me acabé todo el contenido del vaso antes de rellenarlo.

—Pues decidido: el doce.

LO ESTABA HACIENDO MUY BIEN hasta que recaí.

Bebí más de una sentada de lo que había bebido en toda mi vida. Me preparé mi bebida favorita una y otra vez, ahogándome en el *bourbon* que tanto adoraba. Haber escogido una fecha para la boda me había afectado seriamente al cerebro.

Me había hundido en las profundidades.

Me asfixiaba.

Aquello era lo que yo quería, era el camino que había elegido.

Pero hacía que el corazón se me partiera de dolor.

No podría cambiar de opinión aunque quisiera. Ya me había comprometido con Thorn y no podía retractarme ahora. Sería una traición a nuestra amistad y lo haría quedar como un imbécil ante el mundo entero.

No, yo nunca le haría eso.

Siempre había bebido con regularidad, pero nunca había perdido el control de mis facultades. Ni siquiera había estado borracha.

Simplemente, bebía mucho. Había una gran diferencia.

Pero ahora parecía estar compensando todo el alcohol que no había bebido. Ahora estaba rellenando mis células con el alcohol que ansiaban. Calmaba mis emociones y me insensibilizaba lentamente para no tener que enfrentarme a la realidad.

Así era más fácil plantarle cara.

El jefe supremo

ACABÉ en el ascensor del edificio de Hunt con el cuerpo más débil de lo habitual porque había bebido demasiado. No consideraba que estuviera borracha, pero definitivamente estaba un poco afectada. Por suerte, tenía chófer, así que nunca tenía que preocuparme de ir conduciendo a los sitios por mi cuenta.

Las puertas se abrieron en su salón y entré.

Hunt estaba en la cocina; me llegó a los oídos el sonido de los platos moviéndose y del agua corriendo. Todo se detuvo cuando me oyó y apareció un instante después vestido únicamente con los pantalones deportivos.

Justo como yo esperaba que estuviera.

Una marcada uve se perfilaba en su cintura, extendiéndose hasta sus caderas y enmarcando sus abdominales. Los músculos del abdomen se le movieron al caminar hacia mí, y los pectorales permanecieron como una pared inamovible e inquebrantable mientras se aproximaba a mí.

Sin pronunciar palabra, me rodeó la cintura con los brazos, se inclinó hacia delante y me besó.

Yo le devolví el beso, cayendo rendida en la adicción que más alegrías me aportaba. Antes mi droga era el *bourbon*, pero tenía un toque desagradable si tomaba demasiado. Con Hunt era incapaz de saciarme.

Su suculento beso se fue apagando y se echó hacia atrás para mirarme. Sus ojos se posaron en mis labios, pero no con la intensidad a la que yo estaba acostumbrada. Estaban cargados de sospecha y, un momento después, de decepción.

—Has estado bebiendo.

—Sí...

—Mucho.

No aparté las manos de sus bíceps y hundí las puntas de los dedos en los músculos. Era cálido, suave y duro, todo al mismo tiempo.

Su mirada de desilusión no cambió. Se quedó contemplándome con ferocidad, como si quisiera regañarme pero no encontrara las palabras adecuadas.

—No volverá a pasar... Iba muy bien, sólo ha sido un desliz.

Me apretó ligeramente las caderas antes de reducir la presión.

—¿Me lo prometes, pequeña?

Me pesaban los ojos y tenía los párpados entrecerrados y, aunque estaba cansada, también me sentía más cariñosa. Quería sus labios ardientes por todo mi cuerpo.

—Te lo prometo.

Aquello pareció bastarle, porque me dio un beso en la frente, perdonándome por mi estúpido error.

—¿Qué ha pasado? —Movió los labios contra mi frente mientras hablaba.

—No quiero hablar de ello... —Si le contaba que estaba deprimida por la boda, intentaría convencerme para que no me casara, y aquello daría lugar a una dolorosa conversación que no me sentía capaz de volver a mantener. Sólo le daría esperanzas de que nuestro destino sería distinto. No quería torturarlo y tampoco quería torturarme a mí misma.

Me puso la mano en la mejilla y me levantó el rostro para obligarme a mirarlo.

—Cuéntamelo.

Clavé la mirada en sus poderosos ojos y de repente me sentí indefensa. Cuando se trataba de aquel hombre tan masculino, con sus brazos surcados de venas, su mandíbula cincelada y un increíble parecido con el peligro, deseaba despojarme de mi armadura y exponerme a él por completo... incluso aunque me hiciera daño.

—Thorn y yo hemos fijado una fecha y es mucho antes de lo que yo había pensado...

No reaccionó.

—¿Cuándo?

—El doce de febrero.

Dejó la mano posada en mi mejilla y siguió mirándome con la misma expresión. Debía de creer que estaba borracha porque no intentó argumentar nada como habría hecho normalmente. Lo único que hizo fue escuchar.

—No estoy preparada para renunciar a ti... Estoy ridículamente enamorada de ti. —Joder, a lo mejor sí que estaba borracha. Lo solté todo como una maldita idiota. Le había dicho que le quería antes con la pasión del momento y básicamente era lo mismo que estar borracha—. No quiero verte con nadie más... Me pongo tan celosa... No quiero perder lo que tenemos porque es una puta maravilla... pero tengo que dejarte marchar.

—No, no tienes que hacerlo —susurró.

—Claro que sí…
—Bueno, pues yo no te voy a dejar marchar nunca. —Me alzó en brazos y me llevó hasta la habitación. Nos deshicimos de nuestra ropa y nuestros cuerpos desnudos se entrelazaron. Estuvo dentro de mí al instante mientras yo me hundía hacia abajo con la espalda pegada al colchón. Uní los tobillos detrás de su cintura y nos movimos al compás, sacando del otro todo lo que podíamos. Lo hicimos como si aquella fuese la última noche que fuéramos a pasar juntos.

—Por favor, no lo hagas.

CUANDO ME DESPERTÉ a la mañana siguiente, tenía una migraña horrible.

Quizás sí que había bebido demasiado.

No había bebido así en toda mi vida, excepto en el funeral de mi padre. Sólo había logrado contener las lágrimas estando borracha.

Moví la mano hacia un lado buscando a Hunt, pero no lo encontré por ningún sitio. Las sábanas seguían calientes, como si hubiera estado allí poco antes. Era la primera vez que pasábamos toda la noche juntos desde hacía meses, y yo había dormido como un tronco y de un tirón.

Pero también podría deberse a que había perdido el sentido.

Abrí su mesilla de noche con la esperanza de que hubiera un bote de analgésicos dentro. Metí la mano y encontré un libro de tapa dura. Me incliné sobre el cajón y entrecerré los ojos, intentando leer a pesar de que mis ojos todavía no se habían adaptado a estar abiertos. Después de acercármelo a la cara, lo reconocí.

Era el libro de mi padre.

Las manos me temblaron ligeramente al tocarlo. Había un papel haciendo las veces de marcapáginas hacia el final del libro. Era un recibo. Lo abrí por la página adecuada y miré la fecha, que me indicó que hacía meses que lo había comprado.

Antes de que lo dejáramos.

Lo lógico era que lo hubiera leído. Si no ¿para qué lo había comprado? Pero ¿por qué no me había contado que lo había leído? En mi mente se agolpaban un montón de preguntas, pero no me parecía adecuado preguntárselas. Parecería que estaba cotilleando entre sus objetos personales cuando no había sido aquella mi intención. Pasé las páginas y encontré pequeñas marcas hechas con un bolígrafo. Algunos pasajes estaban subrayados, tal vez aquellos que le habían gustado.

Me entró el pánico al oír las pisadas procedentes del baño, así que volví a guardar el libro en el cajón y lo cerré a toda prisa. Notaba el pulso palpitándome en la sien, pero me recosté y fingí no haberme movido de allí en ningún momento.

Entró en el dormitorio con una toalla alrededor de la cintura.

—Buenos días, pequeña.

—Buenos días. —Al ver su perfecto cuerpo desnudo, dejé de pensar en el libro. Le caían pequeñas gotas por los surcos de su fabuloso pecho. Deseé saborearlo por todas partes con la lengua y me olvidé de la migraña.

—¿Cómo te encuentras? —Se inclinó sobre mí en la cama y me pasó los dedos por el pelo.

Aquello alivió temporalmente el dolor.

—He estado mejor.

Una atractiva sonrisa se extendió por sus labios.

—Es la primera vez que te veo borracha.

—No estaba borracha.

—Estoy seguro de que no te acuerdas de la mayoría de las cosas que dijiste anoche.

Recordaba que habíamos hablado delante del ascensor, pero casi todo estaba borroso.

Sonrió con arrogancia.

—¿Qué dije?

Me dio un beso en la comisura de los labios.

—Nunca lo sabrás. —Se apartó de mí y dejó caer la toalla que llevaba en la cintura. Se quedó de pie junto a la cómoda y se puso unos bóxers que le hacían un trasero increíble.

Estuve a punto de ponerme a babear.

—¿Quieres desayunar?

—Probablemente debería marcharme...

—No. —Se dio la vuelta y se aproximó a mí, acercándose a la cama—. Primero desayuno y luego sexo.

—¿No tienes que trabajar?

—Yo siempre tengo que trabajar, pero los negocios seguirán su marcha aunque yo no esté allí. Venga.

—Me quedo con una condición.

—Tú dirás. —Volvió a cernirse sobre mí desprendiendo un olor a jabón reciente y a colonia.

—Necesito analgésicos para la migraña. Y cocinas tú.

Sonrió.

—Eso puedo hacerlo.

THORN y yo estábamos en mi oficina hablando de negocios y de lo que haríamos con nuestras respectivas compañías una vez que estuvieran unidas. Poseíamos activos en sectores muy diferentes y, si los combinábamos correctamente, podríamos tener un éxito arrollador.

Pero estaba pensando en Hunt otra vez.

Aquella semana había ocupado mis pensamientos más de lo habitual. No dejaba de pensar en el libro de mi padre que guardaba en la mesilla; desconocía por completo el motivo por el que nunca me lo había mencionado. Saber que había leído la obra de mi padre, que básicamente era su diario, significaba para mí más de lo que era capaz de expresar con palabras. Yo nunca le había pedido que lo leyera, lo había hecho totalmente por cuenta propia.

Cada vez que estaba con Thorn, pensaba en la boda. Y cuanto más pensaba en ella, más nerviosa me ponía. Había estado totalmente segura de que aquella era la opción adecuada para mí, pero ya no tenía la misma impresión. Mis dudas no tenían nada que ver con Thorn, que era uno de los hombres más maravillosos que había conocido en mi vida.

Sólo tenían que ver con Hunt.

Thorn terminó de hablar y dejó los papeles sobre mi escritorio.

—Entonces, ¿sigues decidida a no cambiarte el apellido?

Toda mi identidad se basaba en mi apellido. Era el nombre que me había dado mi padre. En cuanto lo cambiara, mi apellido se perdería para siempre. Si no se lo pasaba a mis hijos, dejaría de existir. Ya ni siquiera tendría sentido que la gente se refiriera a mí con el nombre de Titan. Y desde luego no pensaba permitir que nadie me llamara Tatum.

—Sí.

Puso los ojos en blanco.

—Pues que sea un término medio. Vamos a unirlos con un guion, al menos.

—No.

Su mirada se endureció.

—Mi apellido es importante para mí, Thorn. ¿Cómo te sentirías si te pidiera que te cambiaras el tuyo?

—Te entiendo, pero...

—Es totalmente machista.

—Es una tradición.

—Lo que tú digas —dije—. Mi padre me dio ese apellido y significa mucho para mí.

—Y yo lo entiendo, por eso he propuesto lo del guion. Si quieres podemos poner Titan primero: Titan-Cutler.

Ni siquiera aquello me parecía bien.

—Lo siento.

—No tendrás el mismo apellido que tus hijos. Te das cuenta de eso, ¿verdad?

—Es que ellos llevarán los apellidos de los dos con un guion.

Se frotó la sien mientras suspiraba irritado.

—No vamos a hacer eso.

—Y tanto que lo vamos a hacer. Titan es todo lo que soy. No puedo cambiar mi identidad por otra persona, Thorn. Lo siento. Sería diferente si estuviéramos enamorados, pero no lo estamos. Esto es una relación comercial y de conveniencia. No voy a cambiar de opinión al respecto. —Cuando Hunt y yo habíamos hablado de ello, me había mostrado más abierta con aquel tema, pero sólo porque estaba perdidamente enamorada de él. Era una situación totalmente distinta.

Thorn negó ligeramente con la cabeza, pero cedió.

—Acepto tu decisión, pero creo que deberíamos volver a hablarlo cuando tengamos nuestro primer hijo.

Tampoco entonces cambiaría de opinión.

—Vale.

Thorn continuó sentado en la butaca a pesar de la tensión que se extendía entre nosotros. No había sido una pelea, pero tampoco había resultado sencillo. Normalmente todo iba como la seda entre nosotros. Como estábamos tomando grandes decisiones, había obstáculos y baches en el camino. Me contempló unos minutos antes de cambiar de tema.

—¿Hay alguna otra cosa de la que tengamos que hablar antes de que me marche? Voy a pasar unos días en Montreal.

—¿Cuándo volverás?

—El viernes, es un viaje corto.

—Estará precioso. Seguro que está nevando.

—Tengo ganas. A lo mejor encuentro a alguien con quien compartir mi chalé.

Sonreí.

—Con tu encanto, seguro que sí.

—Gracias. Ya tengo ganas de que tú seas la destinataria de ese encanto.

Thorn me parecía atractivo, pero no lo veía de aquel modo. Antes de conocer a Hunt, imaginaba que tendríamos una vida sexual fantástica. Era guapo, musculoso, triunfador... todo lo que yo deseaba en una pareja. Pero en cuanto me enamoré, mi atracción física hacia otros hombres se había esfumado. Ahora ni se me pasaba por la cabeza.

—El otro día pasé la noche en casa de Hunt...

Thorn cambió de postura en la silla mientras me miraba.

—Tenía migraña, así que abrí el cajón de su mesilla y encontré el libro de mi padre...

—¿Su libro de poesía? —preguntó sorprendido.

—Sí. Tenía un marcapáginas y algunas notas, así que parece que lo está leyendo.

Thorn se frotó la barbilla mientras pensaba en mis palabras.

—¿Y qué me quieres decir?

—Miré el recibo y lo compró antes de que rompiéramos.

Thorn se me quedó mirando.

—No sé por qué te lo cuento, es sólo que no sé muy bien qué pensar.

—A lo mejor le gusta la poesía. Yo a veces la leo.

—Sí, pero nunca me lo ha mencionado, ni una sola vez.

—Sigo sin ver qué relevancia puede tener.

—Es sólo que... es algo muy bonito. No entiendo por qué iba a hacer eso si no me quisiera de verdad. Si sólo hubiera estado usándome antes de que rompiéramos, no tendría sentido que hubiera comprado el libro de mi padre para leerlo.

Thorn se quedó pensando durante un buen rato. No parecía molesto por mis palabras, pero necesitaba tomarse su tiempo para elaborar una respuesta.

—Creo que estás dándole demasiadas vueltas.

—¿A qué te refieres?

—Puede que comprara ese libro para saber más de ti, hacer que te enamorases de él y así conseguir su objetivo. O a lo mejor sí que lo compró de verdad porque quería leer la obra de tu padre. A lo mejor compró un ejemplar usado y no lo ha leído nunca. El hecho de que nunca te lo haya mencionado hace que parezca que no quiere que lo sepas.

No me había planteado ninguna de aquellas posibilidades. Simplemente me lo había tomado como un gesto romántico y conmovedor.

—No estoy intentando quitarte la ilusión —dijo con amabilidad—. Es sólo que veo esos destellos en tus ojos que van y vienen una y otra vez. Y me duele verlo...

Aparté la mirada, avergonzada de que resultara tan evidente.

—Sé que esto está siendo duro para ti —continuó—. Sé que la fecha de la boda te recuerda que lo tuyo con Hunt acabará dentro de poco y que eso te da miedo. Lo entiendo. Crees que has descubierto algo que apunta a su inocencia y que por fin puedes tener todo lo que quieres, pero tienes que entender que eso no va a pasar nunca. Si Hunt pudiera demostrar que no es culpable, ya lo habría hecho. Estás exactamente en la misma posición que estabas hace meses, pero tus emociones te nublan el juicio una y otra vez. No lo digo juzgándote. Sólo estoy intentando darte una perspectiva más clara de la situación.

Thorn me comprendía demasiado bien. No aparté la vista de la mesa porque no tenía la fuerza necesaria para mirarlo.

—Tienes razón... Supongo que nunca perderé la esperanza. Me cuesta ser objetiva cuando se trata de él. Es imposible y... empiezo a fantasear.

—No pasa nada —susurró—. Para eso estoy yo aquí. Siempre puedes hablar conmigo de estas cosas.

—Sé que estás harto de oírlas...

—Eso no es verdad.

Alcé la cara para mirarlo a los ojos.

—Puedes hablar conmigo de cualquier cosa, Titan. Siempre podrás contar conmigo, aunque te repitas un millón de veces. Soy tu compañero para toda la vida, sea tu marido o no. Nunca habrá nada que no puedas compartir conmigo. Odio verte sufrir así. Deseo más que tú que lo vuestro hubiera funcionado. Nunca olvidaré lo entusiasmada que estabas cuando me dijiste que te ibas a casar con él. Nunca te he visto más llena de alegría desde que te conozco… pero también tengo que protegerte. No puedo decirte lo que quieres oír para hacerte feliz. Tengo que darte la verdad… por doloroso que sea escucharla.

Mi mirada se suavizó al escuchar lo bueno que estaba siendo Thorn conmigo… por enésima vez.

—Ya lo sé…

—Hoy he conseguido que vuelvas a tener los pies en la tierra, pero, en unas semanas, volveremos adonde estamos ahora mismo. Pero no te preocupes, te volveré a ayudar… igual que tú lo harías conmigo.

—Gracias.

—De nada, cariño.

—No sé qué tiene Hunt que me vuelve así…

—Es el amor —dijo con sencillez—. Es la emoción más fuerte del mundo. Fue el amor lo que me hizo apuñalar a alguien en el corazón para protegerte. Es la mayor locura que he cometido en mi vida. Podría haber acabado entre rejas por asesinato, pero me dio igual. Y lo volvería a hacer un millón de veces sólo para protegerte. Así que lo entiendo, Titan. Nunca he estado enamorado, pero puedo imaginarme que ese tipo de amor es un millón de veces más cegador.

NUEVE

Hunt
_____

No me mantuve informado sobre Megaland porque no quería saber lo que estaba haciendo mi padre con mi empresa.

Es decir, *su empresa*.

No me cabía ninguna duda de que cuidaría de la compañía, pero me decepcionaba que viese la dirección en la que yo la estaba llevando: era básicamente como enseñarle mi manual de estrategia.

Era una faena.

Ni con el paso de las semanas era capaz de aceptar la derrota. Había entrado en mi despacho y me había atracado, pero yo no había hecho nada para evitarlo. Lo único que pude hacer fue levantar las manos y permitir que se fuera tan campante con mis pelotas en el bolsillo.

Había sacrificado negocios por amor.

Algo que me había prometido a mí mismo que jamás haría.

Pero Titan era mi mujer y yo la quería demasiado

como para permitir que nada malo le sucediera. Se esforzaba muchísimo por conservar el respeto de los hombres de su entorno profesional. Si la gente pensaba que estaba poniéndole los cuernos a Thorn, nunca se repondría; sería algo que la perseguiría durante décadas.

Mi compañía no valía aquella eternidad de sufrimiento.

Además, algún día iba a ser mi esposa.

No sabía cómo, pero lo sería. Había llegado a mi ático borracha y me había dicho todo lo que yo quería oír: tenía dudas sobre su boda con Thorn y prefería casarse conmigo. Los litros de alcohol dejaron al descubierto su verdadera naturaleza y su profunda vulnerabilidad. Era tan débil como yo y sufría al pensar en renunciar a mí.

Conseguiríamos que lo nuestro funcionase.

Tenía que hacer algo para convencerla de que me eligiera, pero no sabía qué más podría hacer. No tenía pruebas que apoyaran mi inocencia, así que lo único que podía hacer era demostrarle lo mucho que la quería con todos y cada uno de mis actos.

Antes o después, la falta de pruebas dejaría de tener importancia.

Sencillamente, le sería imposible vivir sin mí.

Igual que yo no podía vivir sin ella.

Estaba en mi despacho cuando salió en las noticias un vídeo que habían filtrado a la prensa… y en el que salía yo.

Alguien les había enviado una grabación de la gala benéfica en la que salíamos mi padre y yo hablando en un rincón de la sala, ambos con aire intensamente hostil y con una cantidad de espacio innecesaria entre nosotros. No había audio, gracias a Dios... pero era evidente que nos odiábamos el uno al otro. Ni siquiera nos dimos la mano.

La historia que acompañaba al vídeo lo empeoraba todo.

«Vincent y Diesel Hunt siguen en guerra, un enfrentamiento que ya dura más de diez años», dijeron. «Hace unos meses, Diesel Hunt compartió su versión de los hechos con uno de los miembros de nuestro equipo, y estas nuevas pruebas parecen apoyar su declaración. Se puede ver a Vincent Hunt de pie ante su propio hijo sin ni siquiera darle la mano. No intercambian demasiadas palabras antes de que se marche abruptamente. ¿Trató Vincent Hunt tan mal a su hijo como a su hijastro, Brett Maxwell? Nos pusimos en contacto con la oficina de Vincent Hunt para solicitar sus comentarios, pero no hemos recibido respuesta».

—Cielo santo... —Me froté la sien mientras escuchaba el resto de la historia, que hacía parecer a mi padre un hijo de puta aún mayor. Técnicamente era totalmente precisa, pero no me hacía falta que echaran más leña al fuego. Mi padre ya me había quitado Megaland; no quería complicarme todavía más la vida.

Pero él no encajaría aquello de brazos cruzados; mi padre era un hombre cabezota y orgulloso. No le importaba demasiado lo que la gente pensara de él, pero que todo el mundo criticara sus dotes como padre le pondría de los nervios.

Sólo era cuestión de tiempo antes de que volviera a saber de él.

Sonó mi móvil y vi el nombre de Titan en la pantalla. Nunca me llamaba en horas de oficina, así que sabía perfectamente el motivo de su llamada. Contesté:

—Hola, pequeña. —No me lo pensé dos veces antes de dirigirme a ella de aquel modo: no había nadie en mi despacho, así que podía decir lo que me diera la real gana. Además, no estaba de humor para andar cuidando mis palabras.

Ella no me corrigió, lo cual me dijo que estaba al corriente de la noticia.

—Supongo que ya lo has visto.

—Sí, acabo de verlo —dijo suspirando.

—Me pregunto quién grabaría ese vídeo.

—Ni lo sé ni me importa. —En un mundo dominado por las redes sociales y un número infinito de cámaras, era imposible que no quedara grabado hasta el más mínimo detalle.

—Esto no le va a hacer ninguna gracia, ¿verdad que no?

—Nop. —Probablemente ya hubiera hecho un boquete en la pared de un puñetazo a aquellas horas.

—Quizá deberías adelantarte a los acontecimientos y asegurarle que tú no has tenido nada que ver con esto.

Yo no pensaba mover un dedo... no después de que se hubiera presentado en mi despacho y hubiera amenazado con destrozarle la vida a mi mujer.

—No.

—Diesel...

—Que no. —No le iba a contar lo que había hecho, todavía no. Y desde luego no se lo iba a decir por teléfono—. Las cosas son como son. Es un hombre inteligente, estoy seguro de que descubrirá que yo no he tenido nada que ver con ello.

—Pero tú has sido la causa indirecta.

Aquello era innegable.

—¿Necesitas algo? —preguntó en voz baja. Había sacado tiempo de su apretada jornada laboral sólo para llamarme. Sabía que aquel era un lujo que muy pocas personas recibían, únicamente aquellas que se habían ganado su atención incondicional. Hasta donde yo sabía, sólo la teníamos Thorn y yo.

—No.

Titan sabía que no se me iba a pasar el mal humor.

—De acuerdo, luego hablamos.

No debería portarme como un gilipollas con ella, no cuando sólo quería saber si estaba bien. Ella no se merecía eso, así que me obligué a hablar, aunque fuese con los dientes apretados.

—Gracias por llamarme.

—No hace falta que me des las gracias, Diesel. Adiós.

En un momento de debilidad, hice algo que nunca había hecho antes.

—Te quiero.

Había escuchado a muchísima gente decírselo a sus seres queridos por teléfono, pero yo jamás lo había dicho. Las palabras salieron disparadas como si tuvieran vida propia. Daba igual lo enfadado que estuviese, siempre debería expresar lo que significaba para mí. Ya había perdido los papeles una vez y la había alejado innecesariamente de mí. Había sido una estupidez. Ahora que podía perderla en cualquier momento, tenía que luchar todavía con más fuerza que antes.

—Yo también a ti.

UNA HORA antes de que terminara la jornada sonó la voz de Natalie por el intercomunicador.

—Señor... Vincent Hunt está aquí para verlo. —Su voz tenía un temblor que nunca le había escuchado; hasta se quebró ligeramente, como si la presión fuera excesiva.

Sospeché que mi padre no le habría dicho ni una sola palabra. Probablemente había entrado y se había limitado a mirarla fijamente, sabiendo que ella adivinaría qué era lo que quería exactamente.

Es lo que yo haría.

—Hazlo pasar, Natalie. —Esta vez estaba preparado para su llegada. Esta vez sabía lo que se avecinaba. Ya se había pasado sin avisar por mi despacho en otras ocasiones, pero ahora yo siempre estaba esperando que apareciera, cada minuto del día.

Entró en mi despacho como un toro con un traje azul marino, un reloj diferente en la muñeca y brillantes zapatos en los pies. Se movía rápidamente, con los inmensos hombros rígidos de intensa rabia.

Pude sentirla.

Se dejó caer en la silla y clavó en mí su agresiva mirada. Me pareció diferente de todas las demás porque había alcanzado un nuevo nivel de enfado. Si el escritorio no se hubiera interpuesto entre nosotros, era posible que me hubiera lanzado un puñetazo directo a la mandíbula.

Yo mantuve su mirada sin pestañear.

No permitió que la tensión se prolongara como solía hacer. En esta ocasión fue directo al grano.

—Sigues quemando puentes, tú es que nunca aprendes…

—Yo no he sido.

Sus ojos se estrecharon hostiles y no mostró ni el menor signo de creerme.

—Te enseñé a ser un hombre y los hombres no mienten. Sea cual sea tu delito, debes admitirlo y pagar las consecuencias para poder expiarlo.

—Lo sé. —Me eché hacia atrás en la silla—. Y sigo diciendo que no he sido yo. Otra persona debe de haberlo filtrado a la prensa y haberse embolsado una bonita suma por él.

Mi padre no apartaba la vista de mí, cada vez más enfadado. Aquella conversación parecía estar alterándolo más, en vez de calmarlo.

—Estoy harto de tus mentiras, Diesel. Te pusiste ante el público y me pintaste como el malo de la película, pero ellos no entienden lo que me arrebataste.

—Yo no te arrebaté nada.

Se puso de pie y se alzó sobre mi mesa, arrojando una sombra como si fuera una enorme montaña.

—Me quitaste lo que más me importaba en el mundo y ahora yo voy a quitarte lo que más te importa en el mundo a ti.

Titan.

—Ya te has quedado con Megaland. Déjalo un poco.

Se agarró al borde de mi escritorio con las venas dilatadas por la tensión. Tenía la mandíbula tan apretada que parecía que fuera a partírsele en dos. Sus ojos seguían siendo los mismos, pero de todas maneras siempre parecían llenos de rabia.

—Rompe con Titan o enviaré hasta la última fotografía a la prensa.

Aquello era peor que quitarme Megaland. Era lo peor que podría hacerme. Podía limpiarme las cuentas bancarias, y yo seguiría estando perfectamente. Pero que me privara de la única cosa que me hacía feliz era algo insoportable. Me puse de pie y lo miré a los ojos.

—A ella no la metas en esto: esto es entre tú y yo.

—Fuiste tú quien la metió en un principio, Diesel: me echaste a los leones para protegerla.

Seguía sin saber cómo se había enterado de aquello. Mi padre tenía una inteligencia sobrenatural. Se había saltado varios cursos en el colegio cuando era niño y se había graduado el primero de su clase en Harvard. Era el hombre más inteligente que conocía, pero eso no impedía que aquello me hubiera sorprendido.

—No por eso es menos cierta la historia.

—Pero no tenías por qué airear nuestros trapos sucios en público. Te pasaste de la raya.

—Como tú al echar a Brett a la calle.

—Era adulto. De todos modos necesitaba madurar.

Sabía que él nunca vería a Brett como de nuestra

familia. No tenían ninguna relación genética, pero aquello no debería suponer ninguna diferencia.

—Deja a Titan fuera de esto, lo digo en serio. Te he dado Megaland. Ya has ganado, ¿no? Me has vencido. Muchas putas felicidades.

Entrecerró los ojos.

—¿Crees que estamos en paz?

—De sobra.

—Destruiste mi reputación contándole al mundo sólo una versión de la historia y nunca he tenido la oportunidad de contar la mía. Ahora todos piensan que soy un padre desalmado al que su familia le importa un bledo.

—¿Y acaso no es cierto? —salté—. Lo has descrito a la perfección. Llevamos diez años sin hablarnos. He ido a visitar la tumba de mamá todos los años y nunca te he visto allí: ni una sola vez.

Él retrocedió con los brazos temblándole de furia. No quedaba claro lo que iba a pasar a continuación, porque daba la impresión de que realmente me fuera a pegar.

—Porque llevo su tumba en el corazón. —Se clavaba un dedo en el pecho mientras hablaba—. Porque para mí cada puto día es su funeral otra vez. Es su cumpleaños otra vez. Es nuestra boda otra vez. No te quedes ahí haciendo como que no amo a tu madre tanto como cuando estaba viva.

No le había oído hablar de ella ni una sola vez desde su muerte. Guardaba un silencio absoluto al respecto. Después de su funeral, se había convertido en un hombre diferente que nunca la mencionaba.

—No hables de cosas que no entiendes. —Volvió a

bajar la voz pero su tono continuó siendo igual de letal—. Mi ultimátum sigue en pie: o rompes con Titan o la destruiré.

Negué con la cabeza.

—Te daré cualquier cosa que me pidas excepto esa. Quédate con todos mis negocios, llévate mis coches y mis yates.

—El dinero no significa nada para mí —susurró—. Ojo por ojo.

—Esto no es ojo por ojo —exclamé enfadado—. Yo no te quité a mamá.

—No. —Estampó la mano contra el escritorio—. Pero me quitaste a *mi hijo*.

Dejé de respirar y observé la ferocidad de sus ojos. Su expresión se suavizó lentamente hasta transformarse en una mirada de intenso dolor que casi costaba mirar.

—Eres mi primogénito y te alejaste de mí.

—Yo no…

—Elige, Diesel. Rompe con ella en las próximas cuarenta y ocho horas o el mundo conocerá vuestra aventura… y si se te ha pasado por la cabeza seguir con ella sin que yo me entere, piénsatelo dos veces. Tengo a diez hombres distintos siguiéndote en todo momento. —Se dio la vuelta y se dirigió hacia la puerta, saturando aún la sala con su ira. Era un tipo de rabia diferente, mezclada con un profundo dolor. Se paró en la puerta y se dio la vuelta.

Pareció que iba a decir algo, ya fuese cruel o cariñoso. Pero continuó mirándome fijamente sin pronunciar palabra. Finalmente, abrió la puerta y salió mientras se abotonaba el traje. No miró atrás.

Pero yo seguí mirándolo de todas maneras.

MI PADRE me estaba obligando a actuar y ya no me quedaba otro remedio.

Tenía que contárselo todo a Titan.

Había pensado que tendría más tiempo para encontrar una solución a todo aquello, para convencerla de que me eligiera a mí, pero ahora tendría que presionarla porque debía tomar ya su decisión. Tenía que romper públicamente con Thorn y elegirme a mí.

No era lo ideal.

No le iba a gustar.

Pero tenía que ser así.

Cuando terminó la jornada laboral me fui derecho al ático de Titan. No pasé por el gimnasio como tenía por costumbre ni me cambié de ropa. Las puertas del ascensor se abrieron y yo pasé al interior.

Sus zapatos reposaban junto al sofá y su maletín estaba sobre la mesa; tenía que haber llegado sólo unos minutos antes que yo.

—¿Pequeña?

Apareció por el pasillo con un vestido negro de manga francesa. Sin los zapatos era diez centímetros más baja, pero aquello no deslucía su poderosa presencia. Llevaba una pulsera de oro en la muñeca y un collar a juego. Posó sus ojos en mí, paseando la mirada por mis amplios hombros mientras atravesaba la habitación en mi dirección.

—Qué sorpresa tan agradable...

Si ella supiera...

Podría habérselo soltado todo allí mismo sobre la marcha, pero ahora que tenía delante su bella figura decidí guardar silencio unos minutos más. La explosiva atracción que sentía por ella siempre me hacía perder el hilo de mis pensamientos.

Me cogió por los hombros y se puso de puntillas para darme un beso.

Le devolví el beso estrechando sus caderas con las manos. Mi barba reciente se frotó contra su boca y sentí su perfume abrasar mis sentidos. El tiempo parecía pararse cada vez que la besaba. Podía sentir mi propio pulso en el cuello, cómo mi cuerpo cobraba vida, irradiando calor por todas partes mientras disfrutaba de la química natural que compartíamos.

Mi enfado desapareció por completo.

No tenía motivos para preocuparme porque creía en lo que compartíamos. Le hablaría del ultimátum que me había lanzado mi padre y ella me escogería a mí.

Sería así de fácil.

Nuestro beso se prolongó durante un minuto, un largo saludo entre un hombre y una mujer. Exploraba su cuerpo con las puntas de los dedos, palpando su minúscula cintura y los suaves surcos entre sus costillas. Me aparté ligeramente y la miré a los ojos.

Tenía los labios un poco separados, como si no quisiera que terminara nuestro contacto.

El jefe supremo

Yo deseaba que aquel beso durara para siempre.

—Hay algo que necesito contarte.

Sus manos bajaron por mis brazos hasta detenerse en mis antebrazos.

—De acuerdo.

—Mi padre se ha pasado por mi despacho.

El deseo que había en sus ojos se esfumó. Cambió al instante de actitud en cuanto se dio cuenta de la gravedad de la situación.

—Eso no parece bueno.

—No lo es. Me dio un sobre lleno de fotos de los dos juntos.

Su cara empezó a palidecer a medida que la sangre desaparecía de sus mejillas. Sucedió en un instante, en menos de lo que se tarda en chasquear los dedos.

—Había una foto de ambos besándonos en el pasillo de la gala... entre otras. Tiene fotos de mí entrando en tu edificio a última hora de la noche... y de ti saliendo del mío. Lleva un tiempo siguiéndonos.

—Cabrón hijo de puta.

A mí se me ocurrían peores calificativos para describirlo.

—¿Qué es lo que quiere? —Iba directa al grano, sabedora de que no nos habría estado siguiendo a menos que quisiera reunir trapos sucios sobre nosotros por alguna razón concreta.

—Se lo va a enseñar todo a la prensa a menos que deje de verte. —Miré sus orgullosos ojos verdes y no sentí miedo. La conversación iba a ser dolorosa, pero la superaríamos. Me elegiría a mí. Ya no me cabía ninguna duda.

—¿Cómo? —preguntó sin dar crédito a lo que oía—. ¿Qué saca él con eso? ¿Qué sentido tiene?

Me encogí de hombros.

—Quiere hacerme sufrir… y sabe que tú eres lo más importante para mí.

Sacudió la cabeza y cruzó los brazos delante del pecho.

—No me lo puedo creer.

—Me ha dicho unas cuantas cosas más… que le había privado de su hijo y que por eso está enfadado.

Sus ojos se enternecieron, pero sólo ligeramente.

—Lo sabía.

—Pero eso da igual. Si de verdad quisiera que recuperáramos nuestra relación, debería hacer mejor las cosas. No quiere reconciliarse, sólo vengarse por lo que le hice.

—Entonces, ¿crees que no es un farol?

Negué con la cabeza.

—Estoy convencido de ello. Me ha dicho que debemos romper en cuarenta y ocho horas y que sabrá si lo he hecho. —Probablemente hubiera alguien vigilando el edificio en aquel mismo momento. Por suerte todas las ventanas estaban tintadas, por lo que nadie podía vernos en el interior.

Retrocedió un paso y se metió el pelo detrás de la oreja, mostrando una emoción que nadie había presenciado nunca en ella: miedo. Todo aquello la sacaba de quicio, la ponía enferma. Aquella también había sido mi primera reacción, pero había tenido que disimular ante mi padre.

—Joder.

—Siento que te haya metido en esto.

Ella caminaba de un lado a otro con los brazos firmemente cruzados sobre el pecho.

—Es que es difícil de creer.

—Lo sé.

Siguió caminando un minuto más antes de volver a mi lado. Se detuvo ante mí con la cara mirando hacia el suelo. Respiraba entrecortadamente con la ansiedad grabada en sus bellos rasgos.

—No estoy preparada para acabar con esto todavía…

Levanté lentamente ambas cejas.

—No vamos a acabar con ello.

—No ahora mismo… pero sí mañana.

¿Cómo? ¿Lo decía en serio?

—Me estás tomando el pelo, ¿no?

Desvió la mirada hacia mí con el rostro lleno del tormento de su corazón.

—¿Qué otra opción tenemos?

Pues la más evidente. La rabia empezó a hervirme bajo la piel, volviéndome incandescente. Como si alguien me hubiera cubierto de agua hirviendo, ardía de dentro afuera. Las manos se me cerraron en puños porque no tenía otro modo de expresar mi furia.

—Me eliges a mí, Titan. Esa opción tenemos.

Volvió a palidecer y una fina capa de humedad le empañó los ojos.

—Hunt, ya te lo dij...

—Me dijiste que no te dejara marchar.

—¿Cómo...?

—La otra noche cuando estabas borracha me dijiste que no querías perderme ni renunciar a mí. Me dijiste que no te querías casar tan pronto con Thorn porque todavía no te sentías capaz de alejarte de mí. ¿Y de repente estás dispuesta a hacerlo mañana mismo?

—Perder los nervios no mejoraría nuestra situación, pero era incapaz de controlarlo; mi paciencia había llegado oficialmente a su fin. Llevaba demasiado tiempo siendo un secreto vergonzoso. Había soportado aquella pesadilla únicamente por todo el amor que sentía por ella. Entendía sus miedos y sus problemas para confiar en la gente, hasta entendía lo culpable que parecía yo. Pero ahora sentía una presión insoportable. No podía continuar haciendo aquello.

—Nunca estaré preparada para renunciar a ti, por más que viva.

—Pues. Entonces. Elígeme.

—Te dije que me iba a casar con Thorn, te lo dije cuando acordamos continuar viéndonos.

—Pues cambia de opinión —le espeté—. No tienes que hacer nada que no quieras hacer. Si no te quieres casar con él, no lo hagas.

—Sabes que no es así como funciona en este caso.

—Sí que lo es —respondí furioso—. Deja a Thorn y hagamos público lo nuestro. Y fin de la historia.

—¿Y traicionar a mi mejor amigo? —preguntó asombrada—. No puedo hacer eso.

—Habla con él.

Sacudió la cabeza.

—Hunt, no puedo hacer eso. Tomé una decisión y tengo que atenerme a ella, es un compromiso.

Retrocedí con los hombros tan tensos que empezaban a dolerme los músculos.

—Lo he hecho todo por ti, Titan. He sacrificado tanto… cosas que ni te imaginas. Estoy cansado de ser una mentira. Estoy harto de ser un secreto. Si me quisieras de verdad, si confiaras en mí de verdad, sabrías que soy inocente. Me elegirías a mí y se acabaría todo esto. —No tenía sentido contarle lo de Megaland porque aquello no cambiaría nada. Ya le había dado todo lo que tenía y seguía sin ser suficiente. Aquella mujer nunca tendría bastante con nada.

Las lágrimas se acumularon en sus ojos y empezaron a caer.

—Estoy hartísimo de esta mierda, Titan. —Mi amor por ella ya no bastaba. Me había desilusionado. Respetaba su pragmatismo y su cautela, hasta la respetaba por haber roto conmigo la primera vez. Pero después de todo lo que habíamos pasado juntos, de las largas noches haciendo el amor, no me podía creer que su decisión fuese aquella—. No pienso seguir con ello. Ya te he dado todo lo que tengo y lo que soy… y ahora no me queda nada más que darte.

Las lágrimas le resbalaban por la cara; era una de las pocas veces que la había visto llorar.

—Sabes que te quiero…

—No me quieres lo suficiente.

—No me digas eso. Tú eres el que tenía archivos guardados en el cajón. Tú eres al que sorprendieron besando a una mujer y al que pillaron con las manos en la masa. Si todo eso no hubiera sucedido…

—No fui yo, Titan. En una relación hay confianza. Tienes que confiar en mí. ¿Me querrías tanto si de verdad fuese un mentiroso?

No hubo respuesta.

Nunca amaría a otra mujer por mucho que viviera. Creía que nos podíamos enamorar más de una vez, pero si me había costado treinta y cinco años enamorarme por primera vez, no era probable que volviera a suceder. Aquello era todo para mí. Era Titan o nadie. No quería renunciar a aquello, ni siquiera en aquel momento. Pero tampoco iba a conformarme con menos de lo que merecía. Mi paciencia había llegado a su límite.

Ella seguía callada con las lágrimas cayéndole por la cara.

—Se acabó, Titan. —Mantuve un par de metros de distancia entre nosotros, algo que sólo hacíamos cuando estábamos en público. Ya estábamos divididos aunque todavía no me hubiera marchado. Lo nuestro había terminado antes incluso de pronunciar oficialmente las palabras—. O estamos en esto juntos o nos separamos, todo depende de ti. Si te quieres casar con Thorn, perfecto. Yo dejaré de perseguirte, continuaré con mi vida, volveré a acostarme con una mujer distinta cada noche mientras intento olvidarte… y tú estarás atrapada en un matrimonio sin amor. Ambos seremos desgraciados. Pero si eso es lo que quieres, no voy a seguir luchando por ti.

Movía los ojos de un lado a otro mientras estudiaba los míos; las lágrimas se le acumulaban en la barbilla antes de caer al suelo.

—O podríamos estar juntos. Podríamos decirle a Thorn lo que queremos. Es posible que le moleste, pero lo entenderá. Podríais anunciar vuestra ruptura amistosa antes de que mi padre tenga la oportunidad de hacer nada. Entonces podríamos tener una relación pública. Es posible que la gente piense que ya nos veíamos mientras Thorn y tú estabais juntos, pero ¿a quién coño le importa? A lo mejor mi padre envía esas fotografías y todo el mundo las ve. ¿Y qué más da? Nosotros seremos felices y eso es lo único que importa. Me da totalmente igual mi reputación y a ti debería darte igual la tuya… mientras nos tengamos el uno al otro.

Nuevas lágrimas brotaron de sus ojos, cada vez a mayor velocidad. No emitió un sollozo ni varió su respiración, pero seguía estando hecha pedazos. Tensó los brazos ante el pecho y pareció más menuda de lo habitual. La poderosa mujer que yo conocía estaba desvaneciéndose ante mis ojos. La veía debatirse ante mí.

—Elígeme a mí, Titan. Encontraremos la forma de conseguirlo… juntos.

Cuando apartó la mirada supe la respuesta.

—No puedo, Hunt.

Había sido un estúpido por pensar que podría darme una respuesta diferente. La decisión me provocó más dolor del que esperaba. No se me llenaron los ojos de lágrimas, pero sentí como si hubiera derramado un millón de ellas. Me dolía el pecho. Me dolían todos los músculos. Sentí que no podía respirar a pesar de que no me había puesto una mano encima. Era como si me hubieran apuñalado en el pecho y por la espalda exactamente al mismo tiempo.

Estaba desconsolado.

Se secó las lágrimas de la cara con rapidez y sorbió por la nariz.

—Hay tantas razones por las que no puedo hacerlo…

—No quiero volver a escucharlas. —El cuerpo se me bloqueó de repente porque aquello era lo único que podía hacer para aguantar. El dolor era excesivo y debía protegerme lo mejor que pudiera. Me sentía traicionado y herido de muerte. No había nada que pudiera hacer para demostrar mi valía porque Titan había tomado su decisión desde el principio. Le daba demasiado miedo confiar en mí, desechar las pruebas y hacer un acto de fe.

Yo me merecía algo más que eso.

Entendía su razonamiento, pero no estaba de acuerdo con él.

No había salida.

Simplemente se había terminado.

No le di un beso de despedida. No me la llevé a la cama una última vez.

Era la primera vez que no la deseaba.

La miré una última vez a los ojos, sabiendo que aquella sería la última vez que la miraría de aquel modo. Hasta que me subiera al ascensor, seguiría siendo mía.

El jefe supremo

Seguiría siendo Tatum. Pero al día siguiente sólo sería una socia de negocios. Nada más que otra ejecutiva en la sala de juntas. Ya no sería mi amiga porque nunca había querido su amistad. La quería a ella entera o nada.

—Adiós, Tatum.

Volvió a respirar hondo con los ojos inundados de dolor. Cuando desapareciera en el interior del ascensor, empezaría a sollozar. Lo notaba sólo con mirarla. Pero, a pesar de su sufrimiento, no me pediría que me quedase.

Le mantuve la mirada un segundo más antes de darle finalmente la espalda. Pulsé el botón y esperé a que llegara el ascensor, sabiendo que seguía de pie detrás de mí. Los minutos parecieron alargarse eternamente. Por fin, se abrieron las puertas y entré.

Pulsé el botón y clavé la mirada en el suelo.

Las puertas se cerraron al fin.

Y el peso de la ruptura me cayó encima de golpe. El ascensor inició su descenso a la planta baja y yo sentí el estómago contraído de agonía. El dolor me burbujeaba en la garganta y era incapaz de deshacerme de su ardor tragando. Notaba la boca seca y el sufrimiento me estaba ahogando. Parecía no conseguir suficiente aire al respirar.

Reconocí la sensación porque recordé la última vez que la había sentido.

Cuando murió mi madre.

Pero al contrario que entonces, esta vez no lloré.

Hice todo lo posible por evitarlo, negándome a permitir que Titan me derrumbara.

Pero el escozor asomó a mis ojos y la humedad amenazó con cubrirme la cara.

Cerré los ojos, respiré hondo y obligué a mis emociones a desaparecer. Me obligué a mí mismo a enderezarme, a cuadrar los hombros como un hombre. Quería a Titan con toda mi alma, la amaba de verdad. No sólo estaba perdiendo a una mujer, estaba perdiendo a la única persona que lo significaba todo para mí. Pero no podía dejar que aquello me afectase. Tenía que ser fuerte, seguir adelante. Ella no se merecía mis lágrimas, no cuando no me había escogido a mí.

Cuando las puertas se abrieron en el portal, ya había logrado controlar mis emociones.

Estaba preparado para seguir con mi vida.

Y esperaba volver a encontrar la felicidad… algún día.

DIEZ

Titan

En mi ático habitó el silencio durante los próximos días.

No había música ni tampoco televisión. Estaba sólo yo rodeada por cuatro paredes de un silencio absoluto.

Y mis dolorosos pensamientos.

No cesaban nunca.

Me acechaban como fantasmas en una antigua mansión. Me seguían allá adonde iba, asfixiándome hasta que ya no podía seguir luchando contra ellos. Había llorado en la ducha unas cuantas veces. Había metido su vieja camiseta en el fondo del armario para no tener que volver a mirarla. No podía dormir porque ni siquiera entonces cesaban mis pensamientos. Cuando conciliaba el sueño, su rostro aparecía en mi mente y me despertaba de golpe una vez más.

Quería beber... mucho.

Pero le había prometido a Hunt que no lo haría. Y el hecho de que ya no estuviéramos juntos no significaba que fuese a romper esa promesa.

Podría permitirme tomar una copa cada pocas horas, pero sabía que no era lo bastante fuerte como para medir el ritmo. En cuanto el licor rozara mis labios, todo estaría perdido. Me ahogaría en más alcohol que la última vez.

Y a Hunt eso no le haría ninguna gracia.

Me senté en el sofá a oscuras con el portátil sobre la mesita del salón. Debería estar trabajando, pero no podía concentrarme. No había ido a trabajar en los últimos cinco días, y no tenía ni idea de si Hunt se habría pasado por Stratosphere o no. A lo mejor lo había hecho, pero sabía que yo necesitaba espacio. O a lo mejor no lo había hecho y había dado por sentado que yo estaba trabajando como de costumbre.

Dejarlo marchar había sido lo más difícil que había tenido que hacer en mi vida.

En cierto modo, era peor que perder a mi padre.

Quería creer cada una de las palabras de Hunt y una parte de mí lo hacía. Una parte de mí quería olvidar todo lo que había ocurrido y empezar de cero. Pero le había hecho una promesa a Thorn. Si la rompía, perjudicaría nuestra relación. Era imposible que pudiera dejarlo sin hacer que él pareciera un idiota ante el mundo entero. No podía hacerle eso a mi mejor amigo, especialmente cuando lo dejaría por alguien que cabía la posibilidad de que me hubiera traicionado.

Thorn nunca me había traicionado.

Habría sido un insulto a una década de amistad.

Así que no le había pedido a Hunt que se quedara. Lo había dejado marchar y, cuando se habían cerrado las puertas del ascensor, había empezado a lamentar su pérdida.

Había llorado como si fuera otra vez el funeral de mi padre.

Thorn se había puesto en contacto conmigo unas cuantas veces, pero yo siempre me lo quitaba de encima diciéndole que estaba ocupada. Por lo general nos veíamos unas cuantas veces a la semana, ya fuera sólo para un café o para cenar. La mayor parte del tiempo hablábamos de negocios, pero últimamente nuestro tema de conversación había sido la boda.

Uf, ya no me apetecía hablar más de la boda.

Me apareció un mensaje suyo en la pantalla del teléfono.

«Acabo de comprar la cena. ¿Puedo pasarme?».

Thorn era la persona a la que menos me apetecía ver. Si otra persona me preguntara qué tal estaba, me resultaría sencillo mantener el rostro impasible y fingir que todo iba bien. Pero entre Thorn y yo no había ni un solo muro. Cuando me miraba, no veía mi expresión, veía mi alma.

«Esta noche no. Estoy liada con unas cosas». Lancé el teléfono a un lado de nuevo, tan deprimida que ni siquiera sentía una pizca de culpa por haberle mentido.

El mensaje de Thorn apareció en la pantalla.

«Voy para allá».

Joder, sabía que algo iba mal.

Tenía el pelo recogido en un moño desaliñado porque llevaba unos días sin ducharme. Vestía unos pantalones de chándal holgados y una camiseta con una mancha de chocolate. Estaba hecha un auténtico desastre y no estaba preparada para recibir ninguna visita.

Las puertas se abrieron dos minutos después.

Me puse en pie con el pecho encogido por el miedo. No quería hacer aquello. No quería enfrentarme a él y pronunciar aquellas dolorosas palabras en voz alta.

Thorn entró sin ninguna bolsa de plástico con comida. A lo mejor lo de la cena era totalmente mentira. A lo mejor sólo era una excusa para verme. Me miró de arriba abajo, contemplando mi ropa asquerosa y mi pelo grasiento. Se plantó ante mí y, en lugar de soltar alguna impertinencia sobre mi aspecto, me abrazó.

Yo apoyé la cara en su pecho y cerré los ojos.

Sus fuertes brazos me envolvieron y me apretaron con fuerza.

Era agradable no estar sola. Era agradable compartir el aire con otra persona, sentir el pulso de otro ser humano. Estaba compartiendo aquel dolor conmigo a pesar de que no tenía ni idea de qué me ocurría.

Me pasó la mano de arriba abajo por la espalda y apoyó la barbilla en mi cabeza.

—Dime qué ha pasado. Dime que estás bien.
—Tenía la voz firme, pero su tono encerraba un atisbo de auténtico terror. Yo sabía que se temía que ocurriera algo peor, porque nunca me había desmoronado así. La última vez que lo había hecho, había enterrado a mi padre.

—No estoy enferma ni nada parecido...

Dejó escapar un sonoro suspiro y me apretó con más fuerza.

—Ay, gracias a Dios. Me habías asustado…

—Lo siento.

—Entonces, ¿qué pasa? —Se apartó para poder mirarme a los ojos.

Yo no quería enfrentarme a su mirada. Nunca me había dado miedo establecer contacto visual con nadie, pero ahora me resultaba demasiado difícil. Clavé la vista en su pecho, en el tejido de algodón de su camiseta.

—Hunt y yo hemos dejado de vernos. Se ha acabado… —En cuanto pronuncié las palabras, se me llenaron los ojos de lágrimas. Respiré hondo e intenté reprimir la emoción, pero era demasiado complicado controlarla. Me temblaba la respiración y las lágrimas empezaron a derramarse. Ahora que había dicho la verdad, era incluso más difícil de digerir.

—Titan… —Me pasó las manos por los brazos, frotándome con delicadeza—. Lo siento.

Sorbí por la nariz antes de asentir.

—Lo estoy pasando fatal…

Me sentía patética por haberme hecho añicos de aquella forma. Ya sabía que perderlo me destrozaría, pero nunca había imaginado aquella clase de devastación. El amor que sentía por él llegaba más allá de la luna y las estrellas. Incluso en aquel momento me seguía imaginando teniendo un hijo con Hunt. Un hijo que fuera exactamente igual que él.

—¿Qué ha pasado?

Tuve que normalizar mi respiración y controlar las lágrimas antes de poder volver a hablar.

—Su padre tiene fotos nuestras y lo ha amenazado con enviarlas a los periódicos si Hunt no rompía conmigo.

—¿Cómo? —Thorn subió la voz de inmediato—. ¿Por qué?

—Simplemente quiere venganza...

—¿Y qué ha pasado después?

—Hunt me lo ha contado... Me ha dicho que debería poner fin a lo nuestro y estar con él. Dice que no debería importarnos nuestra reputación y que deberíamos limitarnos a estar juntos. Yo no puedo hacer eso, así que... se marchó. Y eso es todo. —No apartaba la vista del pecho de Thorn, porque sabía que no podía mirarlo. Vería su dolor reflejándose hacia mí, su lástima.

—Lo siento mucho, Titan.

—Lo sé. —Sabía que a Thorn le destrozaba que yo fuera infeliz. Soportaba mi dolor conmigo, asegurándose en todo momento de que nunca me sintiera sola. Era un hombre duro y frío con el mundo, pero conmigo era sensible y compasivo. Era la mejor familia que podría haber pedido jamás. Yo no quería vivir sin Hunt, pero tampoco podía vivir sin Thorn.

Me atrajo hacia su pecho de nuevo y volvió a abrazarme.

—Todo va a salir bien. Sé que ahora mismo te parece imposible, pero saldrá bien. No olvides quién eres. No hay nada que tú no puedas superar, nada que no puedas hacer. —Bajó la mano por mi espalda con suavidad y la colocó entre mis omóplatos—. Y yo siempre estaré aquí.

—Ya lo sé.

El jefe supremo

NO VOLVÍ a la oficina en una semana.

Me encargué de todo desde casa, cambié la fecha de todas mis reuniones y pasé muchísimo tiempo sentada en el sofá. Thorn se quedó a dormir en la habitación de invitados casi todas las noches de aquella semana, y comimos un montón de pizza y de helado.

No era sano, pero era mejor que el alcohol.

Cuando volví al trabajo, seguía sintiéndome fatal, pero ya no podía perder más días. Tenía que dirigir mi imperio y guardarme el mal de amores para después del trabajo. Cuando pasaban las cinco, podía ponerme de nuevo los pantalones deportivos y quedarme mirando el techo.

Cuando fui a Stratosphere más tarde aquel día, tenía el corazón en la garganta. Me aterraba mirar a Hunt, no porque creyera que fuese a mencionar nuestra relación, sino porque lo echaba muchísimo de menos. Puede que rompiera a llorar al tenerlo delante.

Salí en nuestra planta y pasé por delante de nuestras ayudantes como de costumbre. Ni siquiera desvié la mirada en dirección a la oficina de Hunt para ver si se encontraba allí. Haber estado ausente durante siete días era una confesión directa de mi desdicha, pero ahora tenía que mostrarme digna una vez más.

Jessica me siguió a mi oficina.

—He metido todos tus mensajes en esta carpeta, además de tu agenda. —Dejó la carpeta de papel de manila en el escritorio.

—Gracias. —Dejé mi maletín y lo abrí—. ¿Ha venido el señor Hunt?

—No, no ha venido en toda la semana.

Oculté mi reacción como si aquella información no significara nada para mí. A lo mejor se había pasado toda la semana sentado en el sofá igual que yo. No podía imaginarme a Hunt comiendo helado de un bote como yo, pero puede que hubiera sido igual de infeliz.

—Pero ha dejado esto para ti. —Dejó otra carpeta en la mesa—. Avísame si necesitas algo más. —Salió y cerró la puerta a sus espaldas.

Me quedé mirando la segunda carpeta, casi demasiado asustada para abrirla. Me temblaban las manos y el pulso se me aceleró al instante. Fuera cual fuera su contenido, debía de estar relacionado con la empresa, pero al mismo tiempo era algo que no quería hablar conmigo cara a cara.

Por fin la abrí y leí la nota.

TITAN:

POR EL BIEN de otros intereses, he decidido venderte mi parte de Stratosphere. Tú serás la única propietaria y la directora general de la empresa y a mí se me reembolsará el dinero de mis inversiones así como los beneficios de este trimestre. Mi equipo legal está preparado para llevar a cabo la transacción en cuanto tú lo estés.

ATENTAMENTE,
Diesel Hunt

ME TEMBLÓ la mano al sostener el grueso trozo de papel. Nuestra preciosa relación y nuestra pasión desatada se habían reducido a notas escritas con lenguaje profesional que no contenían ni una pizca de emoción. Estaba rompiendo por completo cualquier vínculo conmigo para no tener que volver a verme más. Ahora aquella ruptura me parecía incluso más real que antes.

Volvieron a llenárseme los ojos de lágrimas.

Pero las contuve y me esforcé al máximo por mantenerlas ocultas en el fondo de mi ser.

Después de pasar veinte minutos recobrando la compostura, cogí el teléfono y lo llamé. Al principio lo llamé al teléfono móvil, pero luego me di cuenta de que aquello ya no era apropiado. Colgué y llamé a su oficina.

Natalie pasó la llamada.

Él respondió con profesionalidad, tan rígido y frío como en su nota.

—Hola, Titan. ¿En qué puedo ayudarte? —No había ni rastro de afecto oculto en sus palabras. Era como si no nos conociésemos, como si los seis últimos meses no hubieran tenido lugar jamás. Todos nuestros recuerdos habían sido eliminados.

Tardé un momento en asimilar su indiferencia, en permitir que mi corazón la absorbiera sin volver a derrumbarme.

—He recibido tu nota.

—Dime una hora y un lugar para que podamos encargarnos de ello.

Odiaba aquello. Odiaba su indiferencia. Me dolía más que su decepción.

—No me parece justo que seas tú el que tenga que vender. A lo mejor debería ser yo la que te ceda la empresa a ti. —Era propiedad de ambos al cincuenta por ciento. Que yo fuera la mujer no quería decir que tuviera que quedarme con el mejor trato.

—Es un detalle por tu parte hacer esa oferta.

Sus rígidos modales eran peor que si se mostrara maleducado. Lo odiaba.

—Pero la rechazo. Lo organizaré todo para que mi equipo se pase por allí mañana por la tarde. ¿Te parece bien?

No me daba la sensación de estar hablando con Hunt en absoluto, sino con una persona totalmente distinta.

—Sí.

—Entonces mañana hablamos. Adiós, Titan. —Colgó sin esperar a que yo contestara algo.

A aquello se había visto reducida nuestra relación: a absolutamente nada.

ESTABA en la sala de conferencias con mis abogados cuando Hunt entró.

Con traje y corbata negros, tenía un aspecto impecable y atractivo. Llevaba el rostro perfectamente afeitado, sus ojos desprendían una luz natural y sus hombros parecían incluso más anchos de lo normal. No parecía que estuviera pasando noches sin dormir. No parecía que estuviera ahogándose en la infelicidad por aquella ruptura. Parecía encontrarse perfectamente.

¿Pensaría lo mismo él de mí?

Yo llevaba un conjunto nuevo, iba bien peinada y llevaba el maquillaje perfecto. Pero aquello no podía ocultar mi desdicha. Si me mirase a los ojos, vería mi infelicidad. Estaba allí, y no es que yo estuviera intentando esconderla.

Hunt caminó hacia mí con la mano extendida.

Yo casi no supe cómo reaccionar.

Entonces lo recordé. Le estreché la mano y me aclaré la garganta, sintiendo la falta de química entre nosotros. Cada vez que respiraba el mismo aire que él, la atracción refulgía como un fuego en la chimenea. Pero ahora no había nada.

Me miró a los ojos con las facciones protegidas por muros y torres. Estaba escondiéndomelo todo, expulsándome de su castillo para siempre.

Pero si miraba con la intensidad suficiente, podía verlo. Podía ver su dolor, su corazón roto.

Y sabía que él también podía ver el mío.

Nos separamos y nos dirigimos a extremos opuestos de la mesa. Repasamos el nuevo contrato página por página, firmamos donde debíamos hacerlo y llegamos a un acuerdo con facilidad. Dudaba que a ninguno de los dos nos importara quedarnos con más acciones. Lo único que queríamos era acabar con aquello y asegurarnos de que fuera justo.

Cuando el documento final estuvo preparado, ambos firmamos la última página y el equipo lo recogió todo.

Todos salieron en fila por la puerta y Hunt rodeó la mesa para estrecharme la mano de nuevo.

No quería que se marchase de Stratosphere, no con lo maravilloso que era tenerlo como socio. Pero el mero hecho de estrecharle la mano me resultaba difícil, así que sabía que aquello era lo mejor para los dos. No podría verlo todos los días y fingir que todo iba bien. Y sabía que él sentía lo mismo.

Volví a estrecharle la mano.

—He disfrutado mucho trabajando contigo.

—Yo también —dijo con calma—. Sé que la empresa queda en buenas manos. —Bajó el brazo y retrocedió.

Debería dejarlo marchar sin más, pero no podía. Las palabras salieron volando de mis labios.

—Lo siento mucho… por todo esto.

Se quedó inmóvil con los ojos clavados en mí.

—No quería que las cosas acabaran así. Eras un pilar para esta empresa y es una lástima perderte. Desearía que no tuvieras que renunciar a ella…

Se metió las manos en los bolsillos y se me quedó mirando con frialdad. Su mirada ya no contenía la profunda intensidad que solía dedicarme. Aquellos días habían desaparecido para siempre. Ahora me miraba con enfado y decepción.

—Es la segunda empresa que pierdo en un mes, pero me las arreglaré. —Se giró hacia la puerta, deshaciéndose de mí en silencio.

¿La segunda empresa que perdía?

—¿Hunt?

Abrió la puerta, pero se giró para mirarme.

—¿Qué otra empresa has perdido?

Dejó una mano en la puerta mientras me miraba. Tensaba y destensaba la mandíbula y se le pusieron rígidos los hombros como si estuviera a la defensiva. Desvió la vista hacia la ventana y, tras un instante, volvió a mirarme. Como si fuera a darme una extensa explicación, abrió la boca para hablar, pero luego la cerró de golpe como si hubiera cambiado de opinión.

—No es nada… Tampoco importa demasiado, de todas formas.

ONCE

Hunt
———

No quería abandonar Stratosphere.

Pero ver a Titan todos los días era mucho peor.

Sólo con verla se me tensaba la mandíbula. Sólo con oler su perfume se me cuadraban los hombros en un acto de hostilidad. Estaba enfadado con ella por la decisión que había tomado, pero también le guardaba rencor.

Además de todo eso, estaba totalmente hecho polvo.

La primera semana se me pasó borrosa. Me quedé en el ático y vi mucho la televisión. Mis sesiones en el gimnasio fueron más largas y más duras de lo habitual. Me compré un avión nuevo porque pensé que me haría sentir mejor, pero la emoción se me pasó en unos cinco minutos.

Ahora que mi más preciada posesión me había sido arrebatada, no tenía nada por lo que vivir.

Ya no me importaba lo elevado que fuera mi puesto en la lista *Forbes*. Me daban igual mis coches caros, mis propiedades internacionales y todo el resto de mis bienes.

Ya no tenía a nadie a quien impresionar. Para todas las demás mujeres del mundo, yo seguía siendo un multimillonario forrado. Me deseaban tanto como antes.

Estaba tan destrozado por lo de Titan que no había pensado ni una sola vez en mi padre. Me había hecho algo espantoso y yo no sentía ni el menor deseo de venganza. La única persona con la que estaba enfadado era Titan. No tendría que haber cedido ante un psicópata como él. Debería haberme cogido de la mano y haber declarado nuestro amor ante el mundo entero.

Pero no lo había hecho.

Ahora había vuelto a mi vida vacía, a mi existencia superficial y carente de sentido.

Pero también era alguien diferente. Mi relación con Titan me había cambiado, me había convertido en un hombre mejor… pero ahora que ella se había ido, también estaba más amargado. Tenía un enfado acumulado que no lograba aplacar.

La culpaba de toda mi infelicidad.

Ella me había hecho esto.

Debería darle algo más de tiempo, pero tenía prisa por pasar página, así que salí por la ciudad con Mike y Pine. Hubo alcohol, mujeres y música. En el club tuve a una mujer sentada en el regazo y a otra acurrucada a mi lado con mi brazo rodeándole los hombros; habían ido a celebrar una despedida de soltera, pero estaban ansiosas por ir de fiesta con nosotros.

Quería que me sacaran fotos.

Quería que Titan lo viera.

Quería hacerle daño por haberme hecho daño.

El jefe supremo

Después de una cantidad suficiente de bebidas y conversación, Mike y Pine se marcharon con sus parejas de aquella noche.

Así que yo me llevé a las chicas a mi casa. Con los brazos en sus cinturas, las acompañé a la salida y al asiento trasero de mi Mercedes. Tal y como esperaba, nos sacaron muchísimas fotos.

Puede que fuera el alcohol o puede que fuera el enfado, pero me convertí en un hombre rencoroso. Quería herir a la mujer a la que amaba porque ella se negaba a amarme a mí. Quería demostrarle que no pensaba seguir siendo su pequeño y sucio secreto. Otras mujeres matarían por ser vistas de mi brazo en público, pero ella nunca había querido estar conmigo.

Pusimos rumbo a mi casa. Sus manos se aferraron a mis muslos y sus bocas volaron a mi cuello.

Besé a una. Luego besé a la otra.

Sólo podía pensar en Titan.

Cada vez que intentaba pensar en el trío que estaba a punto de disfrutar, mis pensamientos sexuales volvían a Titan. Imaginaba la última vez que le había hecho el amor, cómo me había dicho que me quería mientras estaba enterrado entre sus piernas.

Aquello era lo único que conseguía que me empalmara.

El chófer paró delante de mi casa y estábamos a punto de salir. Las chicas estaban excitadas y manoteaban para quitarme la chaqueta y poder desabrocharme la camisa para llegar hasta mi piel desnuda. Estaban dispuestas a todo, hasta a una mamada a dúo.

Pero yo sabía lo que sucedería si subía las escaleras con ambas.

Nada.

Las observaría enrollarse un rato pero luego me aburriría de ello.

Sabía que estaba haciendo aquello por las razones equivocadas.

Y aquello me convertía en un capullo... en uno patético.

Antes o después volvería a sentirme preparado para acostarme con una mujer diferente cada noche, pero por el momento seguía tan enamorado de Titan como siempre. La idea de estar con otra mujer no me atraía. Ni siquiera me excitaba, porque estaba demasiado triste y amargado como para sentir nada parecido al deseo.

Así que les di las buenas noches a las mujeres e hice que mi chófer las llevara a casa. Luego subí a mi ático.

Solo.

CUANDO VI la foto con el titular como una de las historias principales en Google, me arrepentí al instante de lo que había hecho.

Rodeaba con los brazos a ambas mujeres y sonreía como si me lo estuviera pasando mejor que en toda mi vida. Por dentro estaba destrozado y tenía el corazón roto, pero no se lo parecería a nadie que mirara la fotografía.

Sabía que aquello le haría daño a Titan.

Mucho.

¿En qué coño estaba pensando?

Mi primer impulso fue llamarla y decirle que sólo había sido un error. Quería decirle que había subido solo a casa la noche anterior. Que ni siquiera me había masturbado. Pero luego me di cuenta de que daba igual. La situación no iba a cambiar, la llamara o no la llamara.

Ya no era mía.

Aquello era lo que ella quería.

Así que no la llamé.

Natalie me habló por el intercomunicador.

—Tengo a Vincent Hunt en la línea uno.

¿Pero es que aquel cabrón nunca se cansaba?

—La cojo. —Levanté el teléfono y pulsé el botón—. ¿Qué quieres ahora? ¿Los datos de mi cuenta bancaria? Por supuesto, aquí los tienes. Es la nueve, tres, cuatro…

—Parece que me has tomado en serio. Ha sido inteligente hacerlo, porque no era una amenaza vacía.

—Pues claro que no —respondí fríamente—. Pero no es algo de lo que debas enorgullecerte.

Vincent no supo qué responder a aquello.

Estaba hasta las narices de las mierdas de mi padre. Me constaba que yo había provocado aquella contienda con mi entrevista, pero quería que terminara aquella guerra.

—Titan se ha marchado y no va a volver nunca. Estoy destrozado, así que date unas palmaditas en la espalda. Ya no tienes nada que puedas utilizar contra mí, así que volvamos a fingir que el otro no existe. Echo de menos aquellos tiempos. —Antes de que pudiera decir nada más, le colgué.

No quería volver a escuchar su voz. La única ocasión en que quería que alguien me lo mencionase era el día en que muriese.

Y desde luego no pensaba ir a su funeral.

La voz de Natalie volvió a surgir por el intercomunicador.

—Señor, tengo a...

—No me vuelvas a pasar a Vincent Hunt nunca más. ¿Entendido? —Me estaba portando como un capullo con mi asistente cuando no tendría que hacerlo, pero mi vida se estaba derrumbando pedazo a pedazo.

—Sí... señor. —Natalie se aclaró la garganta—. Pero tengo a Thorn Cutler en la línea... ¿Se lo puedo pasar?

Aquello sí que era algo inesperado. Thorn y yo no teníamos nada que decirnos ahora que lo mío con Titan había acabado. ¿De qué podría querer hablar conmigo?

—Pásamelo.

—Está en la línea dos.

Apreté el botón.

—¿En qué puedo ayudarte, Thorn? —Habíamos tenido nuestros más y nuestros menos. No nos caíamos bien, luego nos caímos bien y luego volvimos a caernos mal otra vez. Lo único que me gustaba de él era su lealtad hacia Titan: siempre podría contar con él, lo cual me hacía más fácil renunciar a ella. Siempre habría alguien allí para protegerla.

—¿Pero a ti qué hostias te pasa?

Levanté ambas cejas.

—¿Disculpa?

—Titan me ha llamado hecha un mar de lágrimas después de tu numerito. ¿No podrías ser un poquito discreto? ¿De verdad tienes que hacer alarde de tu vida sexual a la vista de todo el puto mundo? Acababa de empezar a ir otra vez a trabajar y ya está otra vez metida en casa.

Yo ya me había sentido fatal en cuanto había visto la foto, pero ahora me sentía como el mayor gilipollas del mundo. No había excusa para mi estupidez, sencillamente era un amargado y totalmente patético. La idea de que hubiera llorado me daba ganas de atravesarme la mano con un bolígrafo para castigarme.

—¿Hola? —dijo él—. ¿Estás ahí, pedazo de cabrón?

—¿No ha ido a trabajar? —No me había fijado en aquel dato hasta que reproduje sus palabras en mi mente.

—No. Se ha quedado en casa toda la semana. Yo he estado con ella. Ni siquiera se podía duchar, no digamos ya ir a trabajar.

Su sufrimiento me hizo feliz, pero sólo porque yo estaba igual de hecho polvo. Me hizo sentirme menos solo. Me hizo sentir que lo que habíamos tenido había sido real.

—¿Y ahora estás otra vez follándote a todo lo que se mueve? Eres un hombre con mucha clase, sí…

—No es lo que parecía…

—Calla la puta boca. No me vengas con esas pamplinas. Me alegro de haberla convencido para que no estuviera contigo. Muchísimas veces ha pensado en intentarlo de verdad, pero siempre he logrado que recuperase el sentido común. Parece que estaba en lo correcto al hacerlo. Eres un miserable mentiroso, Hunt. Si algún día me cruzo contigo, te voy a meter un puñetazo en toda la puta jeta…

—No me acosté con ninguna de las dos. Las besé, pero eso fue todo. Lo hice porque quería hacer sufrir a Titan… por lo que ella me hizo sufrir a mí.

—Absolutamente patético.

—Sé que lo soy… —Tragué el nudo que se me había formado en la garganta—. Estoy tan destrozado como ella. No sé cómo recuperarme de esto.

—Hasta si te creyera, cosa que no hago, seguiría sin odiarte menos.

—Yo…

—Si sientes algún respeto por Titan, sé discreto.
—Clic.

La línea quedó en silencio.

DOCE

Titan

Estaba llorando más ahora que cuando había muerto mi padre.

Cuando por fin estaba volviendo a la realidad, había visto aquella foto que había destrozado mi ya roto corazón.

Hunt con una mujer en cada brazo metiéndose en el asiento trasero de su Mercedes.

No me lo había esperado, así que había sido mucho peor.

Ya me había dicho que haría aquello, pero yo había sido tan ingenua como para dar por sentado que esperaría un tiempo... al menos un mes. Pero había vuelto sin dilación a sus antiguas costumbres y había empezado a ligar con atractivas mujeres con vestidos cortos.

Y a follárselas en la cama en la que yo solía dormir.

No podía mentir. Dolía... mucho.

Las puertas del ascensor se abrieron y entró Thorn con dos bolsas de la compra.

—Hola.

—Hola.

Pasó a la cocina y lo guardó todo. Había estado pegado a mí como una lapa desde que Hunt y yo habíamos tomado caminos separados. Tenía un armario lleno de ropa en mi casa porque se había quedado a dormir todas las noches y también me acompañaba al trabajo por las mañanas. Básicamente se había convertido en mi compañero de piso.

Cuando terminó, entró en el salón y me miró a los ojos para comprobar si acababa de estar llorando.

Por suerte, había parado unas horas antes.

—Te agradezco todo lo que estás haciendo por mí, Thorn, pero no hace falta que te quedes aquí, de verdad. Sé que tienes tu propia vida y que necesitas tu propia intimidad.

—Mi vida eres tú. —Tomó asiento junto a mí y cruzó las piernas—. No te preocupes por eso.

Odiaba la lástima con la que me miraba. Me hacía sentir débil y patética, no la mujer fuerte que me había esforzado toda la vida por llegar a ser.

—Eres muy bueno… pero lo digo en serio.

Me dio unas palmaditas en el muslo.

—Ya lo sé. Y yo te digo en serio que no te preocupes. No hay ningún lugar en el que preferiría estar que aquí contigo. —Me dedicó una expresión emotiva, llena de sinceridad y amor.

Perder a Hunt era una agonía, pero me sentía agradecida de seguir teniendo a Thorn.

—Gracias.

El jefe supremo

Retiró la mano y cogió el mando a distancia.

—¿Quieres ver el partido?

—Claro. —Los deportes eran terreno seguro porque no tenían nada de romántico.

Encendió la televisión y apoyó un brazo en el respaldo del sofá.

—He llamado a Hunt y le he dejado las cosas bien claras. —No apartó los ojos de la televisión y habló con voz despreocupada, aunque sus palabras no tenían nada de triviales.

—¿Cómo?

—Le he echado una buena bronca y le he dicho que era un capullo.

Me tapé la cara avergonzada pese a que Hunt no podía verme.

—¿En qué estabas pensando? ¿Por qué has hecho eso?

—Se ha comportado como un cabrón y tenía que llamarle la atención. Es un cerdo.

Yo no quería que Hunt supiese cuánto daño me había hecho y estaba claro que Thorn se lo había dicho.

—Puf...

—Me ha dicho que lo hizo a propósito para hacerte daño, pero que luego no pudo seguir adelante y las llevó a casa.

Sentí aligerarse de inmediato el peso que llevaba en el corazón. La última vez que lo había visto, sabía que estaba enfadado conmigo. Pude ver la ira en sus ojos, su aterradora agresividad. Le había resultado difícil hasta estrecharme la mano. Parecía plausible y, después de lo unidos que habíamos estado, me costaba creer que se follara a otra tan pronto.

Thorn se giró hacia mí y vio el alivio en mi rostro.

—¿Le crees de verdad?

—Sí... ¿Es una estupidez?

Negó con la cabeza, pero no me insultó por lo que había dicho.

—No es una estupidez, es sólo que... no entiendo por qué le crees.

—Teníamos algo de verdad... Me cuesta creer que se enrolle con otra en tan poco tiempo.

—Pero salió y se las ligó.

—Y luego no hizo nada.

Thorn volvió a fijar la mirada en el televisor.

—Supongo que ahora ya da igual. De todas formas, me siento mejor por haberle cantado las cuarenta.

—¿Te ha dicho algo más?

La parte más dura de una ruptura era pasar página. Mi corazón quería quedarse donde estaba, rememorar nuestro tiempo juntos. Recordaba el fuego y la pasión como si hubieran ocurrido el día anterior. Una parte de mí seguía albergando la esperanza de que hubiera algo más, aunque no había motivos para ello. No había nada que Hunt pudiera hacer para cambiar nuestra situación. Si quería que algo cambiase, tenía que hacerlo yo misma. Pero no podía.

—Me ha dicho que es igual de infeliz que tú.

Aquello no debería alegrarme, pero así era. Hacía que me sintiera menos sola.

Thorn se volvió a girar hacia mí con los ojos rebosantes de lástima.

—No tiene nada de malo que le creas si eso te hace sentir mejor, pero espero que no te impida seguir adelante.

No podía imaginarme a otro hombre en mi cama. No podía imaginarme estableciendo un acuerdo con alguien nuevo. No quería besar ni tocar a nadie, ni permitir que otro me tocara. A lo mejor nunca pasaría página. A lo mejor sólo tendría a Thorn… y nada más.

ESTABA en mi despacho cuando Thorn me llamó.

—¿Has visto el artículo sobre Megaland? —Prescindió totalmente de preámbulos y fue directo al grano.

—No. —Mientras hablaba con él, encendí el ordenador y escribí Megaland en el buscador—. ¿Qué pasa?

—Al parecer, Vincent Hunt adquirió la empresa discretamente hace unas semanas.

La página se abrió, pero no leí la historia. Mi mente estaba demasiado concentrada en lo que él decía.

—¿Cómo?

—Yo tampoco me lo podía creer.

Pinché en el artículo y empecé a leer mientras Thorn permanecía al teléfono.

«Se ha confirmado que la prometedora compañía de electrónica Megaland ha sido discretamente adquirida por un nuevo propietario. Vincent Hunt es ahora el nuevo director general de la empresa y comparte los derechos con sus tres creadores originales. Diesel Hunt no se ha prestado a hacer comentarios y no está claro qué ha provocado esta transacción. Según nuestras fuentes, Vincent y Diesel Hunt se desprecian tanto como siempre, así que ¿por qué vendería Diesel Hunt una empresa que había comprado hacía tan poco tiempo?».

Cuando terminé de leer el artículo, volví a ojearlo.

—Hmm...

—Hay algo que nos estamos perdiendo. ¿Por qué le iba a vender Hunt la empresa a su padre? Aunque la compañía no fuera bien, no haría negocios con él de todas formas.

—Estoy de acuerdo.

—Y Hunt creía en esa empresa, me lo comentó unas cuantas veces.

—Era la niña de sus ojos —dije en voz baja mientras seguía pensando a toda velocidad.

—Entonces ¿qué crees que ha pasado?

Me planteé las posibilidades sin apartar la vista de la pantalla.

—Ocurrió unas semanas antes de que Vincent lo chantajeara, lo que me hace sospechar que a lo mejor lo chantajeó otra vez.

—¿Con qué? —preguntó Thorn.

—No tengo ni idea, pero fuera lo que fuera, debía de ser muy importante para Hunt. No le habría vendido esa empresa a su padre a menos que no le quedara más remedio.

—Es verdad. Me pregunto si tendrá algo que ver contigo.

Sospechaba que sí.

—Tengo que dejarte, Thorn.

—¿Vas a hablar con Hunt de ello?

Recordé lo último que Hunt me había dicho: me mencionó que había perdido otra empresa. Cuando lo presioné sobre aquel tema, no me dio ninguna respuesta. Debía de ser aquello a lo que se había referido.

—Sí, pero con otro Hunt.

LA OFICINA de Vincent Hunt era blanca y elegante. Tenía todas las paredes blancas y cada uno de los escritorios era del mismo color. Era abierta, diáfana y moderna. Era sobria y lustrosa, y hacía un guiño al futuro en lugar de conservar las ventajas del pasado.

Su gusto difería radicalmente del de su hijo.

Me presenté ante la secretaria y esperé pacientemente a recibir permiso para entrar en su despacho. Vincent Hunt no iba a echarme, no cuando yo estaba tan vinculada a su hijo. O tal vez diera por sentado que yo estaría enfadada por las fotografías, y entonces me evitaría. Pero aquella era la salida cobarde, así que lo dudaba. Había aprendido que los hombres Hunt no le temían a nada.

Al final, la secretaria me dio permiso para pasar.

Entré con decisión en aquel despacho como si fuera una mujer con una misión.

Era como el resto del edificio, elegante y blanco. Estaba situado en una esquina, así que la mitad de la sala estaba formada por enormes paredes de cristal. Los rascacielos resplandecían bajo la luz del sol en la distancia. Tenía el aspecto de un trono con vistas a la colina.

Vincent Hunt estaba sentado detrás de su escritorio en una silla de piel gris. Se me quedó mirando con una expresión ligeramente divertida, claramente sorprendido de verme pero en absoluto achantado. Sostenía un brillante bolígrafo negro azabache entre las puntas de los dedos y había documentos esparcidos por la mesa como si hubiera estado firmándolos justo antes de que yo le hiciera una visita.

Dejó el bolígrafo y se puso en pie cuan alto era, con un metro noventa de altura, igual que su hijo.

—Tatum Titan. ¿A qué debo el placer? —No rodeó el escritorio, pero se inclinó hacia delante para estrecharme la mano.

Yo ignoré el gesto.

—Esto no va a ser agradable, señor Hunt, pero estoy segura de que eso ya lo sabía. —Me estiré la parte de atrás del vestido antes de sentarme y cruzar las piernas. Aquel hombre no me había intimidado antes y no me intimidaba ahora. Tenía fotos de su hijo y mías en algún lugar de aquel escritorio. Besándonos, tocándonos, posiblemente desnudos. Debería sentir vergüenza, pero no la sentía.

Una sonrisa se extendió por sus labios, igual de atractiva que la de su hijo.

—Hasta cuando pretendes ser maleducada disfruto de tu presencia. Es refrescante. Eres elegante y llena de gracia, pero escupes fuego al mismo tiempo. No me sorprende que mi hijo esté enamorado de ti, estoy seguro de que muchos hombres lo están.

A mí no me costaba entender a la gente, pero no comprendía a Vincent Hunt. Parecía respetarme, pero aun así quería hundirme, y todo para conseguir vengarse de su hijo, un hombre que sólo había querido que su padre fuera amable con su hermanastro.

—Pues yo no disfruto de su presencia en absoluto. Me cuesta trabajo estar cerca de alguien tan malvado como usted. —No temía a aquel hombre, así que tampoco me daba miedo soltar todos los insultos que quisiera.

Su sonrisa se fue desvaneciendo poco a poco.

—Entiendo que estés disgustada por las fotos. Cualquiera lo estaría.

—No estoy aquí para hablar de las fotografías. No podrían importarme menos.

Era difícil pillar a Vincent Hunt con la guardia baja, pero en aquel momento levantó una ceja confundido. Apoyó los codos en los reposabrazos de la silla y se acercó las manos unidas al pecho.

—Entonces, ¿cuál es el motivo de tu visita?

—Tu hijo.

Vincent Hunt se volvió frío de inmediato y endureció el gesto de su rostro.

—¿Qué pasa con él?

—Tu hijo es un hombre maravilloso. Es amable y compasivo, y le quiero con toda mi alma. No se merece que alguien de su propia sangre lo trate con tanta frialdad.

Entrecerró los ojos y su enfado aumentó de nivel.

—No deberías hablar de asuntos familiares que no comprendes.

—Y tanto que los comprendo, Vincent. Diesel apenas puede hablar de ti sin mostrarse hostil. Y no es porque lo enfades... es por el daño que le has hecho.

Se me quedó mirando con los mismos ojos marrones.

—Y sé que tú actúas así porque él te ha hecho daño a ti. Ninguno de los dos sabéis cómo procesar el dolor, así que no sabéis qué más hacer. Él arrastró tu nombre por el fango cuando dio aquella entrevista. No me imagino cuánto daño te hizo aquello.

No reaccionó.

—Me habló de vuestra última conversación. Me dijo que estabas enfadado con él porque habías perdido a tu hijo. Vincent, no lo has perdido.

Cuando habló, lo hizo en voz tan baja que apenas pude oírlo.

—Sí que lo he perdido.

—No está muerto. Mientras los dos sigáis vivos, siempre tendréis la oportunidad de arreglar las cosas.

Sacudió ligeramente la cabeza.

—Ahora ya no podemos arreglarlo. Ni ahora ni nunca.

—¿Por qué?

Se masajeó los nudillos de forma distraída.

—Pues porque no.

—Entonces, ¿tu respuesta es destrozarle la vida?

—Yo no le he destrozado la vida. No debería acostarse con una mujer que está prometida con otro hombre.

—No sabes nada sobre mi relación con Diesel o con Thorn, así que no finjas que sí. —Levanté un dedo—. Esa es la primera lección que te voy a enseñar hoy. Y aquí tienes la segunda: actuando así, sólo estás alejándolo más. Si tienes alguna esperanza de reconciliarte con él, tienes que poner fin a esta guerra. Pide una tregua.

Apartó los ojos de mí. Era la primera vez que desviaba la mirada mientras manteníamos una conversación. La mayor parte de su poder residía en su forma de intimidación natural, pero dejó de lado esos trucos.

—Sé que quieres a tu hijo.

Tras una larga pausa, volvió a mirarme.

—Tenéis que perdonaros y acabar con esto.

—¿De verdad has venido hoy aquí para hablar de esto? —preguntó asombrado.

—Sí.

—No me cuadra.

—Quiero a tu hijo, así que deseo lo mejor para él.

—Sé que habéis roto. Si no, es que sois los mejores actores que he visto en mi vida.

—Que ya no estemos juntos no significa que no le quiera. Del mismo modo, que vosotros dos ya no os habléis no cambia el hecho de que le quieres y lo echas de menos.

Vincent me sostuvo la mirada, pero dejó de masajearse los nudillos.

—Tienes que dar tú el primer paso.

—¿Por qué?

—Porque fuiste tú el que empezó todo esto al darle la espalda a Brett.

Dejó escapar un fuerte suspiro y frunció el ceño.

—Ahora te toca a ti dejar de fingir que sabes de algo que no comprendes.

—Vale, puede que no lo comprenda —dije llanamente—, pero sé que has perdido los últimos diez años con Diesel. ¿Tienes que perder otros diez?

Sus rígidas facciones se suavizaron ligeramente.

—Yo daría cualquier cosa por tener otros diez años con mi padre. Lo perdí demasiado pronto y me duele ver que vosotros dos estáis vivos y sanos, pero que no mantenéis ningún contacto. Sean cuales sean vuestros problemas, arregladlos.

—No creo que podamos.

—Bueno, pues tendréis que hacerlo. Porque eres su padre y él es tu hijo. Diesel me ha dicho que eres un hombre que puede lograr cualquier cosa. Pues logra esto.

Movió un poco la silla mientras se incorporaba y apoyó las manos en el escritorio.

—No es tan sencillo, Titan, pero te agradezco el esfuerzo.

Sentí como si hubiera hecho una pequeña muesca en su coraza. Era prácticamente insignificante, pero era algo. Tal vez Vincent hiciera caso a mis palabras y se replanteara su acercamiento a Diesel.

—¿Lo chantajeaste para que te diera Megaland?

Su frialdad reapareció en cuanto volvimos a tocar el tema de los negocios.

—¿Por qué no se lo preguntas a Diesel?

—Porque quiero oírlo de ti. —En aquel momento no podía acudir a Diesel con aquella pregunta. Cuando lo había presionado con aquel tema, no había hablado de ello. Ahora que ya no estábamos saliendo, no tenía derecho a llamarlo cada vez que se me antojara.

Vincent unió las puntas de los dedos y me miró con aquella expresión apuesta pero fría. La edad no lo había afectado como a otros: seguía teniendo unos rasgos bien definidos y una complexión llena de dinamismo. Debía de haber llevado un estilo de vida saludable, con dieta y ejercicio. Sabía que Diesel tendría el mismo aspecto en veinte años.

—Sí.

Yo necesitaba más que eso.

—¿Por qué?

—Megaland tendría que haber sido mía. Yo la descubrí, pero él se hizo con ella antes incluso de que yo pudiera reunirme con los creadores.

—Parece que fue mejor empresario —dije con frialdad—. No deberías tomártelo de forma tan personal.

Volvió a sonreír.

—¿Y dónde crees que lo aprendió todo?

—El aprendiz siempre supera al maestro.

—Yo no diría tanto…

—¿Y cómo lo chantajeaste?

Su sonrisa se apagó.

—Igual que la última vez. Le dije que enviaría todas esas fotos a los periódicos si no cooperaba. —Abrió el cajón y sacó la carpeta. La lanzó a la mesa y la empujó hacia mí.

Yo no las miré. Lo único que me importaba era lo que había dicho. Mis ojos se centraron en su rostro y vieron la frialdad que en ocasiones mostraba Diesel. Ahora sabía lo que Diesel había sacrificado para protegerme. Había renunciado a su empresa, que valía una fortuna, sólo para proteger mi reputación. Nunca me lo había contado, seguramente porque sabía cuál habría sido mi reacción.

Le habría dicho que no lo hiciera.

Yo habría asimilado el golpe antes de permitir que su padre lo manipulara.

Me levanté sin pensarlo, como si mis pies tuvieran vida propia.

—Gracias por tu tiempo, Vincent.

—¿Hay algo más de lo que quieras hablar?

Me dirigí a la puerta sin molestarme en mirarlo.

—¿Sabes? Nosotros dos haríamos grandes negocios juntos.

Me di la vuelta al llegar a la puerta.

—Vincent, cuando te mueras no podrás llevarte ese dinero contigo.

Su arrogante sonrisa desapareció lentamente.

—Pero puedes llevarte el amor de tu hijo.

CAMINÉ hasta la mesa de Natalie, sintiéndome débil por primera vez con los tacones. Quería quitármelos y quedarme descalza. Mi primer instinto había sido irrumpir en el despacho de Hunt, pero me daba cuenta de que aquello sería totalmente inapropiado.

—Necesito verlo.

—El señor Hunt está en una reunión ahora mismo.

El jefe supremo

—Ah... —Estaba tan ansiosa que no podía esperar, pero no me cabía duda de que estaba ocupado con algo importante, mucho más que cualquier cosa que yo tuviera que decirle.

—Pero puede esperar aquí hasta que acabe.

—Claro... ¿Cuánto tiempo tardará?

—No estoy segura. El señor Hunt acaba de hacer una gran adquisición y está trabajando con un equipo en este momento.

Entonces podría tardar horas. Pero no podía volver al trabajo, no estando tan nerviosa. Tampoco conseguiría avanzar nada, de todas formas.

—Entonces esperaré.

—De acuerdo. Siéntese.

Tomé asiento en una de las butacas e intenté estabilizar mi desbocado corazón, que latía a un millón de pulsaciones por minuto. Me sudaban las palmas de las manos y notaba la ropa demasiado apretada. Los tacones me estaban matando, cuando normalmente estaba cómoda con ellos.

La gran puerta que había tras sus asistentes daba al resto del recibidor. Había otros despachos y departamentos por todo el edificio. Podría encontrarse en otra planta. Me quedé mirando la puerta de cristal y vi que un hombre con traje se acercaba a ella. Tenía la misma constitución y el traje le quedaba a la perfección.

Caminó hasta la puerta mientras movía el dedo sobre la pantalla del teléfono. Tenía las cejas fruncidas como si estuviera absorto en sus pensamientos. Las fuertes facciones de su rostro resaltaban la masculina forma de su mandíbula.

Era él, sin duda.

Finalmente bajó el teléfono y abrió la puerta.

—Natalie, necesito que encuentres todo lo que tengo del... —Dejó de hablar cuando sus ojos se posaron en mí. Intensos y de un color marrón oscuro, me contemplaron de inmediato como si fuese la única persona que había en la sala. Era la misma mirada que me dirigía antes. Pero entonces cambió abruptamente, como si se hubiera dado cuenta de lo que estaba haciendo y hubiese modificado su expresión deliberadamente—. Titan.
—Rodeó las mesas y se acercó a mí—. ¿Necesitas algo?

Me puse de pie, incapaz de adoptar una postura erguida y perfecta como de costumbre. El corazón todavía me latía desbocado.

—Necesito hablar contigo... pero puedo esperar hasta que acabe tu reunión.

Se quedó mirándome a la cara, examinándome con detenimiento y sin discreción. Analizó la ansiedad de mis ojos, la firmeza con la que apretaba la boca y el cambio en mi postura.

—¿Va todo bien?

—Sí. Puede esperar.

Hunt debió de saber que estaba mintiendo, porque se dirigió a Natalie.

—Diles que vuelvo en quince minutos.

—Hunt, no hace...

—Vamos. —Me puso la mano en la parte baja de la espalda y me acompañó a su despacho. Cerró la puerta para que tuviéramos intimidad y pudiésemos hablar con libertad. Dejó sobre la mesa la carpeta que llevaba en la mano y centró toda su atención en mí—. Sé que pasa algo. Cuéntamelo. —No puso distancia entre nosotros como había hecho la última vez. Ahora todo parecía como antes, cuando había intimidad… y más cosas.

Las puntas de mis dedos estuvieron a punto de tocar su pecho, pero me recordé a mí misma que ya no me pertenecía.

—Acabo de ir a ver a tu padre.

Sus ojos se estrecharon como hacían cuando se sentía amenazado. Su mirada oscura de repente se tornó más firme.

—Le he preguntado por Megaland y me lo ha contado todo.

Hunt no alteró su expresión y pareció enfadado al conocer la noticia.

—Te lo habría contado, pero no hubiera supuesto ninguna diferencia. Si te lo hubiese contado mientras ocurría, me habrías dicho que no lo hiciera.

—Tienes razón, te lo habría dicho.

Se metió las manos en los bolsillos.

—Entonces, ¿por qué estás disgustada ahora? He sacrificado mucho por ti en el pasado, esto no es nada distinto. Esa empresa significaba mucho para mí, pero tú… tú siempre has significado para mí más que todo el dinero del mundo.

El pecho se me encogió como hacía justo antes de que empezase a llorar. Podía sentir el ardor en la garganta y también en el corazón.

Movió los ojos de un lado a otro mientras me observaba y veía cómo desplegaba mis emociones justo delante de él.

—Siempre dices lo que piensas, pero ahora mismo, no sé qué te ronda por la cabeza. Dime en qué estás pensando.

—Estoy pensando en que... tengo miedo.

—Eso no puede ser cierto —susurró—, porque tú no tienes miedo a nada.

—Las cosas cambian.

Dio un paso más hacia mí, como si no estuviese hablando lo bastante alto como para que pudiera oírme. Inclinó ligeramente la cabeza y la intensidad de su mirada volvió a resurgir.

—Probablemente nunca sabré de verdad lo que ocurrió hace unos meses. Nunca tendré una explicación satisfactoria sobre el motivo por el que aquellos papeles estaban en tu cajón. Nunca sabré a ciencia cierta si te fuiste a casa con la mujer esa del bar. Nunca sabré si fuiste tú el que filtró mi historia a los periódicos, pero...

Hunt contuvo la respiración mientras tensaba la mandíbula.

—Pero ya no me importa. Te creo, Diesel. Puede que no seas capaz de demostrármelo, pero te creo. Voy a dar un salto al vacío contigo. Si acabo arrepintiéndome, que así sea, pero estoy dispuesta a correr ese riesgo para descubrirlo.

Obviamente no se había esperado que dijese aquello, porque su mirada se enterneció de un modo en que nunca lo había hecho. Su mandíbula perdió la rigidez y sus hombros se relajaron y se pusieron más rectos. El suspiro que soltó estuvo mezclado con un suave gemido. Sacó las manos de los bolsillos y dejó los brazos colgando a los costados. Cerró las manos en puños, pero no debido al enfado.

—Tengo miedo de que sea demasiado tarde. Tengo miedo de que yo…

—Nunca es demasiado tarde. —Cubrió la distancia que nos separaba y me pasó las manos por las mejillas. Me sostuvo la cara y pegó la frente a la mía. Su pecho se expandía contra el mío cada vez que respiraba hondo y su intensidad resultó evidente por el sutil temblor de sus manos—. Sabía que me creerías si no me rendía.

—Cuando tu padre me ha contado que renunciaste a Megaland por mí… no me ha sorprendido. Has hecho tanto por mí, Hunt… Eso ha hecho que me dé cuenta de que no podía dejar pasar esto. Me ha hecho darme cuenta de que sí que confío en ti. No sé quién estaba en realidad detrás de aquellos ataques y probablemente no lo descubra nunca… pero sé que no fuiste tú.

—Pequeña… Eso lo es todo para mí. —Se inclinó hacia mí y me besó con suavidad, en un gesto lleno de ternura, amor y adoración—. No tienes ni idea.

—Siento que…

—No te disculpes conmigo. Lo entiendo. Sabía que esto llevaría tiempo, pero me dije a mí mismo que por ti merecía la pena. Me dije que te darías cuenta tú sola de cuál era la verdad. Y lo has hecho… Eso era exactamente lo que yo quería.

Le rodeé el cuello con los brazos y lo acerqué a mí,

sintiendo que me temblaban las manos y las piernas al mismo tiempo.

—Sólo tenía que decirte eso. Siento haber interrumpido tu reunión...

—Nada es más importante que tú. —Me puso una mano en la mejilla mientras examinaba mi rostro—. Nada.

Le di un beso en la comisura de la boca.

—Te quiero.

—Yo también te quiero, pequeña. Muchísimo. —Frotó la nariz contra la mía antes de apartarse.

—Te dejo que vuelvas a tu reunión. Sólo tenía que decirte esto para que... no hicieras planes con otra. —No quería decir aquellas palabras en voz alta, pero necesitaba soltarlas. Había salido de fiesta la otra noche y no quería que volviera a hacer lo mismo.

—Las besé. Nada más.

La idea de que besara a otra mujer me provocaba retortijones en el estómago, pero no habría ocurrido si le hubiera creído antes. Y sabía que no me ocultaba nada. Si afirmaba que no había hecho nada más, así había sido. No se había acostado con ellas.

—Vale.

—Vuelvo en cuanto termine. —Me dio un beso en la frente antes de alejarse.

—En realidad, no podemos...

El amor de sus ojos desapareció, inmediatamente sustituido por un gesto de irritación.

—¿Por qué?

—Tu padre nos vigila, ¿recuerdas?

—Más te vale no decirme que vamos a volver a mantenerlo en secreto —dijo enfurecido—, porque no pienso seguir aguantándolo.

—Necesitamos guardarlo en secreto… durante un tiempo.

Dejó los brazos a los costados, anchos y tensos. Me dedicó una expresión aterradora y una mirada gélida como el hielo.

—Espero que tengas una buena razón.

—Tengo que arreglar las cosas con Thorn. No puedo dejarlo con el culo al aire, Hunt.

Su enfado se fue mitigando poco a poco.

—Si tu padre divulga esas fotos, yo quedaré mal, pero Thorn quedará todavía peor. No puedo dejar que eso ocurra.

Al final, asintió.

—Tienes razón.

—Así que deja que primero me ocupe de eso.

—Está bien —dijo con un suspiro—. Entonces te llamo cuando llegue a casa.

—Vale.

Me dirigió una última mirada antes de salir, y yo la reconocí de inmediato.

Era intensa y potente, y estaba llena de amor.

ME SENTÍA MÁS ligera que el aire y me daba la sensación de que podía respirar de nuevo. El agujero que me había quedado dentro del pecho por fin había sanado.

Mis lágrimas ya habían desaparecido hacía tiempo, sustituidas por una sonrisa. Estaba corriendo un gran riesgo al comprometerme con Hunt, especialmente cuando había tantas incógnitas, pero no soportaba que siguiéramos viviendo separados así.

Prefería lanzarme de cabeza y esperar que sucediera lo mejor.

Si me volvía a traicionar, me hundiría. No sería capaz de volver a levantarme si mi instinto me llevaba por el camino equivocado.

Pero tampoco era capaz de mantenerme en pie tal cual estaba.

Con suerte tendría razón sobre aquello.

Me senté en el sofá de mi ático y me quité los zapatos de tacón. Tenía una contractura en la nuca y me la froté con la palma de la mano distraídamente. Ya no llevaba aquel peso en los hombros, pero ahora tenía una nueva carga que soportar.

Thorn.

¿Cómo iba a salir aquello?

Me había comprometido con él y echarme atrás me parecía, cuando menos, una traición. Se disgustaría, yo lo sabía. Quería creer que seguiríamos siendo tan buenos amigos como lo éramos ahora, pero en realidad no tenía ni idea.

Nunca nos habíamos encontrado en una situación así.

Mi teléfono sonó y el nombre de Hunt apareció en la pantalla.

Me olvidé de Thorn de inmediato cuando descolgué.

—Hola.

—Hola, pequeña.

Me derretí al oír aquel término cariñoso. En el pasado le había pedido que no me llamara así, pero ahora me encantaba aquel afectuoso apelativo. Me encantaba cómo lo decía cuando estábamos juntos en la cama. Era sencillo y nada original, pero me hacía sentir suya por completo.

—Echaba de menos que me llamaras así...

—Y yo echaba de menos llamártelo. —Su voz masculina emergió por el teléfono y me envolvió. Podía sentir sus brazos musculosos firmemente enroscados en mi cintura a pesar de que no se encontraba en el mismo edificio que yo.

Me recosté en el sofá, puse los pies en el reposabrazos y noté que el vestido se me subía cuando doblé las rodillas.

—Lo siento, Diesel... —Ojalá no hubiera tardado tanto tiempo en darme cuenta de las cosas. Algo en el tema de Megaland me hizo comprender que debía darle una oportunidad. Desde que Hunt había sido acusado de traicionarme, no me había mostrado nada más que lealtad. Había hecho cosas por mí y había sacrificado mucho por mí. No podía ignorar nada de aquello.

—No pasa nada, pequeña. Vamos a olvidarnos de eso.

—Sé que te he hecho daño.

—Tienes el resto de tu vida para compensármelo.

Sonreí mientras contemplaba el techo imaginando las mamadas matutinas, los desayunos en la cama y el resto de guarrerías que me exigiría que hiciera por él.

—Cierto. ¿Por dónde debería empezar?

Respondió de inmediato.

—De espaldas. Con las piernas en mi cintura y mi mano hundida en tu pelo.

Cerré los ojos y dejé que un escalofrío me subiera por la columna. Habían pasado casi dos semanas desde la última vez que lo había tenido entre las piernas. Me parecía que hubiera pasado una eternidad desde la última vez que había tenido un orgasmo, que había tenido a aquel hombre atractivo encima de mí.

—Desearía que estuvieras aquí.

—Y yo. Cuando esto termine, no voy a marcharme nunca.

—Eso suena de maravilla.

Me quedé callada; los dos pensábamos en lo mismo en silencio. El deseo que sentía por él no era solamente físico y ocurriría exactamente igual con la necesidad que él tenía de mí. Podría pasarme toda la noche al teléfono con él, excitándome con el sonido de su masculina respiración. Podía sentir su testosterona a través del teléfono e imaginarme cómo las manos se le cerraban en puños por la irritación de tener que contenerse.

El tiempo iba pasando y, antes de que me diera cuenta, ya habían transcurrido diez minutos. Quería presentarme en su ático sin preocuparme por las fotos que su padre filtraría a la prensa. Me daba igual lo que la gente pensara de mí, aunque creyeran que era una rompecorazones infiel.

Pero nunca podría hacerle eso a mi mejor amigo.

Así que me quedé donde estaba.

Hunt habló después de un silencio prolongado e intenso.

—¿Cuándo vas a decírselo a Thorn?

Ahora estaba comprometida con Hunt, pero tenía que anular mi compromiso antes de poder hacer algo al respecto. Era una conversación que me daba pavor, algo que deseaba evitar a toda costa. El hecho de que no pudiera tener a Hunt hasta que aquello terminase era el único motivo por el que no iba a posponerlo.

—Supongo que mañana.

Hunt se percató de mi tristeza.

—Todo va a ir bien, Tatum.

Era un término afectuoso porque nadie usaba nunca mi nombre de pila. Ni siquiera Thorn se refería a mí de aquel modo.

—Yo no estoy tan segura…

—Te quiere. Te perdonará.

—Esta vez es diferente.

—No le caigo bien, pero no es la clase de hombre que se entromete. Se retirará, es buena persona.

Agradecía que Hunt siguiera respetando a Thorn a pesar de sus diferencias.

—Y se habría retirado, pero me he comprometido con él. El mundo entero cree que nuestra relación es real. Su familia me adora. A su madre se le empañan los ojos cada vez que hablamos de la boda. Habría sido diferente si me hubiera echado atrás antes, pero ahora va a ser desastroso y complicado. Por no hablar de que voy a hacer quedar a Thorn como un idiota.

Hunt no le restó importancia sólo para conseguir lo que quería.

—Tienes razón, no va a ser fácil.

—No va a ser nada fácil. Tengo mucho miedo de perderlo...

—Está claro que va a ser complicado y doloroso, pero nunca podrías perderlo, Titan.

—Yo no estoy tan segura. Me preguntó varias veces si estaba segura de querer seguir adelante con la pedida de mano...

—Pero tú no sabías que esto iba a ocurrir. No fue a propósito.

—Da igual. Él siempre ha estado a mi lado, jamás me ha traicionado. No sé cómo voy a hacerle daño a alguien a quien quiero tanto...

Hunt volvió a guardar silencio y su respiración continuó sonando igual a través de la línea.

—Si fuera por cualquier otra cosa, harías honor a ese compromiso, pero como se trata del resto de tu vida, no puedes quedarte sólo porque lo prometieras. Y, sinceramente, ¿crees de verdad que eso es lo que querría Thorn? ¿Crees que querría que te casases con él sabiendo que preferirías estar conmigo?

La respuesta era tan obvia que no necesitaba decirla en voz alta.

—Claro que no.

—Tienes razón.

—No voy a mentirte y a decirte que esto va a ser fácil, porque sé que no lo será. Puedo acompañarte si sirve de algo.

—No —me apresuré a decir—. Tenemos que estar los dos solos, pero sigo teniendo miedo de la posibilidad de perderlo. Realmente es una persona importantísima para mí. No sería quien soy sin él. Es la persona con la que siempre puedo contar.

—Y puedes contar con él ahora —dijo con amabilidad—. Y recuerda que ahora tienes dos personas con las que siempre puedes contar.

NO ME HABÍA DADO tanto miedo hacer algo en toda mi vida.

Yo resistía incluso frente a las adversidades. Cuando el mundo estaba en mi contra, en ese momento era cuando yo cobraba vida. Cuantas más personas me desafiaban, más fuerte me volvía. Me enorgullecía de mi falta de miedo, de mi poder innato que nadie podría arrebatarme nunca.

Pero la fuerza no me servía de ayuda ahora.

Aquello no era una reunión de negocios. No era una demanda judicial.

Aquello tenía que ver con las dos personas que más me importaban.

No podía vivir sin él.

Era mi familia.

Le envié un mensaje cuando salí de trabajar y me temblaron los dedos al teclear en la pantalla. Mi chófer estaba listo para llevarme adonde yo quisiera ir, lo único que tenía que hacer era darle la orden.

«¿Puedo pasarme por tu casa?».

«Claro. Acabo de salir de la ducha».

Le dije a mi chófer adónde me dirigía y llegué allí diez minutos más tarde. Una parte de mí deseaba que Thorn me dijese que estaba ocupado, que tenía allí a una mujer con quien pasar la noche, pero cuanto más tiempo evitara aquella conversación, más tiempo pasaría sin poder estar con Hunt. Con hombres siguiendo todos nuestros pasos, ni siquiera podía pasarme por su oficina sin levantar sospechas. Estaba atrapada en conversaciones telefónicas cuando preferiría comunicarme a través de besos y caricias.

Subí en el ascensor hasta la planta de Thorn y entré en su salón, sintiéndome débil como si no hubiera comido en todo el día. Pensándolo bien, lo único que había tomado era una tostada, porque había estado demasiado ocupada recuperando todo el tiempo que había perdido.

Thorn tenía el pelo pegado a la cabeza porque todavía no se había peinado después de salir de la ducha. Sólo llevaba unos pantalones de chándal negros a la altura de las caderas. Esculpido como si su cuerpo hubiera sido tallado en mármol, tenía un físico espléndido. Su forma física era comparable a la de Hunt, que era ligeramente más corpulento y tenía los brazos surcados por más venas.

Thorn era excepcionalmente atractivo, y destacaba por su sensual sonrisa y por sus musculosos hombros. Podría tener a cualquier mujer que quisiera. Habíamos salido juntos y a las mujeres no parecía importarles que yo estuviera allí. Lo miraban como si no pudieran esperar para hincarle las garras.

Parecía que yo fuese la única mujer del planeta que no lo quería en su cama. La única explicación que encontraba era la base de nuestra relación. Me había ayudado sin esperar nada a cambio y, como resultado, no había tardado en convertirse en un hermano para mí. Nunca me había deshecho de aquella sensación de parentesco. La idea de tener relaciones con él no me molestaba porque era un hombre atractivo, pero sería algo puramente físico.

Nunca significaría nada.

Pero ahora aquello no importaba porque quería pasar la vida con Hunt, para bien o para mal. A Thorn no le haría gracia el riesgo que iba a correr, pero lo aceptaría. Pero puede que esto nunca lo aceptase.

—Hola. —Se acercó al ascensor y me abrazó con un solo brazo mientras me dedicaba una sonrisa. Había empezado a mostrarse cariñoso conmigo últimamente, desde que me había empezado a sentir tan desdichada por lo de Hunt. Normalmente sólo nos saludábamos con palabras y nada más.

—Hola.

No me preguntó qué me pasaba porque daba por hecho que simplemente estaba deprimida por Hunt.

—¿Quieres beber algo?

—No, estoy bien. —Me quité la chaqueta y la colgué junto a la puerta.

—¿Y algo de cenar? Puedo improvisar algo decente.

—No, gracias. —Me senté en el sofá y eché una

ojeada a su cerveza fría. Yo me había entregado de maravilla a la tarea de no consumir alcohol. Lo cierto era que estaba orgullosa de mí misma.

Él se sentó a mi lado de frente a la televisión porque estaba puesto el partido.

—¿Qué tal tu día?

—Bien. ¿Y el tuyo?

—La misma mierda de siempre, ya sabes. —Apoyó el brazo en el respaldo del sofá y se pasó los dedos por el pelo.

Yo quería quedarme así sentada para siempre, disfrutando de la callada compañía que nos hacíamos. Podíamos estar sin decir nada en absoluto y no sentirnos incómodos. Podíamos disfrutar del silencio que compartíamos sin que nos enervara como le ocurría a la mayoría de la gente.

Thorn veía el partido sin tener ni idea de lo que había venido a decirle.

Yo me sentía como una mierda... y eso que ni siquiera había dicho una sola palabra todavía.

Transcurrieron quince minutos y entonces pusieron anuncios.

—Parece que estén cagándola a propósito... —Sacudió la cabeza y se giró hacia mí con una leve mueca en la cara—. Me dan ganas de comprar el equipo y ponerlos en forma a latigazos.

—Parece demasiado trabajo.

Se encogió de hombros.

—Pero sería una buena inversión. La economía no afecta a los deportes.

—Cierto. —Ahora era el momento para hablar con él. El partido no parecía importante y él estaba entablando conversación conmigo sin razón alguna—. Thorn, hay una cosa de la que me gustaría hablar...
—Apenas logré enunciar la frase sin que me temblase la voz.

Clavó la mirada en mi expresión y se puso serio en cuanto advirtió mi tono.

—¿Qué pasa?

Me dolía mirar aquellos ojos azules y no ver en ellos más que preocupación por mí. Estaba a punto de traicionarlo, de devolverle el anillo que llevaba en el dedo.

—No me resulta fácil decir esto. Quiero que sepas que me siento fatal antes incluso de decir nada.

Se puso notablemente rígido y se inclinó hacia delante para coger el mando a distancia. Apagó la televisión pulsando el botón y después se recostó contra los cojines. Su torso musculado se giró hacia mí y me dedicó aquella expresión endurecida que tenía reservada para sus enemigos.

—Dímelo y ya está, Titan.

Uní las manos y el corazón empezó a latirme a mil por hora.

—Sé que hice un compromiso contigo, pero tengo que romperlo. He decidido que quiero estar con Hunt, que quiero darle una oportunidad de verdad a nuestra relación. Sé que las pruebas van en su contra, pero he decidido creerle. Puede que en algún momento de mi vida me acabe arrepintiendo, pero... estoy preparada para asumir ese riesgo.

En lugar de enfadarse, se limitó a mirarme fijamente. No parpadeó ni una sola vez ni dio señal de hostilidad alguna. Ni siquiera parecía que estuviera respirando. Al final, apartó la mirada y se pasó la mano por el mentón.

El silencio era peor que sus gritos.

—Sé que vas a enfadarte conmigo, pero quiero que sepas que odio esta situación. Ojalá no tuviera que hacer esto. Ojalá hubiera algún otro modo...

—Sabes lo que podríamos haber hecho. —No apartaba los ojos de la pantalla apagada del televisor y tenía la mandíbula rígida. No alzó la voz. En todo caso, hablaba en voz mucho más baja—. Podríamos no habernos comprometido en un principio.

Estaba más que cabreado.

Se volvió hacia mí con los ojos despidiendo llamas de hostilidad.

—Te pregunté si estabas segura... dos veces.

—Ya lo...

—Me importa una mierda que quieras estar con Hunt aunque yo no me fíe de él. Es tu vida, Titan. Haz lo que te dé la puta gana. Pero el hecho de que me la estés jugando de esta manera por un tío... —Se levantó y negó con la cabeza.

—No es así. —Yo también me puse de pie y sentí que el corazón me latía acelerado por el pánico.

—Sí es así —soltó—. Ahora voy a quedar como un puto imbécil. He perdido a mi mujer contra Diesel Hunt. Eso me va a perseguir el resto de mi vida. La gente va a pensar que soy algún tipo de subnormal que no sabe que su propia novia se acuesta con otro en sus propias narices.

—No se va a ver así. Lo arreglaremos para que parezca otra cosa.

—¿De qué forma? —Se cruzó de brazos, amenazándome con su poderosa presencia. Los brazos le temblaban un poco porque no podía contener toda su ira—. No hay ninguna opción posible que me haga quedar bien ni de lejos.

—Le diremos a la prensa que ha sido una ruptura de mutuo acuerdo.

—¿Un mes después de que te pida que te cases conmigo? —preguntó sin dar crédito.

—La gente rompe todos los días. La mayoría de los matrimonios acaban en divorcio. No es tan raro.

—Y una mierda, es la hostia de raro. —Cogió una revista de la mesita de café y la sostuvo en alto para que la viera. Había una fotografía de él con un traje negro, un primer plano de su rostro—. Acabo de conceder una entrevista a una de las mayores revistas de moda del mundo. Y no he parado de repetir lo mucho que te quiero… —Partió la revista entera por la mitad y la tiró al suelo—. Esto acaba de salir ¿y ahora voy a hacer otra declaración ante el mundo entero diciendo que hemos roto de mutuo acuerdo? Entonces ¿qué pasará cuando Vincent Hunt publique todas esas fotos en las que salís Diesel y tú? La gente no es imbécil, Titan. Van a dar por hecho que me has dejado porque estabas enrollándote con Hunt a mis espaldas. —Se alejó pisando con firmeza y agarrándose la cabeza mientras soltaba un pequeño grito. Se dirigió a las ventanas del comedor y se quedó mirando la ciudad para no tener que mirarme a mí.

—Thorn... Lo siento muchísimo. —La conversación estaba yendo mucho peor de lo que yo había previsto. Era una pesadilla—. Odio esto tanto como tú.

Se puso las manos en las caderas mientras miraba hacia la calle.

—Entiendo que estés enfadado y tienes todo el derecho a estarlo, pero... tienes que creerme. Nunca te haría daño a propósito.

Se dio la vuelta igual de enfadado que unos minutos antes.

—Claro que te creo.

Suspiré aliviada.

—Pero eso no quiere decir que te perdone.

El corazón se me cayó a los pies.

—Se te olvida que fui yo el que primero creyó en ti. —Se dio un golpe con el pulgar en el pecho—. Fui yo el que te ayudó a que tu primer negocio despegara. Siempre he estado a tu lado cuidándote. Me cago en la puta, hasta he matado por ti. Confías en mí más que en ninguna otra persona porque sabes que nunca te traicionaría. Y ahora estás destrozando todo lo que nos hemos esforzado tanto en conseguir. Estás arrastrando mi nombre por el fango, arruinando la impecable reputación que me he pasado toda la vida construyendo. Ahora me van a ver como el juguete de usar y tirar de Tatum Titan. Me verán como el hombre al que su mujer no quiso. El mundo entero verá que Diesel Hunt es mejor opción que yo. Tú te largas tan feliz y yo quedo como el idiota al que dejaste atrás.

Los ojos se me llenaron de lágrimas.

—Yo nunca te haría eso. —La voz se le quebró al hablar, no por las lágrimas, sino por el dolor—. Jamás.

—Ya lo sé...

—Estás haciendo daño a mis padres. Estás haciendo daño a mi familia. Me estás haciendo daño a mí.

Las lágrimas me rodaron por las mejillas.

—Quédate con Hunt. Anunciaremos nuestra ruptura y podrás tener lo que quieres, pero a mí no me vas a tener.

—Thorn...

—Lo has elegido a él por encima de mí.

—No es así...

—Pues claro que sí —soltó furioso—. Cuando me dijiste que querías estar con él, te apoyé por completo. Quería que fueras feliz. Quería que Diesel pasara a formar parte de nuestra pequeña y extraña familia. Pero ahora todo es distinto. Has estado volviendo y dejándolo con él todo este tiempo y ahora soy yo el que tiene que pagar por tu estupidez.

Empecé a sollozar.

Como si no pudiera verme llorar, se dio la vuelta.

—Márchate, Titan.

—Thorn...

Cruzó los brazos delante del pecho y se quedó mirando por la ventana. Su rígida espalda subía y bajaba por lo hondo que respiraba. No temblaba, pero su agresividad impregnaba el aire de la sala.

—He dicho que te marches.

TRECE

Hunt

Acababa de terminar de cenar cuando me llamó Titan. Estaba ansioso por oír aquella noticia, por saber que había arreglado las cosas con Thorn. No había ni una sola posibilidad de que Thorn pudiera convencerla de que se casara con él de todos modos.

Me había elegido a mí.

Pero me preocupaba su amistad, porque quería que Titan nos tuviera a los dos: él podría seguir siendo su confidente y amigo más íntimo, del mismo modo que yo tenía a Brett, Pine y Mike. Había espacio de sobra para que ambos estuviéramos en su vida.

Además, nunca podría pagarle lo que había hecho por ella.

La había protegido cuando yo no estaba allí para hacerlo. Por entonces ni siquiera la conocía, pero jamás lo habría hecho si él no hubiera cuidado de ella. En cierta forma, se lo debía todo, le debía incluso mi vida.

Tenían que conseguir que aquello funcionara.

Cogí el teléfono antes siquiera de que terminara el primer tono.

—Pequeña.

Me saludó con un leve sollozo.

Y entonces lo supe.

—Pequeña...

Hizo todo lo posible por controlar su voz, por asegurarse de no romper a llorar otra vez... pero su resistencia era insuficiente y el dolor se abrió paso.

—No me quiere perdonar...

—Es sólo que ahora mismo está enfadado. —Si no conseguía hacer las paces con él, tendría que ocuparme yo de ello. De ninguna manera iba a permitir que Titan perdiera al mejor hombre que había en su vida... mejorando lo presente. Lo necesitaba tanto como me necesitaba a mí—. Dale tiempo.

—Esta vez es diferente, Hunt...

—Te quiere y tú le quieres a él. Todo se arreglará.

—No...

—¿Qué es lo que te ha dicho?

—Dijo... da igual. —Un callado lamento atravesó la línea telefónica—. No he sido una buena amiga para él; he decidido humillarlo ante el mundo entero cuando todo lo que él ha hecho ha sido protegerme. Sé que tiene razón y entiendo cómo se siente.

—Es algo más complicado que eso.

—Le da igual que yo quiera estar contigo, pero no que me desdiga del compromiso que tenía con él. Dice que no le habría importado si no nos hubiéramos comprometido formalmente, pero que le dije que estaba segura de ello…

—Y así lo sentías en aquel momento.

—Eso a él le da igual. —Empezó a llorar con más fuerza—. No sé qué voy a hacer sin él… No lo necesito por las cosas que hace por mí, sino porque le quiero.

Aquello me estaba matando. Tenía que escuchar al amor de mi vida llorando como una Magdalena porque quería estar conmigo y por ello había perdido a su mejor amigo. Mi primer impulso había sido colgar y correr a su ático todo lo deprisa que pudiera. Podría rodearla con mis poderosos brazos y protegerla de todo.

Pero aquello no podía hacerlo.

No sin provocar que mi padre cumpliera su amenaza.

Quedarme quieto fue lo más difícil que he tenido que hacer en la vida.

—Desearía poder estar allí contigo.

—Lo sé…

—Te prometo que todo va a salir bien, pequeña. Yo lo arreglaré.

—Ojalá pudiera creerte… pero no creo que haya nada que podamos hacer ninguno de los dos. Sinceramente, no culpo a Thorn por sentirse así, porque esto ha sido mi culpa por completo. No debería haberlo animado a pedir mi mano sin estar completamente segura… con sólo haberle pedido más tiempo, ahora las cosas serían diferentes.

—No hagas como que no te presionó, Titan.

—Me dio un empujoncito… pero nunca me presionó.

—Estás siendo demasiado dura contigo misma.

—Nunca pongo excusas cuando cometo errores, yo me responsabilizo de mis acciones. Esto es culpa mía y los dos sabemos que es así. Mi amor por ti nublaba mi buen juicio y no me permitía pensar con claridad. Sólo desearía no haber tenido que perder a mi mejor amigo por ello...

—No lo vas a perder. —No sabía qué podía hacer para solucionar aquella situación, pero estaba completamente decidido a hacer algo.

Por ella.

EN CUANTO ENTRÉ en el vestíbulo la asistente de Thorn se puso rígida. Se le abrieron mucho los ojos y me observó como a un intruso que no tuviera que estar en el edificio.

—El señor Cutler me dijo que lo echara si alguna vez ponía un pie en esta oficina... —No fue una gran actuación, porque los ojos se le escaparon hacia mi pecho para estudiar el resto de mi torso.

Pasé de largo junto a su mesa y me dirigí a las puertas dobles que conducían al despacho de Thorn.

—Le diré que has hecho todo lo que has podido.
—Entré en su despacho sin esperar permiso y lo encontré sentado tras su gran escritorio. Con un traje azul marino y gesto serio, parecía cualquier cosa menos contento de verme. Tenía una taza junto al ordenador que sospechaba contenía café con un toque de alcohol.

La severidad de su mirada bastaba para ahuyentar a todos los demás.

Pero no a mí.

—Llamaré a seguridad —dijo él—. Lo digo en serio.

Localicé el cable que salía de la parte trasera de su teléfono y lo arranqué rápidamente de la pared de un solo tirón.

—Buena suerte.

Sus ojos siguieron mis movimientos mientras yo me sentaba en la silla para las visitas; su gesto de desagrado se intensificó.

Con cabrearlo no iba a conseguir nada, pero tenía que entender que no me podía ahuyentar.

—Ya sabes a qué he venido.

—Me hago una idea bastante aproximada. —Tenía las piernas cruzadas y se balanceaba ligeramente en la silla de atrás hacia delante con el pie que tenía apoyado en el suelo—. Pero no esperes que me importe. No sé lo que le has dicho para que me deje tirado, pero deberías haber sido abogado, porque eres un maestro de la manipulación.

—No le he dicho nada... y te aseguro que no la estoy manipulando.

Se quedó callado, expresando sus dudas en silencio.

—Mi padre me chantajeó para que le diera Megaland. Si no se la hubiera cedido, habría vendido a Titan a los medios. No tenía otra opción, así que cedí. Cuando mi padre se lo contó, por fin se dio cuenta de que haría lo que fuera por ella.

A Thorn no pareció impresionarle para nada aquella noticia.

Yo había esperado obtener algún tipo de reacción por su parte.

—Sé que ahora mismo estás enfadado, pero apartar a Titan de tu vida no es la solución.

—No la estoy apartando de mi vida —dijo con frialdad—. Ella me está apartando a mí de la suya. Está dispuesta a hacer trizas mi reputación sólo para estar con un hombre en quien no puede confiar del todo. Hasta me dijo que está dispuesta a correr el riesgo de equivocarse, sólo para estar contigo. —Ladeó ligeramente la cabeza mientras entrecerraba los ojos—. Eso es lo que más me duele de todo, que me destroce la vida por la mera posibilidad de estar contigo. Deja bien claras sus prioridades.

—Te lo estás tomando de la manera equivocada.

—No lo creo. —Se apoyó dos dedos en la sien—. Siempre ha podido contar conmigo y se suponía que yo podía contar con ella. Salvo que no es así. No voy a invertir mi tiempo y mi lealtad en nadie que no haga lo mismo por mí. Se acabó.

—¿De verdad preferirías que hiciera honor a su compromiso contigo a que estuviera con el amor de su vida? —pregunté sin dar crédito, sabiendo que era imposible que aquel fuera el caso.

—Nunca he dicho que no pudiera estar con el amor de su vida. Podría follar contigo todas las noches y me importaría un comino. Siempre ha tenido toda la libertad que ha querido, eso es algo a lo que no he intentado que renuncie.

—Sabes que no puede estar casada contigo y acostarse conmigo.

—Ese es su problema, no el mío.

Sabía que era su enfado el que hablaba.

—Thorn, venga, hombre…

—Venga, hombre, ¿qué? —preguntó—. Esta situación sería totalmente distinta si no me hubiera plantado en una rodilla en directo por televisión para pedirle que se casara conmigo. Esta conversación sería completamente diferente si no acabara de hacer una entrevista para la mayor revista de moda del país expresando mi amor eterno por ella. Lo más importante en el mundo para Titan es su imperio, lo cual incluye su reputación. Pero está dispuesta a destrozar la mía por su propio error. Si fuera yo, haría honor a mi palabra en un santiamén.

—Eso no me lo creo. —Si Thorn conociera al amor de su vida, haría lo que fuese para estar con ella—. Cuando conozcas a la mujer adecuada, entenderás que tengo razón.

Puso los ojos en blanco.

—No todos somos hombres de una sola mujer.

—Yo tampoco creía serlo, pero algunas cosas cambian.

—Y otras no —dijo fríamente—. Ya he tenido bastante paciencia con vuestra puta relación. Perdimos un acuerdo fantástico con tu padre porque ella quería serte leal. Lo acepté y seguí con mi vida. He aceptado muchas cosas por ella. De hecho, habría aceptado cualquier cosa que me pusiera delante. Pero esto… —Bajó la mano y la posó sobre la mesa—. Esto es algo completamente diferente. Su decisión va a afectar a mi vida entera, y aun así sigue dispuesta a seguir adelante con ella. Está dispuesta a joderme a base de bien para conseguir lo que quiere.

—No lo está haciendo para conseguir algo —corregí yo—. Lo está haciendo porque está enamorada de mí. Quiere casarse conmigo y tener hijos conmigo.

—¿Y eso dónde me deja a mí? —saltó—. Siempre seré conocido como las patéticas sobras de Tatum Titan. Siempre seré conocido como el tío al que Titan dio la patada. Declaro ante el mundo mi amor por ella y a continuación, ella me deja. Luego, cuando el mundo se entere de lo vuestro, sabrán que me ha estado engañando y parecerá que no soy capaz de mantener satisfecha a una mujer. Quedaré como un idiota.

Aquello no se podía negar. Afectaría de verdad a la percepción que tenían los medios de su carácter.

—En estos momentos, el mundo piensa que soy el soltero más afortunado del mundo. No sólo me voy a casar con la mujer más guapa de la escena pública, sino también con la empresaria de mayor éxito del planeta. Eso me convierte en un puto rey. ¿Sabes cuántas veces ha llorado mi madre por esta boda?

Le sostuve la mirada.

—¿Y ahora tengo que decirle que Titan me ha dejado? ¿Tienes alguna idea del sufrimiento que le va a causar la noticia? La decisión de Titan no sólo va a afectar a mi vida: también va a afectar a las vidas de mis seres queridos. Así que, ¿cómo puedes pretender que todo esto me parezca bien?

—Nunca he dicho que deba parecerte bien, pero creo que deberías perdonarla.

Tensó la mandíbula mientras me miraba fijamente.

—¿Perdonarla? Cometí un asesinato por ella. He sido el amigo más entregado del planeta, gilipollas. Cuando los bancos no quisieron concederle un préstamo por las deudas de su padre, ¿quién lo hizo? Tatum Titan no existiría de no ser por mí. Lo he hecho todo por esa mujer, ¿y esto es lo que obtengo a cambio? —Estampó la mano en la mesa—. Esto es una traición a sangre fría, eso es lo que es.

—Entiendo lo que me dices, Thorn y, me digas lo que me digas, siempre contarás con mi respeto. Estaré en deuda contigo toda mi vida. Protegiste a mi mujer cuando yo no estaba con ella para hacerlo.

Su expresión de enfado se negó a suavizarse.

—Pero sólo está haciendo esto porque está tan enamorada de mí como yo de ella. Si fuera cualquier otra cosa, estaría a tu lado. Si le pidieras cualquier favor, te lo haría sin hacer preguntas. Pero me necesita.

Aquello no significó nada para él.

—Voy a arreglar esto, Thorn.

—No hay nada que tú puedas hacer —dijo con frialdad—. Esto no tiene que ver contigo, Hunt. Tiene que ver con Titan y conmigo.

—Yo cargaré con la culpa por esto.

Alzó una ceja.

—Declara ante los medios que has cortado con ella. Que te saquen fotos con otra mujer para que el mundo piense que ya la has olvidado. Entonces apareceré yo en escena y le diré a todo el mundo que sólo está conmigo de rebote. Titan me seguirá el juego, asegurará echarte de menos, y dirá que sólo me está utilizando. Tú quedarás bien y nosotros como idiotas. Te he solucionado el problema.

—¿Que me has solucionado el problema? —preguntó asombrado—. Acabo de confesar públicamente que estoy enamorado de ella hasta las trancas. ¿Por qué iba a darle la patada una semana después?

—Di que has conocido a otra.

—¿Y parecer un capullo? —exclamó enfadado.

—Cuando mi padre publique esas fotos, todo el mundo pensará que hiciste lo correcto porque ella era infiel, de todas maneras. Titan y yo sabotearemos nuestra propia credibilidad y tú saldrás de esta con una reputación inmaculada.

Sacudió ligeramente la cabeza.

—Ese plan es malísimo.

—¿No preferirías quedar como un cabrón en vez de como un idiota?

Me mantuvo la mirada mientras pensaba en ello. Sus ojos azules se movían levemente de un lado a otro mientras su mente trabajaba a toda velocidad.

—Supongo, pero sigue siendo una muy mala idea.

—Es lo mejor que podemos hacer.

—¿Y tú estás dispuesto a parecer un desesperado para estar con ella?

No me cabía la más mínima duda.

—Sin pensármelo. —Me daba igual lo que el mundo pensara de mí; sólo me importaba la opinión de

Titan. Los dos podríamos ocultarnos de la mirada pública escondiéndonos en nuestras casas. Estaríamos desnudos y seríamos felices. Podríamos trabajar desde casa hasta que el mundo volviera a olvidarse de nosotros—. Ahora necesito que la perdones, Thorn. Significas muchísimo para ella.

—No es verdad. Si tanto significara para ella, no estaríamos manteniendo esta conversación.

—Nos necesita a los dos, Thorn.

—No, sólo te necesita a ti. Eso lo ha dejado bastante claro.

Había pensado que mi plan mejoraría toda aquella situación, pero no parecía suponer ninguna diferencia.

—Date un poco de tiempo para que se te pase el enfado. Me volveré a pasar en una semana o así. —Me levanté de la silla.

—No te molestes —dijo—. Ya no quiero que forme parte de mi vida, no es mi amiga.

Aquello no podía decírselo a Titan.

—No pienso dejar este asunto hasta que hagáis las paces.

—Pues vas a perder el tiempo.

—Thorn...

—Lo peor es tener que mentir a mis padres y fingir ser un capullo con Titan. Nunca la perdonaré por eso.

—¿Por qué no les cuentas la verdad entonces? —quise saber—. Diles que no era más que un acuerdo.

—¿Que les diga que toda la relación no era más que una mentira urdida entre ambos? —preguntó con incredulidad—. ¿Qué piensas que le va a parecer eso a mi familia? Entonces tendría que darles una explicación de por qué no quiero un matrimonio real, y eso es otro avispero, una alternativa todavía peor. Nunca se creerán nada de lo que les diga después de eso. Prefiero mil veces dejar que piensen que soy un cabrón...

No conseguía llegar a un término medio con él y, por desgracia, entendía su punto de vista. Titan lo había puesto en una situación dificilísima, no iba a fingir lo contrario.

—Sé que esto es una mierda y que te sientes traicionado, pero no olvides los últimos diez años que has pasado con Titan. Jamás vas a encontrar a otra amiga como ella, ni ella va a volver a encontrar a otro amigo como tú. No os perdáis el uno al otro cuando más os necesitáis.

Thorn se dio la vuelta, apartando la mirada de mí.

—Os deseo una vida entera de felicidad a los dos, y lo digo de verdad. —Volvió la vista hacia mí—. Ya no estaré ahí para seguir protegiéndola, así que espero que no se equivoque contigo.

Amaba a aquella mujer con todo mi corazón. Si no fuera así, no estaría allí luchando por su amistad. No estaría dispuesto a sacrificarlo todo por lograr que aquello funcionara.

—No lo hace.

ESPERÉ A LLEGAR a casa antes de llamarla. Podría haber llamado desde mi despacho, pero no quería molestarla mientras estaba en el trabajo. Aquel día probablemente tendría unas cuantas reuniones y no quería que se presentara con los ojos hinchados y enrojecidos.

Así que esperé a estar en casa para contarle las temidas noticias.

Deseaba endulzar la conversación y pintárselo mejor de lo que realmente era. Quería mentir y afirmar que todo el asunto de Thorn pronto quedaría olvidado.

Después de hablar con él, no creía que quedara olvidado jamás.

¿Podría de verdad ser aquel el final de su amistad?

Sinceramente, esperaba que no fuese así.

Mientras me duchaba sentí la tentación de masturbarme con una fantasía sobre Titan. Llevaba semanas sin sexo, y tampoco me había dado un homenaje porque me sentía demasiado desgraciado. Pero ahora que Titan me había elegido, mi cuerpo vibraba de vitalidad. Quería pasarme toda la noche y el día entero enterrado en ella.

Pero no me masturbé.

Prefería esperar a hacerlo de verdad.

Me sequé el pelo con una toalla y me puse un par de pantalones de deporte limpios. Luego la llamé.

Me contestó en seguida.

—Hola.

—Hola, pequeña. —Entré en la cocina y encontré la comida que me había dejado preparada la asistenta. La metí en el microondas para recalentarla.

—¿Qué tal te ha ido el día?

Ella no sabía que me había presentado en el despacho

de Thorn porque no le había contado mis planes de antemano.

—No ha estado mal. ¿Y el tuyo?

—Pues... normal. —Un toque de tristeza asomó a su voz.

Me apoyé en la encimera, temiendo la conversación que estábamos a punto de mantener. Perder a Thorn era una de las peores cosas que le podían pasar a Titan. Mi único deseo era hacer desaparecer sus problemas, pero no sabía cómo lograrlo en aquella ocasión.

—Hoy me he pasado por el despacho de Thorn.

Lanzó un fuerte suspiro contra el teléfono.

—Te dije que no quería perdonarme. —Ya conocía el resultado de nuestra conversación antes incluso de que se lo contara.

—Conseguiré convencerlo, Titan.

Su voz surgió como un susurro.

—Esta vez no va a cambiar de opinión, Hunt. Pero te agradezco el intento.

—Ahora mismo está enfadado, pero en cuanto pase la tormenta entrará en razón. Sé que lo hará.

—¿Qué te ha dicho?

—Muchas cosas. Básicamente me ha dicho que no se veía capaz de perdonarte por echarlo a los leones. He intentado explicarle que tú no querías hacer esto, que si hubiera sido cualquier otra cosa, habrías mantenido la promesa que le hiciste. Él no lo ve así.

Continuó callada.

—Se me ha ocurrido otro plan que espero que le resulte tentador.

El jefe supremo

—¿Qué plan es ese?

—Le he dicho que rompa contigo públicamente y que se deje ver de inmediato con otra mujer. En consecuencia, tú te lías conmigo por despecho. Hasta haré alguna declaración para corroborar la historia. Nos hará quedar mal a ambos.

—Y a él como un cabrón —dijo ella—. ¿En qué mejora eso?

—Es mejor parecer un gilipollas rompecorazones que deja a alguien que el idiota al que han dejado. Ninguna es la opción ideal, pero esa es la mejor de las dos. Él está de acuerdo.

—¿Y tú estás dispuesto a quedar como el segundo plato? —preguntó asombrada.

Le di la misma respuesta que le había dado a Thorn.

—Sin pensármelo.

—¿Y qué va a pasar cuando tu padre filtre esas fotos? Todos van a pensar que le estaba poniendo los cuernos.

—Pensarán que hizo lo correcto al romper contigo. Su reputación saldrá mejor parada y la tuya se resentirá.

—Supongo…

—Es la mejor idea que se me ha ocurrido.

Volvió a suspirar por teléfono.

—Voy a ser la mujer más odiada de Estados Unidos…

—Lo serás. —No me anduve con paños calientes—. Pero la gente se olvidará de ello en cuanto salga la próxima gran historia.

—Pero mi imagen seguirá manchada. Será todavía más difícil conseguir hacer las cosas porque nadie me tomará en serio. Tendré que esforzarme el triple para que me respeten. Connor pondrá fin a mi patrocinio y todas las mujeres que me admiran dejarán de verme como un ejemplo a seguir.

—Te prometo que nadie te lo hará pasar mal en cuanto estemos saliendo públicamente. Hasta si actúo como si fuera algo así como un segundo plato, la gente no se atreverá a hacerme enfadar... así que tampoco se atreverá a hacerte enfadar a ti, Titan.

—No necesito recurrir a un hombre para que me proteja. Nunca lo he hecho y nunca lo haré. Esa no es la cuestión, Hunt.

—Sé que no lo es, pero aun así facilitará las cosas. Y respecto a tu imagen estropeada, no hay mucho que podamos hacer... pero desde luego sí podemos reconstruirla. Si hacemos lo suficiente, podemos lograr que el público te vea de un modo diferente.

A juzgar por su silencio, no le entusiasmaba la idea.

—Yo te apoyaré en todo momento; estaremos juntos, y eso es lo único que importa. —Podría declarar mi amor ante el mundo entero, rodearle la cintura con el brazo siempre que estuviera en una conferencia de trabajo. Pasaríamos románticas noches juntos en la cama que compartíamos. Tendríamos exactamente lo que queríamos y una familia poco después. Me daba igual lo que la gente pensara de mí y estaba más que dispuesto a sacrificar mi imagen por estar con Tatum Titan.

—Lo sé —susurró—. Es sólo que... para mí es mucho más difícil.

Siempre sería víctima de doble rasero. Los ejecutivos

nunca tenían que sonreír durante las reuniones de negocios, pero ella tenía que ir vestida como una supermodelo cada vez que iba a algún sitio. De otro modo, la gente ponía en duda sus capacidades. Yo podría presentarme en una reunión en vaqueros y camiseta y a nadie le importaría. Su castillo se iba a derrumbar de un día para otro y todo por culpa mía y de mi padre.

Ojalá pudiera arreglarlo todo.

—Al principio resultará duro, pero mejorará. Te lo prometo.

—Me estás haciendo una promesa que no puedes cumplir.

No pensaba rendirme hasta que ella tuviera todo lo que quisiera.

—Esta sí que puedo cumplirla.

ME REUNÍ con Titan en el despacho de Thorn. Estaba sentada en la sala de espera cuando llegué, y tenía las mejillas visiblemente pálidas. Iba impecablemente maquillada, como siempre, pero no irradiaba su belleza habitual.

Parecía desolada.

Tenía las piernas cruzadas y las manos apoyadas juntas en la rodilla. No tenía un porte tan elegante como el que solía poseer. El sufrimiento había podido con ella y tenía los ojos hundidos por el peso de su dolor.

Ni siquiera me miró cuando entré.

Me senté en la silla junto a ella y fue entonces cuando

advirtió mi presencia. Ansiaba extender mi mano hacia la suya, agarrarla con mi fortaleza. Quería darle todo mi poder, hacerla sentir invencible, pero lo único que podía hacer era sentarme a su lado y mantener las manos quietas.

Ella no me dijo nada.

Nunca había sido tan feliz y tan desgraciado al mismo tiempo.

Titan era mía por fin, oficialmente y para siempre. Había hecho caso omiso a sus dudas y se había comprometido conmigo porque no podía expulsarme de su corazón. Estaba arriesgándolo todo para pasar su vida conmigo.

Era el hombre más afortunado del planeta.

Pero ser testigo de su desgracia me partía el corazón. Quería que fuese feliz, quería ver cómo se le iluminaban los ojos al entrar yo en la habitación. Quería que me amara todas las noches sin excepción, pero también que tuviera al amigo que tanto significaba para ella. Quería que fuéramos tres, no sólo nosotros dos.

Cualquier otro hombre se mostraría celoso y posesivo, odiaría a Thorn por haberle puesto un anillo una vez en el dedo, y querría mantenerla apartada de él. Pero yo no opinaba así.

Yo quería que siempre lo tuviera.

Su asistente nos pidió finalmente que la acompañáramos y entramos en su despacho. Thorn estaba sentado detrás de su escritorio con un aire tan adusto como el del día anterior. Llevaba un traje diferente, pero lo hacía de la misma manera: lleno de una hostilidad silenciosa.

El jefe supremo

Apenas echó una ojeada a Titan antes de apartar la mirada.

—He pensado en lo que Hunt me dijo ayer. —Ni siquiera le dio a Titan la oportunidad de hablar, como si su voz sólo fuese a conseguir irritarlo—. Creo que deberíamos hacerlo; es la mejor opción.

Titan se detuvo delante del escritorio, mirándolo con una clase de amor que a mí nunca me demostraba. No estaba lleno de afecto romántico ni de compromiso lujurioso. Era la misma mirada que yo le dedicaba a Brett. Lo miraba como si fuera de la familia, como a un hermano o a un padre.

—Thorn...

—No tengo ganas de escucharte repetirte. —Se levantó de la silla y se metió las manos en los bolsillos. Volvió a posar los ojos en la cara de Titan con una mirada cargada de gélido veneno—. Y tampoco quiero escuchar a Hunt intentando convencerme de que debería perdonarte. No te perdono, Titan. Ni lo voy a hacer jamás.

Joder, aquello era muy duro.

Titan hizo todo lo que pudo para no llorar, pero los ojos se le tensaron visiblemente de dolor.

—Debo avergonzar a mis padres portándome como un cabrón, tirando por la borda la imagen poderosa y profesional que me he construido desde el primer día. Tengo que empezar por completo de cero y fingir que soy alguien que no soy... por tu culpa.

Ver aquello casi me hizo desear largarme de allí sin más.

—No quiero tener nada que ver contigo, Titan. Cuando terminemos con esto, no te quiero volver a ver en mi vida. Si asistimos al mismo evento, haz como que no existo y yo haré como que tú no existes.

Entendía que Thorn se sintiera traicionado, pero aquello era cruel.

—Venga, Thorn. ¿Qué esperas que haga? —Me acerqué a su escritorio y me quedé de pie junto a ella, sabiendo que estaba haciendo uso de toda su contención para mantener el rostro serio.

—Entiendo su decisión —dijo Thorn, mirándome a mí—. Igual que ella debería entender la mía.

Las manos se me cerraron en puños porque era incapaz de lidiar con mi frustración. Había pensado sinceramente que a Thorn se le pasaría aquello una vez que diese rienda suelta a su enfado. Pero estaba continuando con su vida sin rastro de titubeos.

—Si la situación fuera al revés, sabes que Titan te perdonaría.

—Estoy seguro de que sí. Pero ella no toma las mejores decisiones, y esa es precisamente la razón por la que nuestra amistad se ha acabado.

Titan dejó escapar el aire que estaba conteniendo en un gesto evidente de dolor.

—Thorn, te daré lo que quieras si logramos que esto funcione. —Tenía tanto dinero que no sabía qué hacer con él y contactos que podrían elevar todavía más su carrera. Me desprendería de todo ello sólo para hacer feliz a Titan.

Me miró entornando los ojos.

—No se puede poner precio a la amistad, Hunt. Por eso es tan valiosa. —Sus ojos volvieron a posarse en ella, profundamente desilusionados—. No eres amiga mía, Titan. Una amiga no me destrozaría de esta manera.

Titan mantuvo la voz firme a pesar de la emoción que la asfixiaba.

—No lo estoy haciendo a propósito, Thorn, es que no puedo hacer otra cosa. Tengo que estar con Hunt, no puedo vivir sin él…

—Y yo eso lo entiendo. Con él siempre ha sido distinto que con todos los demás. —Continuó con las manos metidas en los bolsillos, actuando como si aquella conversación fuera mucho más relajada de lo que era en realidad—. Respeto tu decisión y no veo qué otra cosa podrías hacer, pero no pienso olvidar que yo soy la víctima de tus decisiones. ¿Esperas que me olvide de todo eso sin más?

—No, pero yo…

—Desde que apareció Hunt, nuestra amistad ya no ha vuelto a ser la misma. Se ha convertido en algo impredecible y poco firme, y nunca sé cuál es mi lugar. Un momento estás a mi lado y al siguiente te vas con él. Si no me hubieras dicho que te pidiera matrimonio, todo sería diferente, pero lo hiciste, y eso es algo que no podemos cambiar… como tampoco podemos cambiar lo que está a punto de suceder.

Titan terminó por callarse, sin más palabras que decir, ya perdida toda esperanza.

Yo no veía un futuro para ellos, sino más bien la caótica destrucción de una amistad. Veía el deterioro de una familia. Dolía contemplarlo, pero era incapaz de apartar la mirada.

—Mi equipo hará la declaración esta tarde. Te sugiero que no hagas comentarios hasta que me sorprendan con otra mujer. Y ni siquiera entonces haría declaraciones si estuviera en tu lugar. Vincent filtrará las fotos y será como echar más leña al fuego. —Se frotó la mandíbula mientras miraba fijamente a Titan, como se mira a alguien a quien apenas se conoce.

Titan se limitó a asentir.

—Creo que eso es todo —dijo Thorn a modo de despedida—. Cuidaos. —Se volvió a sentar en la silla y la acercó rodando a su escritorio. Desplazó la mano hasta el ratón y dedicó de inmediato toda su atención a la pantalla.

Titan no se movió, así que yo tampoco lo hice.

Se acercó al borde de la mesa y se quitó el anillo de diamante del dedo. Lo dejó encima con dedos cuidadosos, provocando un suave tintineo que resonó en la amplia habitación con el eco de su amistad agonizante.

—Si alguna vez necesitas algo, siempre puedes acudir a mí. Siempre te apoyaré, pase lo que pase, hasta si tú ya no me consideras amiga tuya.

El cuerpo de Thorn se puso ligeramente rígido, pero mantuvo los ojos en el ordenador. El movimiento fue tan sutil que no estaba seguro de que se hubiera producido de verdad.

—Entiendo tu decisión, por más que me duela. Pero quiero que sepas que te quiero… y que siempre te querré. Si alguna vez cambias de opinión, ya sabes dónde encon-

trarme. Y deseo con todas mis fuerzas que lo hagas.
—Tuvo un gesto valiente al poner la mano encima de la de Thorn. Ambas reposaron sobre el ratón y Thorn dejó de utilizarlo. Siguió sin mirarla, pero tampoco le apartó la mano.

Ella esperó medio minuto más, deseosa de que él correspondiera a su gesto diciéndole algo. Pero cuando quedó claro que no iba a abrir la boca, terminó por ceder. Se apartó y enderezó los hombros antes de darse la vuelta. Tenía los ojos llenos de lágrimas, pero no permitió que cayeran. Permaneció erguida y firme, y salió de allí con la cabeza alta a pesar de ser lo más doloroso que había tenido que hacer jamás.

Me negaba a creer que aquello no estuviera matando a Thorn. Seguía inmerso en su enfado, así que estaba insensibilizado ante el dolor. Él quería a Titan, y dado que yo también la quería, sabía que verla sufrir sería una agonía para él.

A mí casi me mataba.

CATORCE

Titan

Ya no lloraba porque no me quedaban lágrimas que derramar.

Era definitivo.

Había perdido a mi mejor amigo.

Tenía la televisión encendida en el salón y la noticia salía una y otra vez. Los periodistas habían diseccionado la declaración de Thorn hasta que no había quedado nada de lo que hablar.

«Thorn Cutler ha hecho hoy una sorprendente declaración. Su equipo ha afirmado que él y Tatum Titan han puesto fin de la noche a la mañana a una relación de años. Hace tan sólo unas semanas, él pidió su mano con un precioso anillo que ella aceptó con lágrimas en los ojos. Esta noticia nos pilla por sorpresa a todos y deja más preguntas que respuestas. ¿Qué ha pasado exactamente?».

Cogí el mando a distancia y cambié de canal. Estaban

echando un partido y prefería ver eso mil veces antes que escuchar al mundo hablar de mi falsa relación. La madre de Thorn me había llamado una vez, pero no había respondido. Me había dejado un mensaje, pero era demasiado cobarde para escucharlo. No tenía ni idea de cómo quería llevar Thorn aquel tema con sus padres y, puesto que no nos hablábamos, no podía preguntárselo.

Mi teléfono sonó y el nombre de Hunt apareció en la pantalla.

Debería sentirme feliz en aquel momento, debería notar que a mi corazón le crecían alas en cuanto veía su nombre en la pantalla. Había bajado las defensas y abierto el corazón para él... al igual que las piernas. Pero me costaba mucho sentir algo que no fuera tristeza. Thorn era igual de importante que él para mí... aunque de forma muy distinta.

Descolgué.

—Hola.

La masculina voz de Hunt sonaba incluso más grave por teléfono. No podía ver su atractivo rostro, así que mi sentido del oído se aguzó.

—Hola, pequeña.

Pequeña. Me encantaba oír aquel apodo; hacía que una sensación tranquilizadora me bajara por la columna. No quería que volviera a llamarme Titan nunca más, no cuando yo significaba para él más que para todos los demás.

—Hola... —Ahora estaba repitiéndome como una idiota, pero no tuve el tino de corregirme.

—Quiero verte.

Ahora que la noticia ya se había hecho pública, nada nos lo impedía. Aunque Vincent quisiera publicar esas imágenes, la historia no saldría hasta por la mañana. Lo que hiciéramos aquella noche no cambiaría el desenlace de nuestro futuro.

—Yo también quiero verte. Pero, sinceramente… estoy bastante deprimida. No soy una compañía muy agradable.

—Nunca has sido una compañía agradable —bromeó.

Una afligida sonrisa se formó en mis labios.

—No quiero empezar nuestra relación de esta manera. Quiero que sepas que estoy contenta… que soy feliz. Pero ahora mismo también me siento totalmente desgraciada.

—Ya lo sé, pequeña, así que deja que yo lo sea contigo.

Siempre sabía qué decir.

—Estoy en el portal, delante de tu ascensor. Voy a subir tanto si me invitas como si no.

—Entonces, ¿por qué me has llamado?

Su sonrisa resultaba obvia a través del teléfono.

—Quería ser un caballero. —Colgó.

Yo todavía llevaba la ropa de aquella tarde. Había abandonado los zapatos de tacón en mitad del suelo, donde destacaban en posición vertical con una belleza absoluta. Los zapatos me gustaban tanto como la ropa, pero después de llevarlos puestos todo el día, ya no podía aguantarlos más. Había un Old Fashioned en la mesa frente a mí, pero no me avergonzaba estar bebiéndomelo. Seguía bebiendo, simplemente ya no perdía el control.

Las puertas se abrieron y pasó al interior. Llevaba una gruesa chaqueta negra para combatir el frío del invierno. Se la quitó y la colgó junto a la puerta; iba vestido con unos vaqueros oscuros y con una camiseta de manga larga con cuello de pico que le quedaba de maravilla con aquel cuerpo tan en forma y se abrazaba a sus fuertes músculos en todos los lugares adecuados. Iba perfectamente afeitado, lo cual fue una ligera decepción. Con barba o sin ella, era increíblemente sensual, pero me gustaba el modo en que el vello rozaba mi suave piel cuando me besaba.

Se reunió conmigo en el sofá y sus ojos me admiraron embelesados. Se deslizaron por mi cuerpo, deteniéndose sobre todo en el hueco de mi garganta. Sin ponerme ni un solo dedo encima era capaz de devorarme como si fuera un animal salvaje. Después de meses tirándomelo, creía que me acostumbraría a su comportamiento, pero nunca lo había hecho.

Desplazó la mano hacia mi cuello, se inclinó hacia delante y me besó con suavidad en la boca. Fue una caricia delicada, llena de amor y de afecto. Aunque había intensidad sexual, no insistió en dirigirla hacia mí. En lugar de eso, se contuvo, consciente de que aquella noche no era yo misma. A continuación, me puso los labios en la frente y depositó un beso allí.

Podía hacerme sentir tan amada con un acto tan sencillo…

El jefe supremo

Miré sus ojos color moca y de repente me sentí abrigada a pesar del despiadado invierno que reinaba al otro lado de mi ventana. Durante sólo un instante, me sentí segura pese a mi destrozado corazón. Me ofreció un breve rayo de esperanza, asegurándome que saldría de aquella, de un modo u otro.

Me pasó los dedos por detrás de la oreja, colocándome el pelo. Después, los deslizó lentamente por mi brazo hasta dejarlos posados sobre mi muslo.

—Me alegro de que estés aquí. —Sabía que estaba observando la tristeza de mis ojos y que veía a una mujer que se había resquebrajado en pedazos. No iba a saltar en sus brazos y a dejar que me llevara hasta el dormitorio—. Siento no estar demostrándolo más.

—No pasa nada —dijo con calma—. Cuando tú estás triste, también lo estoy yo. Así es como va a ser durante el resto de nuestras vidas.

Mi mirada se suavizó y apoyé la mano sobre la suya.

—Pero hoy voy a dormir aquí. Y mañana. Y al día siguiente…

Una sonrisa asomó a mis labios.

—Lo había dado por hecho.

—Pero esta noche no voy a intentar nada contigo. Se nota que tienes la cabeza en otra parte.

—Lo siento… —Rompí el contacto visual y clavé la vista en el suelo—. Ojalá no tuviera que ser así. Me pregunto si no habría sido mejor simplemente haber seguido comprometida con Thorn, pero sé que al final eso me habría hecho más infeliz. Cuando repaso mis opciones, me pregunto si existe algo mejor que podría haber hecho, pero no veo otra alternativa.

—Porque no la hay. —Me apretó la mano.

—Eso me hace sentir mejor, pero sólo un poco. Nunca superaré haber perdido a Thorn. Sé que no es fácil de entender, pero ha sido una parte esencial de mi vida durante mucho tiempo y me conoce mejor que nadie. Es como... haber perdido una parte de mí misma.

Me puso la mano bajo la barbilla y dirigió mi mirada hacia la suya una vez más.

—Volverá.

—Ya lo has oído, Hunt.

—Diesel.

Levanté las cejas.

—No vuelvas a llamarme Hunt nunca.

Subí la mano por su fornido muslo y sentí la fuerza a través de los gruesos vaqueros.

—Vale.

—Sé que volverá. Puede que pasen unos meses, pero lo hará.

Yo no quería aferrarme a aquella esperanza cuando quizá se me escapara entre los dedos.

—¿Por qué dices eso?

—Un amor así no muere sin más. Ahora mismo está enfadado, pero cuando se le pase un poco el dolor, te echará de menos. Ese tío ha matado a alguien por ti... No nos olvidemos de eso.

—Como si pudiera...

—Volverá, pequeña. Sé que lo hará.

El jefe supremo

Me sentía agradecida de que Diesel me apoyase tanto. Otros hombres no habrían sido tan comprensivos.

—Lo siento si parece que hablo mucho sobre Thorn. Sé que debe de resultar pesado y molesto...

—Nunca me ha molestado. No tengo nada por lo que sentirme amenazado. —Me pasó la mano por el cuello mientras me miraba—. Me quieres a mí... sólo a mí.

ESTÁBAMOS tumbados juntos en mi cama, con todas las luces apagadas y sumidos en las tinieblas. Las luces de los rascacielos se filtraban a través de las ventanas tintadas. Tocando un botón, las sombras podían cernirse sobre nosotros y encerrarnos en su oscuridad. Pero a mí me gustaba la forma en que las luces a veces se colaban por las ventanas.

Hunt descansaba junto a mí, todo músculos y calidez. Estaba de costado con la cabeza apoyada en la misma almohada que yo. Colocó mi pierna alrededor de su cintura y unió nuestros torsos. Yo llevaba una de sus viejas camisetas que atesoraba a modo de reliquia de nuestro pasado.

Su rostro estaba solamente a unos centímetros del mío y seguía mirándome directamente a la cara. Como si pudiera ver algo más que sólo mi mirada, me contemplaba como si el universo habitara en el centro de mis ojos. Su mirada era penetrante e invasora, pero a mí me gustaba que aquel hombre me conquistase de todas las formas posibles.

Su antebrazo surcado de venas rodeaba mi cintura y sus dedos frotaban suavemente la piel desnuda de mi espalda por debajo de la camiseta. Sin compartir un solo beso, intercambiábamos muchísima pasión. Podía sentirlo en el limitado espacio que había entre nosotros. Podía notarlo en su pulso y en la forma en que me miraba.

No estábamos haciendo el amor, pero casi lo parecía. Su mirada me bañaba como las olas del océano. Llegaba a cada centímetro de mi piel, extendiéndose incluso hasta la nuca. Me sentía abrumada por su presencia, ahogada en su actitud posesiva.

Su voz masculina rompió el silencio que nos rodeaba.

—Esto es agradable.

—Sí que lo es…

—Quiero hacer esto todas las noches durante el resto de nuestras vidas.

Aquella era la confesión más romántica que le había oído hacer.

—Yo también.

—Entonces, lo haremos.

DIESEL SE PREPARÓ para marcharse cuando sonó mi alarma. Se duchó en mi casa y luego volvió a su ático para cambiarse.

Yo lo acompañé a la puerta y me despedí de él con un beso.

—La próxima vez, trae una maleta.

Sonrió contra mi boca.

—Traeré más que eso. Necesitaré una cómoda y la mitad del espacio de tu armario.

—Uy, eso no sé yo... Tengo muchos zapatos...

Me dio un apretón en el trasero con su manaza.

—Pues deshazte de ellos. —Me besó en la frente antes de entrar en el ascensor—. Te quiero —lo dijo de forma despreocupada, como cualquier marido se lo diría a su mujer antes de ir a trabajar.

Era bonito.

—Yo también te quiero.

Me miró hasta que las puertas se cerraron y hubo desaparecido.

Volví a mi habitación y me arreglé para la jornada. No me atrevía a poner las noticias para ver qué era lo siguiente que había ocurrido con Thorn. A lo mejor ya le habían sacado fotos con otra mujer. Tal vez los medios habían tergiversado la historia de alguna otra forma estúpida.

Cuando terminé de prepararme, encendí la televisión.

Todos contaban la misma historia que la noche anterior, con la diferencia de que habían fotografiado a Thorn con una mujer en un bar. Sonreía como un idiota con el brazo sobre los hombros de ella.

No se mencionaron las fotos de Vincent Hunt para nada.

Apagué la televisión, caminé hacia el ascensor y entonces me detuve en seco.

Vincent no había filtrado aquellas fotos todavía, pero

estaba segura de que sólo era cuestión de tiempo. Probablemente estuviese preparándose para hacerlo en aquel mismo instante. En cuanto llegara a su despacho, le diría a uno de sus ayudantes que las enviara.

No había nada que yo pudiera hacer para salvarnos a Thorn y a mí.

Pero quizás todavía podía salvar a Diesel.

SU SECRETARIA me hizo esperar quince minutos antes de dejarme pasar.

Vincent Hunt estaba definitivamente cabreado. Tenía el ceño fruncido y sus ojos oscuros estaban negros como gotas de petróleo. Hervía de enfado en silencio, apretando la mandíbula igual que hacía Diesel cuando se mosqueaba por algo. Su impactante parecido me permitía interpretar bien sus reacciones a pesar de que sólo era un desconocido.

—Buenos días. —Me senté en la silla que había frente a su escritorio.

No me devolvió el saludo. Tenía las manos unidas sobre la rodilla y se me quedó mirando como si no fuese bienvenida en su presencia. Siempre me mostraba respeto, aunque no le gustara lo que yo tuviera que decir. Pero ahora aquel respeto había desaparecido.

—Supongo que te has enterado de la noticia sobre Thorn y sobre mí.

—Algo he oído por ahí.

—Diesel y yo hemos decidido que queremos estar juntos aunque filtres esas fotos.

—Me alegra saberlo. Ahora, si me disculpas, tengo una historia que compartir con el mundo.

Seguía horrorizándome lo rencoroso que era. Estaba tan enfadado con su hijo que no podía pensar con claridad. Su dolor y su amor se habían mezclado tanto que interpretaba aquellos sentimientos de forma equivocada, confundiéndolos con rabia. No sabía cómo digerir su desdicha, así que saboteaba a Diesel de todas las maneras en que podía, aunque no le hiciera sentirse mejor.

—Thorn y yo éramos muy buenos amigos. —Hablar en pasado todavía me ponía un nudo en la garganta, pero me negaba a mostrar emoción alguna enfrente de Vincent—. Nuestro compromiso era un acuerdo comercial, pero enamorarme de tu hijo complicó las cosas. He puesto fin a mi relación con Thorn porque sabía que no podía vivir sin tu hijo. Puedes arruinar mi reputación todo lo que quieras, pero eso no va a cambiar nada. Pretendo pasar el resto de mi vida con Diesel... para bien o para mal.

No se había movido un milímetro; su mirada hostil seguía abrasándome y perforándome la piel.

—Así que algún día voy a ser tu nuera.

—Primero tendría que considerarlo mi hijo, cosa que no hago.

Agradecí que Diesel nunca fuese a oír ese comentario. Yo me lo llevaría a la tumba.

—Sé que quieres a Diesel. Puedes echarte atrás todo lo que quieras, pero yo ya sé la verdad.

Se produjo un silencio lleno de agresividad.

—Tienes la posibilidad de dar un paso en la dirección correcta.

—No tengo nada que decirle a ese imbécil arrogante.

—No hace falta que le digas nada en absoluto —dije con amabilidad—, pero sí que puedes hacer algo que significará muchísimo para él.

Vincent Hunt me observó con la misma expresión oscura que en ocasiones me dedicaba Diesel. Era precavida pero cautivadora al mismo tiempo.

—Diesel haría cualquier cosa por mí, así que si me haces daño, le harás más daño a él. Si sacas esas fotos, la gente se interesará más por mí que por él, cuestionarán mi integridad y mi credibilidad. Las mujeres me consideran un modelo a seguir y en poco tiempo quienes antes me respetaban, dirán de mí que soy una puta. Tendrán una versión de la historia que no se ajusta a la realidad. Vas a hundir mi reputación, me vas a obligar a cumplir condena por un delito que no he cometido. Si publicas esas fotos, Diesel jamás te perdonará. Te odiará el resto de su vida. Pero, si no las publicas… significará algo para él. Cambiará la opinión que tiene de ti. Así conseguirás una oportunidad para arreglar las cosas entre vosotros… algún día.

Vincent Hunt apartó la mirada y sopesó mis palabras sin permitirme ver su reacción. Mantuvo las manos sobre la rodilla y movió ligeramente los dedos sin abrirlos.

—Da tú el primer paso, Vincent. Llámalo y dile que no vas a publicar esas fotos.

El jefe supremo

Se frotó la mandíbula, donde el vello ya se había convertido en una barba.

—No pasará de la noche a la mañana, pero vuestra relación empezará a cambiar. Dejarás la puerta abierta a una reconciliación.

—Se te olvida que ya me he pasado de la raya al conseguir las fotos, para empezar. Me esforcé a propósito por chantajear a mi propio hijo. Le he quitado una empresa y he amenazado con arruinarte la vida si no cooperaba. ¿Por qué coño ibas tú a querer que Diesel y yo arreglásemos las cosas? Deberías despreciarme, Titan. Cualquier persona con una pizca de amor propio lo haría.

Apartó la mirada y se quedó contemplando la ventana que daba a su oficina. Tensaba y relajaba la mandíbula mientras se pasaba los dedos por el mentón. Ocultaba su vulnerabilidad igual que hacía Diesel, encerrándola en su interior.

—Yo no te desprecio, Vincent.

Volvió a posar la mirada en mí.

—No puedo justificar tus actos, pero los entiendo. Quieres a tu hijo y estás dolido porque te dio la espalda. Hirió tu orgullo y te rompió el corazón exactamente en el mismo momento. No sabes cómo abordar todo eso y tu mujer no está aquí para ayudarte. Te sientes perdido. Lo veo al mirarte.

Su voz surgió como un susurro.

—No me conoces, Titan.

—Entonces, corrígeme si me equivoco.

Sólo me dio su silencio.

—Sé que es complicado. Si no lo fuera, os sentaría a los dos y os obligaría a hablar de ello. Pero esto va a ser difícil. Tenéis que empezar por algún sitio y creo que así es como habría que comenzar. No publiques esas fotos.

Me miró con dureza.

—Diesel está igual de enfadado que tú. Apenas puedo conseguir que hable de ti sin que se ponga hecho un basilisco. Tiene un montón de problemas de los que debe ocuparse, pero, por debajo de todo eso, sólo quiere que seas su padre.

—¿Te ha dicho eso?

No podía mentirle.

—No, pero sé que es lo que siente.

Vincent volvió a alzar sus defensas.

—Lo cual quiere decir que también tienes que arreglar las cosas con Brett. No en este mismo instante, pero sí con el tiempo…

—Es un hombre adulto y no me necesita. Dudo que quiera tener algo que ver conmigo.

—Te sorprenderías. Todo el mundo necesita a sus padres… no importa la edad que tengan.

—No me has explicado por qué estás haciendo esto —dijo con voz calmada—. Estás esforzándote por unirme de nuevo con mi hijo, pero no veo qué sacas de todo esto.

—No saco nada de ello —dije con sinceridad—, pero quiero a Diesel y quiero que tenga a su padre en su vida. Mi padre lleva diez años muerto y no pasa un solo día sin que lo eche de menos. Vosotros dos estáis vivos y sanos. Cada minuto que pasáis enfadados el uno con el otro es una oportunidad malgastada. No quiero que Diesel espere al último minuto y que luego viva arrepentido. No quiero que esperéis hasta que sea demasiado tarde.

Si Vincent se tomó en serio mis palabras, lo ocultó. Mantuvo el mismo rostro pétreo que mostraba antes. Me dejó fuera al igual que hacía su hijo cuando estaba enfadado. No me dejaba traspasar el límite y sospechaba que no se lo permitiría a nadie.

—Me recuerdas a mi difunta esposa.

Aquello era lo último que había esperado que dijera.

—Y Diesel me recuerda a mí. Yo la amaba como él te ama a ti. Vi la forma en que te miraba desde el otro lado de la sala… y me recordó a cómo la miraba yo a ella mientras recorría el pasillo hacia el altar para reunirse conmigo.

Decir aquello era algo precioso y había decidido compartirlo conmigo. Hablaba con indiferencia, pero había una pizca de emoción en sus ojos.

—Te pido perdón por haber intentado mandar al traste vuestra relación. Fue un error por mi parte.

Vincent Hunt se había disculpado. Nunca habría pensado que eso fuera posible.

—Acepto tus disculpas.

Asintió brevemente.

—Pensaré en tu consejo.

Me tomé aquello como una invitación para que me marchara. Dadas las circunstancias, aquello era lo máximo que podía hacer. Había hecho mella en su muro de piedra, pero todavía quedaban unos metros de cemento que atravesar. Tenía que retirarme mientras llevaba la delantera.

—Adiós, señor Hunt. —Me encaminé hacia la puerta.

—Titan.

Me di la vuelta y lo miré sin saber qué iría a decirme en aquel momento.

—Mi hijo es un hombre con suerte.

QUINCE

Hunt

Tenía un plan para que Titan y Thorn hicieran las paces, pero sabía que Titan no querría tomar parte en él.

De hecho, se cabrearía.

Pero yo quería que fuese feliz, que ambos formáramos parte de su vida. Las tragedias eran lo único que unía a la gente y aquello era lo único que lograría que a Thorn se le pasase el enfado y acudiese corriendo.

Todavía seguía dándole vueltas cuando la voz de Natalie surgió del intercomunicador.

—Tengo al señor Vincent Hunt al teléfono.
—Aquella vez no temblaba de miedo, lo cual era buena señal.

—Te dije que no cogieras más sus llamadas. —No quería tener nada que ver con mi padre. El único motivo por el que me llamaba era para amenazarme con filtrar las fotos. Sabía que Titan y yo le habíamos ganado por la mano al poner fin a su relación con Thorn y no estaba

nada contento de que hubiera sido más listo que él...
otra vez.

—Ha insistido mucho.

—Me da igual.

—Y me ha dicho que si no le paso se limitaría a presentarse aquí...

Una llamada de teléfono era sin duda preferible a una visita en persona.

—La cogeré.

—Línea uno.

Tomé el auricular y estampé el dedo en el botón.

—¿Qué? —No pensaba seguir siendo diplomático, en cambio gritaría y sería un maleducado. Mi padre llevaba acosándome demasiado tiempo y ya no iba a seguir soportándolo. Titan y yo estábamos juntos y ahora ya no tenía nada con lo que manipularme—. ¿Qué cojones quieres?

Mi padre no se dejó provocar por mi enfado.

—¿Estás teniendo un mal día?

Arqueé las cejas ante su actitud relajada.

—Estaba siendo fantástico hasta que has llamado tú.

—Siento haberte aguado la tarde. Seré breve.

—Sí, por favor.

—No voy a enviar las fotos en las que salís tú y Titan.

Lo había escuchado, pero esperé a que continuara. Con él siempre había una continuación, algún tipo de trampa.

—¿A cambio de que haga qué?

—No hace falta que hagas nada, Diesel. Sólo te estoy informando de que no voy a usar esas fotos en tu contra.

Entonces se intensificó mi suspicacia.

—¿Por qué no?

Mi padre hizo una larga pausa.

—Porque no quiero.

—No lo entiendo. —Lo único que le importaba a mi padre era sabotearme... ¿y ahora no quería hacerlo?

—Las he destruido. Las tenía en un disco duro que te acabo de enviar por correo. Las copias físicas han sido trituradas. Sólo pensé que saberlo te tranquilizaría.

Normalmente así sería, pero en lo referente al psicótico de mi padre, sólo me ponía más nervioso.

—No me tranquiliza para nada. ¿Esperas que me crea que estás pidiendo una tregua, cuando todo lo que has hecho ha sido sabotearme la vida?

Mi padre se quedó callado.

—Perdona que me muestre un poco receloso.

Siguió en silencio.

Así que no dije nada más.

—Interprétalo como quieras. No voy a utilizar esas fotos en tu contra; eso es todo lo que quería decir.

—Tú...

Clic.

CUANDO VOLVÍ A CASA DEL TRABAJO, llené una maleta de ropa hasta los topes. Colgué cuidadosamente mis trajes, metí en una bolsa mi ropa de deporte y cogí todas las demás cosas que necesitaba. Para cuando salí de allí, tenía dos maletas diferentes llenas de mis cosas.

No tenía pensado dejar a Titan en un futuro previsible.

Mi chófer me dejó en su casa y subí en el ascensor hasta la última planta. No me haría falta pedirle una llave porque su casa no tenía puerta de entrada. Las puertas se separaron y entré en su ático, oliendo la mezcla de flores, perfume y poder.

—¿Pequeña? —Me quité la chaqueta y la colgué en el perchero.

Ella salió de la cocina; iba descalza porque se había quitado los tacones en cuanto había entrado en casa. Sus ojos relucían como si fuera la mañana de Navidad y su sonrisa era aún más conmovedora.

Aquello era exactamente lo que yo quería.

Atravesó la distancia que nos separaba a la carrera y saltó directamente en mis brazos.

La cogí y la sostuve contra mí, con una sonrisa igual de amplia que la suya. Su cabello me hacía cosquillas en el cuello y su perfume embriagaba mis sentidos. Era más ligera que una pluma e igual de suave. Le rodeé la cintura con los brazos y mantuve sus pies levantados del suelo, contemplando a la mujer que me había robado el corazón en cuanto le había puesto la vista encima.

—Yo también te he echado de menos.

—¿Qué estabas haciendo en la cocina?

—La cena.

—¿Para dos? —pregunté esperanzado.

—Sí.

Ya estaba encantado con todo aquello.

—Espero que no se queme. —La transporté hasta el

dormitorio por el pasillo, dejando atrás mis maletas mientras iba directo hasta la cama. La dejé encima, le bajé la cremallera de la falda de tubo y le fui quitando prendas hasta que estuvo desnuda debajo de mí.

Pechos turgentes.

Cintura diminuta.

Caderas redondeadas.

Y un sexo perfecto.

Un instante después, me había quitado la ropa y trepaba encima de ella. El resto del mundo se fundió mientras bajaba la vista para contemplar su bello rostro. Ya tenía las piernas separadas y me abrazaba las caderas con los muslos. Sus manos ascendieron por mi pecho y me rodearon el cuello mientras ella me miraba con ojos cargados de deseo.

Parecía nuestra primera vez, el comienzo de toda una vida de hacer el amor. No me avergonzaba admitir que quería estar con ella el resto de mi vida. Me daba igual que pensara que era demasiado pronto o que había sido demasiado rápido.

Ella era mi alma gemela.

Estaba seguro, joder.

Mi sexo se deslizó en su empapada entrepierna de inmediato y fue saludado por la estrechez a la que me había acostumbrado. No había un sexo en el planeta que pudiera compararse a aquel. Había disfrutado de una gran cantidad y ninguno era equiparable al suyo. Ninguna mujer tenía comparación con Titan, la mujer más fuerte y orgullosa que había conocido jamás. Daría a luz a mis hijos, que crecerían y se convertirían en hombres de verdad. Me daría hijas que serían igual de inteligentes y fuertes. Me daría todo lo que el dinero no podía comprar.

—Oh, Dios… —Tiró de mí con más fuerza hacia ella mientras los pezones se le afilaban como la hoja de un cuchillo. Tenía la boca abierta, dejando al descubierto sus dientecitos y su lengua sensual. En cuanto estuve en su interior se desmadejó debajo de mí. Gemía y daba gritos clavándome las uñas en la piel. Respiró profundamente antes de morderse el labio inferior.

—Me voy a correr ya… —Arrastró las manos bajando por mi fuerte pecho mientras su sexo se tensaba a mi alrededor.

La empujé con más fuerza contra la cama, hundiéndola en el colchón mientras aceptaba mi enorme miembro, un poco más duro de lo habitual por lo excitado que estaba después de aquella larga sequía y porque finalmente tenía a la mujer que quería.

Y ella me creía.

Aquello era lo que más me excitaba de todo.

Movió las manos hasta mi trasero y me atrajo hacia sí mientras echaba la cabeza hacia atrás.

—Sí…

La penetré con más fuerza, llevándola a un orgasmo lleno de gritos.

—Diesel…

Abrió los ojos y me miró directamente a la cara con las mejillas sonrojadas y los ojos en llamas. Sus pechos se sacudían de arriba abajo por mis embestidas, dándole el aspecto de una fantasía absoluta. Su sexo se tensaba a mi alrededor y las estrellas se reflejaban en sus ojos. Gemía como si estuviera llorando, derramando lágrimas de placer. Se aferró a la parte baja de mi espalda y dejó escapar otro quejido al intensificarse su clímax.

Me encantaba verla correrse.

Cuando terminó, me besó con dureza en la boca y me pasó los dedos por el pelo. Se aferró a mí con más fuerza, como si aquel orgasmo no hubiera sido suficiente para ella. Ahora me deseaba más, me quería más profundamente, con más fuerza.

—Dámelo, Diesel. Lo quiero.

Instintivamente la cogí por la nuca y emití un gruñido carnal. Si su deseo era que yo durase más tiempo, debería haber contenido aquellas palabras un poquito más de tiempo. No había nada que me gustara más que llenar a mi mujer de mi semilla.

—Ábrete más.

Abrió las piernas para mí, levantándolas hasta pegar las rodillas a los costados.

Me introduje en ella con más fuerza y profundidad. Estaba más resbaladiza debido al orgasmo y sentí que me quedaba sin respiración por lo maravillosa que era aquella sensación. Quería dárselo lo mejor y más intensamente que pudiera: iba a haber mucho que dar, montones de ello.

—Por favor... —Me rodeó los hombros con los brazos y tiró de mí hacia su cuerpo, uniéndonos todo lo posible. Gemía cada vez que la penetraba y le temblaban las piernas mientras esperaba a que eyaculase.

Cuando llegué sentí un placer inmenso, fue un

orgasmo colosal que podría haberme hecho caer de rodillas. Me corrí en su sexo perfecto y le di todo lo que tenía, rellenándola por completo y provocando que parte de mi semen descendiera alrededor de mi pene, rebosando de su entrada. Era demasiado menuda, y mi miembro era demasiado grande y había eyaculado demasiado.

—Pequeña... —Jamás había disfrutado con nadie de un sexo tan increíble. No sólo era una fiera en la cama. Adoraba a aquella mujer con toda el alma. Veneraba el suelo por donde pisaba, mimándola con infinitos besos de devoción. Me había conquistado por entero, adueñándose de mi corazón y mi alma para su disfrute. Serían suyos para siempre, por mucho que viviera e incluso después de mi muerte.

Aunque me dejara, seguirían siendo suyos.

Porque yo nunca se los podría entregar a nadie más.

NOS DIMOS UNA DUCHA, cenamos y nos preparamos para irnos a dormir.

Me había acostumbrado a que me echara en cuanto acababa la diversión, despidiéndome con una sola mirada y comunicándome en silencio que ni siquiera debía intentar quedarme a dormir. Aunque antes de eso solíamos dormir juntos casi todas las noches, después de que se montara todo el escándalo sólo era bienvenido en su cama por un motivo.

Pero ahora todo aquello había cambiado.

Deshice mis maletas y colgué mi ropa en el armario.

El jefe supremo

Me había hecho sitio en uno de sus cajones, así que metí en él mis bóxers y mis calcetines de vestir. La mesilla de mi lado de la cama estaba vacía para que pudiera poner lo que quisiera en ella.

Compartía su espacio conmigo.

Yací a su lado y escuché su suave respiración. Había echado de menos aquel sonido, la bella melodía que me ayudaba a conciliar el sueño. Aclaraba mis pensamientos con su presencia, aportándome una oleada de paz que no podía encontrar en ningún otro sitio.

Se puso de lado hacia mí, vestida con una de mis camisetas negras. Se había desmaquillado, pero seguía siendo la mujer más despampanante de Manhattan. Adoraba su piel pálida y su cutis perfecto. Adoraba el brillo que tenían sus ojos verdes hasta sin rímel. Adoraba que su belleza interior fuera visible para mí en todo momento.

La estreché contra mí, adoptando nuestra posición de siempre cuando estábamos juntos en la cama: su pierna, larga y suave, colocada sobre mi cadera, y mi mano apoyada en su trasero, en aquella carne maravillosa que siempre sentía deseos de morder. Su rostro estaba a centímetros del mío y su brazo me rodeaba el cuello.

Mi padre había mantenido su palabra y no había hecho públicas las fotografías. Nuestra relación seguía siendo un secreto y disfrutábamos de cada segundo de nuestra privacidad. No sabía cómo tomarme el brusco cambio de comportamiento de mi padre, pero me pareció que debía compartirlo con ella.

—Hoy me ha llamado mi padre.

En vez de parecer sorprendida o preocupada, continuó exactamente con la misma expresión.

—Me ha dicho que no va a filtrar nuestras fotos a la prensa… pero no me ha dado ninguna razón.

Su mano bajó deslizándose por mi pecho desnudo, palpando los músculos con las puntas de los dedos.

—Eso ha sido todo un detalle.

—¿Un detalle? —Levanté una ceja—. No estoy yo tan seguro de eso.

—No te ha pedido nada a cambio, ¿no?

—No. Hasta ha enviado el disco duro con las fotos a mi oficina.

Continuó frotándome el pecho.

—A lo mejor se ha dado cuenta de su error y está intentando arreglar las cosas contigo.

Mi padre llevaba diez años ignorándome; cuando estábamos en la misma habitación, hacía como que yo no existía. ¿Cómo era siquiera posible que un padre tratara así a su hijo? Yo tampoco ponía de mi parte para arreglar la relación, pero no había sido yo quien la había cagado.

—Eso es improbable.

—¿Y qué otra explicación puede haber?

Mis ojos se movieron de un lado a otro mientras los fijaba en su mirada. No llegué a ninguna conclusión.

—Mi padre es un psicópata. No voy a fingir que entiendo su manera de pensar.

—Bueno, pues yo creo que está intentando dar un paso en la dirección adecuada.

—¿Por qué?

Su mano se deslizó bajando por mi vientre, recorriendo con los dedos las ranuras que formaban los músculos en mi abdomen. Bajó la vista para observar sus movimientos.

Ella nunca apartaba la mirada, no a menos que tuviera algo que esconder.

—¿Pequeña?

Después de suspirar, volvió a mirarme a los ojos.

—Ayer me pasé por el despacho de tu padre.

Se me dispararon todas las alarmas al sentirme traicionado. Titan había hablado con mi padre a mis espaldas. Las aletas de la nariz me temblaron de furia, pero me obligué rápidamente a volver a un estado de calma. Ella era libre de hacer lo que quisiera; era parte de aquella contienda familiar porque también había sido víctima de la venganza de mi padre... e hiciera lo que hiciera, sabía que lo haría pensando siempre en lo mejor para mí.

—¿Y qué os dijisteis?

—Le pedí que no publicara las fotos.

—¿Y te hizo caso? —No debería sorprenderme que Titan fuera capaz de lograr algo que a mí me sería imposible. Mi padre era más terco que una mula, y la cosa era todavía peor cuando se enfrentaba a otra mula.

—Sí.

Mi padre no tenía ningún problema con destruir mi vida, pero si Titan le pedía algo, no le importaba concedérselo... aunque yo fuese su hijo y ella solamente una extraña. Aquello estaba mal en todos los sentidos.

—Le dije que si publicaba esas fotos nunca lo perdonarías.

Mi mirada se centró en su rostro y dejé de sentir sus dedos cuando me tocaba.

—Está enfadado contigo por unas cuantas cosas y sabe que tú estás enfadado con él, pero quiere reconciliarse contigo... con el tiempo. No quiere descartar totalmente la idea de recuperar la relación, así que le dije que diera el primer paso para arreglar las cosas. Por eso te ha enviado esas fotos, como gesto de paz.

Por más que quisiera negarlo, sus palabras me afectaron. Mi padre había estado tenso y callado al teléfono, pero no se había mostrado hostil. Había hecho exactamente lo que había dicho que haría. Había cesado su ataque y no había destruido a Titan. Ella tenía razón al decir que nunca lo perdonaría por herirla y era obvio que él la había hecho caso.

—¿En qué piensas?

—En mil cosas.

—¿Me las cuentas? —Su mano ascendió por mi espalda y se introdujo en mi cabello, empezando a masajearlo suavemente. Las puntas de sus dedos estaban llenas de amor y me tocaba de un modo especial. Era sensual pero afectuoso al mismo tiempo.

—Lo odio. Pero a la vez le agradezco lo que ha hecho.

—Te dije que te quería.

—Me parece que eso es pasarse.

—A mí no. —Mantuvo mi mirada con sus firmes ojos verdes—. Él ha dado el primer paso, Diesel... el siguiente deberías darlo tú.

—Te estás olvidando de todas las putadas que me ha

hecho antes de esto… Hace una cosa bien ¿y queda perdonado?

—Yo no he dicho eso.

—Pues eso está pareciendo. Ese hombre es un demonio.

—No, no lo es —dijo ella suavemente—. Es tu padre.

—Yo hace diez años que no tengo padre. —Nunca olvidaría cómo había tratado a Brett, siempre descuidándolo y dedicándonos a Jax y a mí toda su atención—. Y ahora soy un hombre adulto que no lo necesita.

—Todos los hijos necesitan a sus padres.

—Yo no.

—Diesel. —Su mano subió a mi mejilla y me tocó con los dedos—. Te voy a decir algo y más te vale escucharme. —Sus ojos verdes brillaban a pesar de la oscuridad. Era increíblemente bella hasta sin intentarlo. Era espectacular de los pies a la cabeza, por dentro y por fuera.

—Yo siempre te escucho, pequeña.

—Pues ahora me vas a escuchar aún más —susurró—. Mi padre no era un hombre perfecto.

En cuanto mencionó a su difunto padre me puse en tensión.

—El dinero siempre era un problema. Cuando estaba entre dos trabajos, bebía muchísimo. A veces ni siquiera volvía a casa por la noche. Se deprimía por su mala suerte y se hundía en una depresión. Cuando lograba salir arrastrándose y conseguía otro trabajo, mejoraba; pero con él siempre era un círculo vicioso.

Siempre que se disculpaba, lo hacía con el corazón. Yo siempre lo perdonaba, hasta si pensaba que iba a estar cayendo en ello constantemente. Estaba lejos de ser perfecto, pero aun así... era mi padre. Yo le quería tanto como él me quería a mí. Siempre nos mantuvimos unidos contra viento y marea. Desearía que me pudiera ver ahora, que viera en lo que me he convertido.

»Ojalá viviera todavía para que yo pudiera cuidar de él, para demostrarle que nunca tendría que volver a preocuparse por el dinero. Ojalá pudiera compensar todos aquellos años tan difíciles que vivimos. —A pesar de lo doloroso del tema, habló con firmeza, sin que le temblara la voz ni cuando sus ojos empezaron a cargarse de emoción—. Mi padre ya no está y nunca volveré a verlo, pero tu padre todavía sigue vivo, Diesel. Ha pasado unos años duros y nunca ha sido el mismo después de la muerte de tu madre. No esperó jamás tener que ser un padre soltero. Es posible que sea rico, pero lo pasó muy mal. Igual que mi padre, no es perfecto, y ha cometido una buena cantidad de errores. Pero sigue vivo... y te quiere.

También de Victoria Quinn

Pedir ahora

Made in the USA
Coppell, TX
02 August 2022

80789287R00184